幻燈

安謹——著

推薦序

人海浮沉，內心翻滾難平

藍斯

多年前，當我第一次閱讀《心鎖》的試閱章節，短短一萬字，我就被安謹細緻和煦的文字吸引，回神時已毫不猶豫的放入購物車，那是我剛踏進北極之光大門的第一步，沒想到一轉眼，今天能有幸為安謹寫推薦序。

人生漫漫長途，遺憾的是妳已成為過客，而我卻只能不斷向妳揮手道別。

我們的一生中有很多遺憾，人生像一班不知何時會抵達終點站的列車，有些人會陪妳一段路，有些人或許會讓我們不捨的揮手道別，過客太多，猶如旅途風景，不知不覺，那份遺憾與苦澀，伴隨著生命的旅程越長，而越埋越深。

安謹的小說有種魔力，閱讀她的故事恍若時間暫停，細緻堅定彷彿一道光，和煦且溫暖，每每再回神，淚已流下，情感在心裡繚繞，久久無法釋懷。

《留燈》這個故事講述著遺憾，我們隨著薛昔眠與范司棠的腳步，體會了一段留在青澀歲月裡的純稚。自書頁翻起乃至闔上，透過安謹的文字，我恍若抽離凡塵俗世，搭上了屬於薛昔眠和范司棠的人生列車，隨著劇情而高低起伏，內心對於愛情的悸動被憶起，字字句句流入心坎。

閱讀的過程中，所有的感官都被抓住，我會因為薛昔眠的小抱怨而勾起微笑、更會因為范司棠的一抹微笑而怦然心動，無法自拔的看到最後一秒、最後一頁。

這份年少輕狂與甜蜜苦澀不也存在於你我的記憶中？回憶只是被繁雜瑣碎的事物掩蓋，埋藏在心裡深處蒙上了灰，忘了當初放進心裡時，是如此的珍貴。

從《心鎖》到《留燈》，安謹從不讓人失望，每當翻開新篇章，我總是可以感受到屬於安謹的細緻與溫柔，以及時光堆疊而出的實力，拿捏得宜的情感張力、細膩生動的人物刻畫，情節鋪陳如絲般綿密，即使有備而來，我依然一翻開書頁就深陷其中，內心悸動不已，伴隨字字句句流淌於內心深處，掀起陣陣漣漪。

安謹的文字像是生命列車中的一道和煦微光，從閱讀安謹的第一本書到現在，總是可以發現安謹帶給閱讀者的溫暖，即使生活再繁瑣疲憊、工作再忙碌煩心，每當靜下來閱讀安謹的小說，總能令我重拾動力，回憶起愛情的柔軟與真摯。

我相信，當你翻開《留燈》，絕對會像現在的我，無法自拔的被吸引，沉浸在閱讀中，直到書卷的最後一頁，更會像當年的我，從安謹細膩的文字中，感覺到屬於內心深處最純粹最真實的感動。

每個人都有遺憾，在愛情的世界，我們都曾經懵懂無知，帶著誠摯的心卻鎩羽而歸，但記憶深處總有一抹身影、一股香氣，甚至是一句簡單的問候，可以讓我們憶起當年的青澀歲月與酸甜苦澀，相信當你讀完《留燈》，安謹的文字絕對能帶給你力量，牽引你走過這奇妙動人的漫漫長途。

妳在我心上留下了一盞燈。

1

台北。

六月底，晚上九點半，一台黑色賓士開進豪華大樓的地下停車場，駕駛座上的女人眉頭深鎖。

今年二十七歲的薛昔眠，在國外讀了六年音樂學院，三年多前從美國波士頓的知名音樂學院畢業後回到台灣，沒多久就找到電視台的工作，負責電視劇和電影的配樂和音效等音樂相關工作。

在三十歲前開一間屬於自己的音樂工作室，是薛昔眠高中時和某個人的約定，雖然早已物是人非，她還是不斷朝著這個目標努力，終於累積到創業初期的資金。

不久前為了準備開音樂工作室的事，薛昔眠已經向主管提出離職，但是工作室的地點一直懸而未決，不是環境不適合，就是租金高得離譜，房東也不願意商量，她只能放棄。

薛昔眠不擅長處理這種事，父母也很清楚這一點，提出過要幫忙，但成立工作室對她而言是很重要的一個人生目標，她覺得自己必須學會解決問題，不能再事事依靠父母。

不過薛昔眠的確有點擔心，她忍不住嘆了一口氣，找地點就花了很多時間，之後還有裝潢的問題，這樣下去不知道今年內能不能把工作室弄好⋯⋯

車子停好，薛昔眠打開車門下車，鎖好車子，從地下室搭電梯到十二樓，輸入密碼打開家門，走進玄關，脫掉高跟鞋放好，揉了揉被高跟鞋磨到發紅的腳後跟，步履蹣跚地走到客廳。

「我回來了。」

父親薛承武坐在客廳沙發上看電視，看到她，高興地說：「回來啦，晚餐吃了嗎？」

「還沒。」

薛承武疑惑地說：「怎麼這麼晚還沒吃？」

「下班後跟房仲見了一面。」

「談得順利嗎？」

薛昔眠無奈搖頭，又打起精神說：「可能沒有緣分，再找其他地方就好。」

薛承武一臉不放心，「不要太逞強，需不需要我跟妳媽幫忙？」

「不用啦，你們還有公司的事要忙。」看薛承武還想說些什麼的樣子，薛昔眠連忙轉移話題說：「媽咪呢？」

「在房間裡講電話。」

薛承武話音剛落，房門打開，母親徐詩敏低頭操作著手機從房間出來，薛昔眠走過去勾住徐詩敏的手，撒嬌說：「媽咪我回來了。」

「回來啦，吃過了嗎？廚房還有飯菜。」徐詩敏開心地說。

「還沒，我先回房間換衣服再出來吃。」

徐詩敏摸了摸她的頭，「去吧，我把菜熱一下。」

薛昔眠親暱地親了徐詩敏一下，「謝謝媽咪。」

薛昔眠走回房間，她和父母及哥哥四個人一起住在父母很多年前買的大樓裡，大樓位於台北市區，一層一戶九十多坪，四個人住綽綽有餘。

薛昔眠家境優渥，父親和母親在大學認識，母親比父親大兩屆讀外文系，父親則是理工科系，據母親說法兩人一見鍾情，但外公早年在迪化街經營南北貨，白手起家，父親家境一般又是獨生子，外公擔心母親嫁過去吃苦，所以非常反對，母親表面答應，私底下仍然偷偷和父親來往。

為了得到外公的認可，父親大學畢業後看準機會開了真空技術相關的公司，也沒讓母親辭掉安穩的秘書工作陪他在工廠熬夜吃苦，外公看到父親的努力，終於不再反對，同意兩人結婚。

哥哥薛宇圖出生時母親大出血好不容易救回一條命，飽受驚嚇的父親決定不再要孩子，沒想到六年後薛昔眠還是意外降臨了，生她的時候非常順利，父母都說她是註定要來到這個家。

這些事薛昔眠聽母親講過非常多遍，父母恩愛，很疼哥哥和她，哥哥也很照顧她，小時候薛昔眠沒什麼感覺，長大後才發現能夠在這樣的家庭無憂無慮成長，是她太幸運。

薛昔眠一直對順遂的人生心懷感激，大學出國讀書，和父母的相處時間變得很少，回到台灣後，他們希望她住在家裡，薛昔眠也立刻答應。

房間內有獨立衛浴和更衣室，薛昔眠回到房間走進浴室把妝卸掉，換上居家服，拿著手機離開房間。

徐詩敏已經熱好飯菜放在餐桌上，薛昔眠拉開椅子在餐桌旁坐下，吃著晚餐回覆王閔江的訊息。

「主管批了嗎？妳做到哪一天？」

王閱江和她同個部門，比她大兩歲、早她一年進電視台，外表斯文，注重打扮，第一眼薛昔眠就確定了彼此是同類，都喜歡同性，王閱江也有類似的感覺，兩人很快成為好朋友。

「批了，七月底。」

「正在籌拍的電視劇是近年預算最多的大製作，妳這個時候走太可惜了。」

薛昔眠正要回覆，眼角餘光瞄到徐詩敏從客廳走過來，她抬頭看向徐詩敏，徐詩敏的眼神落在她的手機上，「和誰傳訊息呀？有新對象啦？」語氣曖昧。

「沒有，公司同事。」

「璐雪嗎？」

「不是，是其他同事，他在問我離職的事。」

「哦……妳跟璐雪最近還有聯絡嗎？」

「有啊，我們每天傳訊息，怎麼了？」薛昔眠不明所以地說。

「戀愛談得好好的，怎麼說分手就分手。」

「我不是和妳說過我跟小雪個性不合嗎？」

「我看妳們相處的感覺挺好的呀。」

「所以我們還是朋友嘛，不過……戀愛可能還是差一點吧。」

于璐雪是電視台記者，和王閱江同年，也是同時進公司，薛昔眠透過王閱江認識于璐雪，後來兩人偶然在電視台附近的餐廳遇見，聊了一會兒，發現彼此對美食和美酒很有興趣，于璐雪和她交換聯絡方式，有空就會約出去吃飯，慢慢變得比較曖昧。

來往了半年左右，于璐雪向她告白，薛昔眠高中有過一任女朋友，同時也是她的初戀，兩人在她出國的第一年分手，之後她雖然也有些約會對象，但是沒有人讓她心動到下定決心進一步交往。

單身太久，薛昔眠甚至懷疑自己是不是已經失去戀愛的能力。

于璐雪漂亮、成熟、學識豐富又非常勇於表達自己的想法和喜好，不需要薛昔眠費心猜測，又難得和她聊得來，的確讓她感到心動，考慮過後她答應了交往。

于璐雪一個人在外面租屋，交往後薛昔眠偶爾會留宿在于璐雪的住處，外宿次數一多，同住的家人們自然發現她在談戀愛。

有了穩定工作，薛昔眠不像高中時那麼害怕戀情受到家人阻撓，乾脆開了一次家庭會議說出自己喜歡女人的事，哥哥不用說，當然是無條件支持她，父母雖然一開始對於她是同性戀有疑慮，但沒多久也都接受了。

交往過程中，薛昔眠慢慢察覺于璐雪和她的觀念有很大的差距，于璐雪的生活重心是工作，記者的工作時間本來就很長，于璐雪還會為了工作犧牲和她相處的時間，薛昔眠不喜歡工作和休息混在一起，更不喜歡被冷落，兩人因為這樣的事吵過很多次。

最重要的是……除了美食美酒之外，兩人的興趣不太一致，于璐雪休息時間也閒不下來，偏好戶外活動，薛昔眠喜歡看電影、展覽和舞台劇之類的靜態活動，運動頂多到健身房，兩人一起出門困難重重。

于璐雪已經非常好了，但是那些不合的地方，總是不停戳著薛昔眠的神經，回到朋友的模式相處比較輕鬆，于璐雪也這麼認為，這是兩人認真討論過後決定分開的主因。

和于璐雪交往一年，去年年底薛昔眠又恢復單身，這一次分手，薛昔眠對談戀愛比之前更加心灰意冷，要找到一個能讓她心動又合得來、喜好也相近的人實在太困難了。

徐詩敏擔憂地說：「我跟妳爸初戀就結婚，一路幸福到現在，應該沒有帶給妳跟妳哥哥什麼陰影吧？」

「與其說是陰影，不如說是提高了標準……」

「標準？」

薛昔眠笑笑地說：「看到你們這麼幸福，我也不想將就嘛，要找個我喜歡也喜歡我的人，和你們一樣幸福過一輩子呀。」

徐詩敏摸了摸她的臉頰，「好吧，要是有遇到好的對象一定要告訴我。」

「最近不可能啦，這陣子要忙工作室的事，不過有遇到的話我當然會告訴妳……」

徐詩敏合掌說：「對了！講到工作室，妳明天有沒有空？」

「明天？有什麼事嗎？」

「妳還記得我以前的同事許雅云嗎？我明天要和她吃飯，妳要是有空就一起來吧。」

薛昔眠愣了一下，徐詩敏第一份工作是在貿易公司當秘書，許雅云是同部門的同事，小時候徐詩敏帶她去過許雅云家玩，父親的公司上軌道不再那麼辛苦之後，徐詩敏決定辭掉工作，之後就比較少聽徐詩敏提到許雅云，薛昔眠剛回台灣時也有問過，徐詩敏說許雅云換了手機號碼，聯絡不到人。

「妳之前不是說聯絡不到雅云阿姨嗎？」

「嗯，但是妳哥最近幫我弄了臉書帳號，我點著點著看到了她，加了好友，現在又聯絡上了，臉書真是好用。」

「原來如此。」薛昔眠按捺不住好奇心，忍不住說：「阿姨的帳號有沒有貼照片呀？」

「有啊。」徐詩敏把手機放在桌上推向她，螢幕上是許雅云的臉書，「發了不少他們一家人的照片呢。」

薛昔眠拿起手機緊張地滑了幾下，她想看的是……想看到的是……畫面上跳出來的照片讓她呼吸一窒。

一男一女站在草地上，穿著白色襯衫和長裙的女人抬手壓著耳朵旁被風吹亂的長髮，唇角微微勾著看著鏡頭，眼神勾人，吸引了薛昔眠全部的目光，她盯著看了很久很久。

「這是她的女兒司棠和兒子哲維，妳應該還記得吧？」

「當然。」

范司棠大她三歲，范哲維和她同年，他們三個小時候讀同一間小學，又上同個課後安親班，經常一起玩，直到薛昔眠三年級，范司棠小學畢業。

「妳小時候非常喜歡黏著司棠，我下班去安親班接妳，妳還哭著說要跟棠棠姐姐一起回家……」

「……媽咪妳怎麼還記得啊！」薛昔眠尷尬地說。

「我的寶貝女兒不想回家這種事我當然記得呀，妳上次見到司棠應該是小學畢業？妳和哲維小學畢業典禮結束我們兩家還一起去吃飯。」

「……嗯。」

「一眨眼你們三個都長這麼大了。」

薛昔眠怔怔地看著照片，是啊，一眨眼時間就過了，現在她已經二十七歲，范司棠也三十歲了……

「妳工作室不是需要裝潢嗎？司棠說不定可以幫忙。」

薛昔眠抬頭看徐詩敏下意識說：「她幫得上忙？她不是學……」

「學什麼？」徐詩敏疑惑地看著她。

薛昔眠回過神笑著說：「沒什麼，我記得小棠姐姐喜歡畫畫。」

「雅云說司棠大學讀美術系，現在在室內設計公司工作，明天她們母女約在餐廳吃飯，問我們要不要一起去，妳和司棠也很久沒見了吧？」

薛昔眠怔忡了一會兒，緩緩地說：「小棠……姐姐會去？」

「對，怎麼樣？妳明天有事嗎？」

「沒有。」

「那就好，見面聊聊，要是她能幫忙就太好了。」徐詩敏拿起手機操作了一下，高興地說：「我要了小棠的ＬＩＮＥ帳號，傳給妳了，妳加一下好友跟她打個招呼，裝潢工作室還是有認識的人幫妳我才比較安心。」

「好。」薛昔眠的手機響了一聲，她壓下看手機的衝動，「我先吃飯。」

「吃吧吃吧。」徐詩敏拿著手機離開。

薛昔眠吃完晚餐，洗好碗，回到房間把手機擺在梳妝台上，轉身拿衣服進浴室洗澡。

洗完澡，她花了一點時間把短髮吹乾，她的短髮長度在耳下肩上，不仔細整理會往外翹……對，就是這樣，她不是想轉移注意力才吹得這麼仔細。

整理好頭髮，她拿起手機走到隔壁房間，這裡是她的琴房兼臨時工作室，薛昔眠高中讀音樂班，主修作曲，專業是鋼琴和弦樂器，房裡除了鋼琴，還有吉他和大提琴，木頭長桌上有電腦、音響和一些錄音的基本設備。

拉開電腦椅坐到書桌前，她點開手機通訊軟體的應用程式，盯著徐詩敏剛才傳來的訊息，說不出自己現在是什麼心情。

父母一直以為于璐雪是她的初戀，其實不是。

她的初戀在十六歲，高一下學期，和當時大學一年級的范司棠交往，交往了三年多。

她和范司棠的感情甜蜜穩定，唯一讓薛昔眠不安的是她高中畢業就要出國念書，還好交往一年左右，范司棠也決定出國留學，因為還得準備考試跟作品集，最快是大學畢業馬上出國，慢的話就是大學畢業後一年再出國，這樣比不知道什麼時候能相聚好多了，她不再那麼擔心，當時的她，認為以她們感情的穩定程度，要撐過一、兩年的分離應該不會太困難……

可惜現實給了她一記重擊。

出國的第一年，原本以為堅如磐石的感情被范司棠對她的冷落和她對范司棠的不滿消磨殆盡。

在一起的三年像盛開的煙花，開始得燦爛絢麗，結束得無聲無息。

「那就不要再聯絡了。」是傷心欲絕的她對范司棠說的最後一句話。

過程熾熱又結束倉促的初戀彷彿是被撕掉最後一頁的故事，她每次想起范司棠，總是惘然若失。

一晃眼八年過去，她早已決定放下，但范司棠和她不只是戀人，她們也是很好的朋友，午夜夢迴，想起過往的美好回憶，她很後悔自己說出不要再聯絡這樣決絕的話。

重新恢復聯絡的機會就在眼前，她把范司棠的帳號加到好友裡，點開空白的對話打了幾個字，憑著一股衝動按下傳送。

「我是昔眠。」

沒有多久，螢幕上跳出范司棠的回覆，「有什麼事嗎？」

她屏住呼吸，緊張到打字的手都在發抖，「妳方便語音通話嗎？」

「可以。」

她深吸一口氣打了過去，心臟瘋狂地跳著，大概是這幾年最緊張的一刻，電話接通了，她卻發不出聲音。

「小眠？」

她好不容易才找回聲音，輕聲說：「嗯，是我，不好意思，突然傳訊息給妳。」

「沒關係，怎麼有我的ＬＩＮＥ？」范司棠的語氣聽起來很平靜。

「阿姨給我媽咪的，妳不知道嗎？」

「她沒和我說，找我有什麼事嗎？」

范司棠的態度平和，語氣也像對普通朋友，是已經放下了吧，她心裡五味雜陳，但是八年了……自己都放下了還要范司棠對她念念不忘嗎？

她很快調整心情，客氣地說：「是這樣的，我準備弄個工作室，阿姨說妳在室內設計公司工作，所以我媽咪要我加妳好友問問。」

「抱歉，我現在不在那裡工作了。」

她愣了好一會兒才尷尬地說：「對不起，這樣的話……沒什麼事了。」

「妳要弄什麼工作室？錄音室嗎？」

「嗯……錄音室和工作室。」

「我認識做錄音室的團隊，回去找名片給妳參考。」

「謝謝。」

「不用客氣。」

范司棠的回應給了她一點勇氣，「那個……妳過得好嗎？」

「很好。」

「那就好。」她訥訥地說。

「……還有其他事嗎？」

察覺范司棠想要掛電話，難過湧上心頭，她和范司棠連朋友都不能當了嗎？

她忍不住說：「妳知道明天妳和阿姨吃飯，我和我媽咪也會去嗎？」

「嗯？」范司棠話音微頓，透過電話都能感覺到范司棠詫異，果不其然，范司棠淡淡地說：「她還沒告訴我這件事。」

「妳會介意嗎？」

「不會。」

就這樣？只有不會兩個字？她有些失落，但要繼續追問又不知道從何問起，「既然這樣……那我明天會去。」

「好的。」

「沒什麼事了，妳忙吧，再見。」

「再見。」

她停頓了一下，想起范司棠以前都會等她掛電話，停了兩秒，范司棠果然沒有掛，她輕輕按掉電話。

盯著手機，浮躁的心情慢慢沉了下來，她在期待什麼，期待范司棠高興地和她敘舊？

「妹妹，還不睡呀？」

突如其來的聲音把薛昔眠嚇了一跳，她抬頭看了一眼門口，「媽咪。」

「還在加班？」徐詩敏走到身邊。

「要離職了，想早點把工作做完方便交接。」

「不要太晚睡，明天跟妳阿姨她們吃飯，早點起來準備。」

「我知道。」停頓了一下，她佯裝自然地說：「媽咪，妳可不可以在臉書存一下小棠姐姐和阿姨的照片傳給我？我怕明天認不出來不太好。」

「好，我等下傳給妳，手機在房間。」

徐詩敏離開房間，沒多久薛昔眠收到徐詩敏傳來的照片，她點開范司棠的照片看了好一會兒，放下手機起身走到書架前從底層拿出一個塑膠箱。

把箱子搬到桌上，她做了一個深呼吸才打開箱蓋，滿滿一箱東西是她和范司棠交往時的禮物和信，原本她打算全部帶到國外，但是又擔心弄丟，最後只帶了一些出國，其他東西在出國前收在箱子裡。

翻看著箱子裡的東西，壓花、書籤，紙雕卡片、手鍊、陶製的杯子和項鍊，范司棠的手很巧，大部分的禮物都是親自動手，每一件都是她視若珍寶的東西。

她找出一個有厚度的信封，把裡面的東西倒出來，是她們的合照，在范司棠宿舍拍的、學校拍的、麥當勞吃東西時拍的、生日時拍的……她拿起手機和以前的照片比較。

八年不見，范司棠瘦了，笑容少了學生時期的感覺，多了成熟和女人味，眼神……好像比以前更吸引人，她感覺心漏跳了一拍，心中一凜，她把照片放回信封裡，蓋好箱蓋，把傾巢而出的回憶重新鎖回箱子裡。

她不想再經歷一次和范司棠分手的痛苦折磨，這一次只是和很久沒見的朋友見面，她們之間沒有其他可能了。

不會再有了。

星期六早上九點，薛昔眠被徐詩敏叫醒，她抱著棉被不肯起床，哀求著說：「好睏，媽咪，放過我。」

「昨天不是叫妳早點睡嗎？」

睡不著有什麼辦法……徐詩敏跟昨晚腦海裡的范司棠一樣不依不饒地騷擾她，她只好認命地起床。

梳洗完，薛昔眠走到餐桌旁拉開椅子坐下，父母和哥哥薛宇圖都已經醒了，「爸早、媽早、哥哥早。」

「快來吃早餐。」薛承武說。

薛宇圖笑著說：「我們家的懶豬怎麼週末這麼早起？」

「你才是豬呢……」薛昔眠氣呼呼地說，徐詩敏把裝了稀飯的碗遞給她，她接過，「謝謝媽咪。」

徐詩敏打量了她一下，「妳今天好像有點水腫。」

「真的嗎？」

薛昔眠緊張地摸了摸自己的臉，起身走進廚房弄了一杯冰咖啡消腫，早餐也不敢吃太多，喝完咖啡她就回房梳妝打扮。

這麼久沒見，至少要讓范司棠看見她的改變。

在衣櫃前猶豫了很久，她挑了鵝黃色的小洋裝繫上白色的細腰帶，仔細畫了一個小時妝，連平時不太用的假睫毛都用了，最後戴上小碎鑽耳環和鎖骨鍊，髮尾也用電棒燙整理好。

時間差不多了，她拿起包包從房間走出來，薛宇圖坐在客廳沙發上，看到她的一瞬間把喝下去的水全噴了出來，薛昔眠皺眉，「哥，你幹嘛！好髒。」

薛宇圖一副驚魂未定的模樣，「妳才幹嘛！打扮成這樣，相親啊？」

「哪有……很普通啊。」

「這叫普通？」

「我說普通就是普通。」

徐詩敏從房間出來，薛昔眠連忙問：「媽咪我臉不腫了吧？」

「不腫了，我女兒真好看。」徐詩敏轉向薛宇圖說：「你沒事就送我們去吧。」

「哦。」

薛宇圖充當司機，開車送她們到信義區知名的百貨公司之後就先回家了，她們搭電梯上樓，徐詩敏對她說：「快吃完前先把帳結了知道嗎？」

「知道了。」薛昔眠乖巧地說，她在餐廳門口停下腳步，「媽咪，我去一下洗手間，妳先進去吧。」

「好。」

薛昔眠轉身走到洗手間，從包包裡拿出粉餅補妝，補好妝，她看著鏡子裡的自己不斷小聲重覆說：「妳已經不喜歡范司棠了，不要緊張，沒必要緊張。」

舒了一口氣，做完心理建設，薛昔眠回到餐廳，服務生領著她入座，位置上只有徐詩敏和許雅云，范司棠還沒到。

薛昔眠快步過去柔柔一笑，「阿姨好。」

許雅云看著她，笑著感嘆，「好久沒見，妳都這麼大了。」轉向徐詩敏說：「小眠跟妳長得真像。」

「有嗎？」徐詩敏笑著說。

薛昔眠坐了下來對徐詩敏撒嬌說：「大家都說我跟媽咪很像。」

許雅云笑笑地補了一句，「一樣漂亮。」

徐詩敏問許雅云說：「司棠到哪了？她沒和妳一起來？」

薛昔眠一顆心提了起來，拿起水杯湊到嘴邊，想起口紅不能糊掉又放了下來，許雅云看了一眼手機，「應該快到了，她現在一個人住外面。」

「不如我們先看看要吃什麼吧。」徐詩敏說。

徐詩敏翻開菜單遞給許雅云，許雅云又把菜單遞給她，「小眠愛吃什麼？」

薛昔眠把菜單推回去，揚起笑容說：「阿姨不用顧慮我，點您喜歡吃的。」

「雅云妳先點吧。」

「好吧。」許雅云說。

薛昔眠的位置對著餐廳大門，她一直悄悄注意著進來的客人，沒多久，一個熟悉的身影走進餐廳，一下子吸引了她所有的目光。

范司棠穿著長袖的黑色合身雪紡襯衫和緊身牛仔褲，加上低跟皮鞋，身形更加纖細高挑，單肩掛著一個皮製的肩背包，可能是長年受到藝術熏陶，文藝氣質比學生時期更明顯。

領位的服務生帶著范司棠走過來，四目交接，范司棠朝她笑了笑，「小眠。」

「嗯。」薛昔眠臉頰的熱度一直在上升，她是對范司棠的笑容毫無抵抗力沒錯，但不應該包括這種客套的笑容啊！她逼自己冷靜下來。

范司棠拉開椅子坐下，一臉歉意地說：「阿姨，對不起，我遲到了。」

餐廳裝潢得古色古香，桌椅也是仿古的四方桌，四人各占一邊，范司棠坐在她的左手邊。

「沒有，是我們早到了。」徐詩敏笑著說：「妳十五、六歲之後，我們就沒見過了吧。」

「差不多，不過阿姨妳都沒什麼變。」

「哎呀！哪有這種事，老了很多。」徐詩敏嘴上說哪有這種事，但明顯被范司棠的話哄得很開心。

「昔眠妳還記得吧？」許雅云說。

眼角餘光注意到范司棠的目光落在她身上，薛昔眠抬起頭看過去。

范司棠的目光像帶著光的琉璃球，千言萬語如水般流淌其中，深深望進她的眼底，揚起迷人的笑容，輕笑著低喃似地說：「當然記得，小羊。」

小羊是范司棠對她的專屬暱稱，因為眠跟咩很像的關係，很小的時候范司棠就開始叫她小羊。

只不過……過了這麼多年再聽到范司棠這樣喊，薛昔眠的心情很複雜，她擠出笑容，拿起菜單遞給范司棠：「小棠姐姐，妳看看喜歡吃什麼……」

范司棠望著她停了幾秒，露出笑容：「妳來過這間餐廳嗎？」

「嗯，來過幾次。」

「那妳幫我介紹一下？」

「好。」薛昔眠翻開菜單認真介紹，范司棠聽著聽著似乎發起了呆，她疑惑地低聲喊：「小棠、姐姐？」

范司棠抬眼看向她說：「妳推薦的都不錯，妳點吧，我不挑食。」

「妳不挑食？」

薛昔眠挑了一下眉，把菜單闔上，真沒想到有生之年會聽范司棠講出這句話，范司棠表情微妙地一頓，恐怕也是想起自己有多挑食了吧。

肉有一點腥味不吃、太油不吃、海鮮不吃、辛辣的不吃、鹹了不吃淡了不吃，挑食的程度完全呈現在她和范司棠交往時的體重上，因為范司棠吃不下的、不想吃的全部進到她的胃裡，那是薛昔眠人生最胖的時期，一百六十五公分的身高，五十七公斤，好不容易才靠著運動減到五十公斤左右，而比她高五、六公分的范司棠當時才五十三公斤，現在看起來又更瘦了，還敢說自己不挑食！

范司棠輕咳一聲拿起茶杯，薛昔眠看到裡面沒有茶，拿茶壺要幫范司棠倒。

「我自己來。」范司棠突然伸手碰到了她的手，突如其來的肢體接觸讓手不由自主抖了一下，怕茶灑出來燙到范司棠，她用另外一隻手去扶，結果反而燙到自己。

她忍痛放下茶壺，虎口燙紅了一塊，范司棠握住她的手，皺著眉說：「紅了，我去拿……」

范司棠的碰觸讓她渾身不自在，她把手抽回來，「不用。」

范司棠看了她一眼，表情微怔。

「怎麼了？」許雅云問。

薛昔眠也不知道自己怎麼這麼敏感，她對許雅云微笑，「沒事，我去一下洗手間。」說完，起身離開座位。

走進洗手間站在洗手台前，她打開水龍頭用冷水沖著虎口發紅的地方，不知道會不會起水泡，她皮膚敏感，燙到容易起水泡……

洗手間門又打開，范司棠拿著毛巾走了進來，她訥訥地說：「我沒事。」

范司棠應了一聲，走到她身邊，手掌攤開示意她把手放上來，她看了范司棠一眼沒有動作。

范司棠溫聲說：「妳燙到容易起水泡，我看一下有沒有事。」

把手放到范司棠的手心裡，范司棠眉眼微斂，仔細看了一會兒，用毛巾輕壓她的虎口，毛巾裡包著冰塊舒緩了刺痛感。

「沒有起水泡，冰一下，等下擦藥就沒事了。」范司棠淡淡地說。

跟以前范司棠哄她的語氣天差地別，但薛昔眠依然聽到了自己的心跳聲跟連環機關槍一樣，夠了夠了！她壓著毛巾把手收回來，「我們回去吧，我自己來。」

范司棠態度自如，彷彿她們之間什麼事都沒有發生過，這種感覺讓她心裡很難受。

范司棠沒有說什麼，看了她一眼就轉身離開洗手間，薛昔眠跟在范司棠後面回到位置上，徐詩敏正在點菜，「司棠有想吃的嗎？」

「我都可以。」

薛昔眠看了一眼已經點好的東西，都不是范司棠喜歡吃的，她只好加點了兩道范司棠會喜歡的菜，眼角餘光瞄到范司棠突然看向她，她克制住自己沒有看回去。

服務生收走菜單離開，許雅云擔心地問：「手沒事吧？」

薛昔眠笑著搖搖頭，「沒什麼，阿姨不用擔心。」

范司棠打開肩背包拿出熟悉的小束口袋，那是范司棠常備的護理包，果然范司棠拿出一個藥膏盒推到她手邊，「直接擦，厚敷在燙到的地方。」

她把冰塊放到一旁，打開藥膏盒把藥膏抹在虎口，冰冰涼涼的感覺很舒服，燙到的地方不那麼痛了。

她把藥膏盒蓋好，范司棠淡淡地說：「藥給妳，回家記得擦，明天應該就會好很多了。」

「……謝謝。」

「不用客氣。」

「小棠真細心還隨身準備藥。」徐詩敏說。

「習慣了，而且工作經常用到。」

「妳媽媽說妳現在在室內設計公司工作？」

范司棠看了她一眼，薛昔眠突然想起來她昨天忘記和徐詩敏解釋，連忙說：「媽咪那個……」

范司棠和徐詩敏解釋說：「之前是在朋友的室內設計公司工作過一段時間沒錯……」

許雅云疑惑地說：「之前？難道現在沒在那邊做了？」

「嗯。」

許雅云表情尷尬，「怎麼沒和我說？害我還跟詩敏說妳在室內設計公司工作……」

范司棠抱歉地說：「才離職一段時間而已，最近事情比較多，忘了告訴妳。」又轉向徐詩敏說：「隔音、制震、室內聲學、配電這些都很專業，應該要找專門做錄音室的廠商來做，我認識幾家可以介紹給小眠……」

「妳之前有接觸過這種案子嗎？」徐詩敏問。

「是的，公司接過一些相關的案子，不過不是錄音室，只是在住家打造琴房而已。」

「原來如此。」

許雅云一臉不解地說：「既然不在設計公司，妳最近在忙什麼忙到都沒空回家？」

「我晚上在大學同學開的畫室教畫畫。」范司棠說。

「在畫室教畫畫？」許雅云訝異地說。

「嗯，這樣時間自由，白天也有時間創作自己的作品。」

「在哪裡？」

「師大附近。」

「真是的，怎麼不先和我說一聲呢。」許雅云無奈地說。

徐詩敏笑著說：「哎呀，妳之前不是覺得小棠沒當老師很可惜嗎？現在在畫室教畫畫很好啊。」

以前范司棠也教過她畫畫，但她不是個好學生，范司棠語氣稍微認真嚴厲一些，她就會故意撒嬌索吻，范司棠拿她沒辦法，最後總是會露出寵溺又無奈的笑容答應她的要求……

薛昔眠的心跳快了起來，拿起水杯啜飲一口，快停止，不要再胡思亂想了……

「小棠最近白天忙嗎？」

「還好，前陣子剛完成一幅畫。」

徐詩敏遲疑了一下，薛昔眠浮起一絲不妙的預感，果然下一秒徐詩敏就說：「如果妳白天不那麼忙的話，有件事我想問問妳能不能幫忙……」

「阿姨妳說。」

「媽咪……」薛昔眠著急地想要阻止徐詩敏說下去。

徐詩敏拍拍她的手笑著說：「是這樣的，小眠在弄自己的工作室，但是我跟小眠的爸爸公司事情太多，沒時間和她跑來跑去忙這些事，不盯著我又怕她被騙，如果妳白天有空，不知道願不願意幫幫她？讓她有個人可以商量討論，妳放心，我不會讓妳做白工。」

薛昔眠看向范司棠，范司棠眉頭深鎖下一秒可能就要說出拒絕的話了，等范司棠拒絕還不如她先阻止，「媽咪，小棠姐姐很忙，不要麻煩人家……」

「如果小眠需要的話，我很樂意幫忙，費用就不用了，只是一點小事。」范司棠客氣地說。

薛昔眠錯愕地看向范司棠，范司棠為什麼沒有拒絕？

徐詩敏爽快地說：「占用妳的時間怎麼能不付薪水，車資和相關費用都可以報銷，千萬不要客氣，工作室的細節妳再跟小眠討論，阿姨把這件事交給妳了，工作室慢慢籌備，把事情都做好做對，這樣就是幫我大忙了。」徐詩敏轉向許雅云說：「雅云妳覺得呢？」

「她能幫上小眠的忙就好，我沒意見。」

「那就這樣決定了，太好了！我煩惱了好久。」徐詩敏高興地說。

徐詩敏決定的事很難更改，薛昔眠垂死掙扎地說：「媽咪，可以聽一下我的意見嗎？」

「妳有什麼意見？」

「我覺得我可以處理好。」

「覺得就是不肯定，小棠願意幫忙，我就不用每天提心吊膽，這件事就這樣說定了。」

「我會再和小眠討論。」范司棠淡淡一笑。

范司棠一副雲淡風輕公事公辦的口吻讓薛昔眠越來越煩躁，說到底……都怪自己當年隱瞞和范司棠交往的事，不然今天也不會有這種事情發生。

「妳媽媽也是擔心。」許雅云出來打圓場，「我們都知道妳很聰明的……我聽妳媽媽說，妳大學就在波士頓讀音樂學院，什麼時候回來的？」

看徐詩敏的表情，薛昔眠知道木已成舟沒有挽救的餘地了，她打起精神點點頭，笑著說：「我在美國待了六年，三年前回來的。」

「回台灣後就進電視台工作？」

「是的。」

「真厲害，才三年，這麼年輕就要開工作室。」許雅云朝范司棠看了一眼，「其實當年小棠也該出國的，都是……」

「媽！」范司棠突然出聲打斷。

薛昔眠看到范司棠的表情有點不太對勁，心裡冒出了疑問。

范司棠原本的人生規劃是要考教職，但因為她高中畢業就要出國讀音樂學院，而且很可能會留在國外發展，所以范司棠也決定申請學校出國讀書，後來兩人分手，她不知道後面發生什麼事了。

「小棠姐姐沒有出國是有什麼原因嗎？」薛昔眠忍不住問。

范司棠看了她一眼又生硬地移開視線，這一眼讓薛昔眠更確定有問題，只是沒有出國，范司棠應該不至於有這種反應……

「說起來有點丟臉。」許雅云笑著嘆了一口氣，「小棠她爸爸的生意出了一點問題，家裡沒有多餘的錢負擔留學的費用，她主動說要放棄，大四忙著畢展，還另外打了兩份工和好幾個家教替我們分擔，那個時候……」

「媽，都過去的事了，別再提了。」范司棠平靜地說。

「現在沒事了吧？」徐詩敏詫異地說：「怎麼不告訴我呢……」

「沒事了，撐了三年，生意終於又重新上軌道，但是那段時間真的辛苦小棠，忙得連休息時間都沒有。」

范司棠無奈地說：「我哪裡辛苦了，妳跟爸比較辛苦。」

徐詩敏拍拍許雅云的手說：「小棠懂事，妳該高興。」

等等，范司棠大四不就是她出國第一年，她們分手那年？

薛昔眠的腦袋一片混亂，依稀記得范司棠父親的公司在做機械零件之類的精密工業，家境和她差不多，范司棠和家裡說要出國讀書，父母都沒有反對，薛昔眠也因此放下心，但是，許雅云說的生意出問題還有打工和家教的事，她一個字都沒有聽范司棠提過。

為什麼？薛昔眠不由自主看向范司棠，范司棠也許是察覺到她的目光看了過來，臉上維持著客套的笑容，眼裡卻沒有多少真實的笑意……

不是詢問的好時機，薛昔眠忍住詢問的衝動移開目光。

服務生端著菜過來，菜一道道上桌，徐詩敏招呼她們動筷，「要是不夠再點。」

吃了一會兒，薛昔眠瞄了幾眼許雅云面前的菜，那道菜她很喜歡，但不好意思把筷子伸到長輩面前，打算放棄那道料理，范司棠用公筷夾了一些放到她的碗裡，又夾了其他幾道她喜歡的菜。

「夠了，謝謝。」

范司棠停住筷子，看了一眼她碗裡的菜彷彿在說：才這麼一點就夠了？不然呢？要她在長輩面前放開大吃嗎？來回幾個眼神，范司棠放下公筷。

薛昔眠瞄到徐詩敏似乎在看她們兩個，趕緊拿起公筷，笑著夾菜放到徐詩敏的碗裡，「媽咪。」又夾了菜給許雅云，「阿姨妳嚐嚐這個，這個是這間餐廳的名菜之一。」

「好，我嚐嚐看，妳也多吃點。」許雅云笑笑地說。

薛昔眠夾了一塊東坡肉放到范司棠碗裡，范司棠不喜歡油膩的肥肉，她不是希望范司棠真的吃下去，只是想從范司棠的臉上看到一點真實情緒，不再那麼難以捉摸。

「謝謝。」范司棠朝她一笑，面不改色地把肉吃掉。

薛昔眠無言以對地看著范司棠，寧願吃不喜歡的東西，也不肯摘下客套的面具？她故意問：「好吃嗎？」

范司棠笑容更深，「很好吃。」

「小棠喜歡吃東坡肉嗎？那多吃點，這也是這間店的名菜。」

徐詩敏高興地又夾了一塊肥肉，還特別大塊，薛昔眠看到范司棠笑容一僵，覺得好笑的同時也鬆了一口氣，連忙用碗劫走了徐詩敏夾著的那塊肉，撒嬌說：「媽咪，我還沒吃呢。」

徐詩敏生氣地說：「怎麼可以這麼沒規矩。」

「沒關係，小眠喜歡就給她吧。」

可惡明天又要多運動一個小時了，如果不是怕范司棠吐，她才不接這塊大肥肉，薛昔眠恨恨地把肉吃掉。

吃完飯，徐詩敏說想逛百貨，兩個長輩手挽著手走在前面聊得開心，薛昔眠和范司棠並肩而行，誰都沒有開口。

范司棠不打算說些什麼嗎？

在問跟不問之間薛昔眠猶豫了一下，走進店裡，熱情的店員迎上來，她失去了開口的機會。

薛昔眠陪在徐詩敏和許雅云身邊逛了一會兒，聽到另一邊店員熱情的語氣，她看了過去，發現范司棠被店員纏上了。

范司棠不擅長應付熱情推銷的店員，薛昔眠看到范司棠對店員露出溫柔的笑容，覺得有點煩躁，她走過去勾住范司棠的手臂，笑笑地和店員說：「我們自己看就好了，有需要會再麻煩妳介紹，謝謝。」

「啊，好的。」

店員退開後，薛昔眠抬眼看著范司棠，發現范司棠怔怔地看著她，她鬆開范司棠的手解釋說：「妳看起來有點困擾。」

「嗯。」

「妳和我們一起吧，不然又被店員纏上，這裡隨便一件都不便宜。」

范司棠柔聲說：「現在知道不便宜了？」

她愣了幾秒才反應過來范司棠在說剛交往時她的花錢習慣……

薛昔眠以前拿著父親的附卡，只要不把卡刷爆，薛承武都不會過問，買東西也經常不看價格，和范司棠在一起之後這個習慣才慢慢改掉。

范司棠是做什麼事都要先規劃的人，工作、住在一起、和家裡坦白交往的事，包括她幾歲以前要開工作室，這些她們都討論過，出國前范司棠耳提面命要她記帳，不要胡亂刷卡過度消費，要存錢。

為了早點實現和范司棠一起規劃好的未來，出國後薛昔眠學著精打細算自己到超市買菜做飯，這件事她一直沒和范司棠說，打算等到她們見面那一天給范司棠一個驚喜……只是這一天比她預計得晚了很多很多年才到來。

我現在每天記帳……

但她做到多少過去她們規劃好的事還重要嗎？最後薛昔眠應了一聲沒有多說，徐詩敏朝她們招了招手，「小眠、司棠，來幫我看看這個好不好看？」

「好。」薛昔眠笑笑地回。

兩人一起走回長輩們身邊沒再交談，逛了一個多小時，徐詩敏買了包包和衣服，問：「雅云妳們要怎麼回家？我讓我兒子送妳們回去吧？」

「媽咪，我等下有事情先不回家。」薛昔眠看著手機訊息，她和于璐雪本來約好今晚要看電影，但于璐雪臨時有採訪，傳訊息說今天晚上不能陪她去了。

薛昔眠嘆了一口氣，她很不喜歡一個人看電影，但于璐雪要工作也沒辦法，她思索著要不要叫王閱江出來陪她。

「什麼事？」徐詩敏疑惑地說。

「我六點多有部電影要看，已經買好票了。」

「一個人去？」

「對。」

「小棠妳等下有事嗎？沒事的話，要不要跟小眠去看電影？」徐詩敏轉向她說。

薛昔眠驀地抬頭看向范司棠，范司棠遲疑地說：「晚上有朋友生日要慶祝，我怕趕不及……」

一瞬間很多回憶湧上薛昔眠的心頭，范司棠和她一樣喜歡看電影。

如果要說她們之間什麼最讓她懷念，就是和范司棠看完電影後的討論時光，因為當她執著認真的時候，范司棠不會像其他人那樣覺得個人觀點沒什麼好討論而草草結束話題，她們可以討論電影討論一整天。

她這輩子都不會忘記和范司棠第一次聊起電影那種血液沸騰起來的興奮和激動感，彷彿所有的神經都在叫囂著她找到了，找到那個可以對話的人。

范司棠是這個世界上唯一一個可以理解、也願意理解她的人，分手也沒能改變薛昔眠內心深處的想法。

回想起兩人曾經一起聊電影的美好時光，薛昔眠再也忍不住開口說：「妳朋友的慶生幾點開始？」

范司棠靜靜看了她幾秒，說：「九點之後。」

「在哪？」

「西門紅樓附近。」

「電影就在旁邊的中山堂！九點左右結束，妳剛好可以過去。」

「影展……現在還有票嗎？」

范司棠立刻反應過來她要去看影展讓薛昔眠更加高興，「我有搶到兩張票，妳……願意和我一起去嗎？」

薛昔眠緊張地等待范司棠的回覆，她真的很希望做不成戀人她們還是可以當偶爾一起看電影的朋友……

目光交接，范司棠凝視著她，過了一會兒，輕聲說：「好。」

薛昔眠興奮地說：「這部電影妳應該會喜歡，它是在講……」范司棠的目光裡忽然浮起一點柔軟的笑意，她意識到自己太興奮了，壓下激動說：「反正是評價很不錯的電影。」

「我知道，我沒劃到位置。」范司棠柔聲說。

薛昔眠心底某個地方許久沒有這樣被觸動的感覺了，興奮、激動、愉悅都不足以形容她此刻的感受，彷彿心臟的每一次跳動都在等待這個時刻。

不管是分手前還是分手後，這樣的悸動……只有范司棠給過她。

2

跟徐詩敏和許雅云道別，范司棠和薛昔眠走出百貨公司。

「妳是怎麼來的？」薛昔眠問。

「捷運。」

薛昔眠雖然不介意搭捷運，但她今天這身衣服不太適合，猶豫了一下，范司棠從包包裡拿出傘撐了起來，「搭計程車吧。」

薛昔眠鬆了一口氣，「好。」

兩人走到馬路旁，范司棠攔下一輛計程車，打開車門讓她先上車，才隨後坐進車裡，跟司機說了要去中山堂。

薛昔眠手機訊息響了一聲，她拿出來看了一眼，于璐雪又傳訊息為臨時不能赴約向她道歉，于璐雪不喜歡影展的文藝片，本來就只是為了陪她。

薛昔眠回覆：「沒關係，妳忙妳的，有朋友和我一起。」

她偷偷瞄了范司棠一眼，范司棠靜靜看著車窗外。

范司棠願意和她一起看電影是好事，但薛昔眠還是很在意范司棠沒把家裡的事告訴她……

那些事到底是在什麼時候發生的？

剛出國那段時間，面對新環境和沉重的課業，她的壓力非常大，范司棠經常陪她講電話安撫她，那時還很正常……

薛昔眠靜下心來仔細回想，猛然一件事撞進腦海裡。

她出國後三個月左右，范司棠突然說因為要準備畢業展覽，所以寒假不能來美國找她，薛昔眠在電話裡哭了很久，范司棠一直道歉哄她。

從那之後，范司棠就變得非常忙碌，電話經常聯絡不到人，訊息也回得很慢……

是那個時候發生的事嗎？

下了計程車，想起往事的薛昔眠情緒低落，范司棠突然說：「看電影前要先吃東西嗎？」

她看了范司棠一眼，「妳餓了？」

「不餓，但妳不餓？」

「我還好。」

范司棠淡淡地說：「現在離開場還有一點時間……」

「我真的不餓。」范司棠意味深長地看了她一眼，薛昔眠有些莫名，疑惑地說：「我不能不餓嗎？」

「……可以。」

范司棠收回視線，兩人走到中山堂，電影還沒開場，她們站在外面等了一會兒，范司棠又突然說：「高跟鞋不合腳嗎？」她疑惑地看向范司棠，范司棠皺眉凝視著她，「……妳臉色不太好。」

薛昔眠怔住，難怪剛才范司棠問她是不是餓了。

「我只是想事情想得入神了。」她發自內心笑了出來，剛冷下去的心因為范司棠的關心一暖。

「什麼事？」

薛昔眠遲疑了一下，現在要提嗎？不，還是晚一點再說吧，過去的事已經過去，現在和范司棠一起看電影才是最重要的事，講起那些事，有可能會破壞氣氛……

范司棠看著她，似乎在等她的回答，薛昔眠笑了一下，「想到工作的事，因為我再一個月就要離職。」

「想專心弄工作室？」

「嗯，電視台工作量大，我覺得自己沒辦法兼顧。」薛昔眠拿起擺在旁邊的影展簡介，轉移話題說：「這次影展妳有要看其他電影嗎？」

「嗯，有幾部有興趣的。」

「都有劃到位？」

「有，除了這一部。」

「妳還要看哪幾部電影？」范司棠看了她一眼，勾人的雙眼微瞇，看得薛昔眠有點心虛，「我只是好奇，我的票也都劃好位了。」

「為什麼這場買了兩張又一個人來？」

「本來有朋友要陪我，她臨時有事。」

范司棠薄唇微抿，看上去不太高興，薛昔眠回想剛才說的話，很快猜到范司棠誤會了，急忙解釋：「我不是找妳填補空檔！可以和妳看電影我才不會想找別人呢！」

這是屬於她們的溝通方式，也是互相了解的開始，薛昔眠打從心底相信范司棠應該懂得這件事對她的珍貴程度。

范司棠看著她沒有說話，薛昔眠委屈地說：「真的。」即使分手了，范司棠也該明白她們一起分享的電影時光不是隨便可以被取代的。

范司棠眉眼微斂，開口報了幾部電影的名字，抬眼看著她，眼裡有很小很難察覺的歉意，柔聲說：「妳呢？」

薛昔眠開心地報上電影名，又有點失望地說：「我們看的電影好像沒有重覆到。」

「我平日白天比較有空，所以電影都劃在白天，妳白天要上班。」

范司棠的語氣比剛才自然很多，薛昔眠高興地說：「也是，妳看了好看再告訴我，我再找來看。」

「嗯，可以進場了。」范司棠說。

薛昔眠把票拿出來，驗完票，范司棠走在前面，下階梯時停下腳步回頭看了她一眼，朝她伸出手，薛昔眠愣了一下，握住范司棠的手，跟以前一樣骨感、冰涼。

兩人的手只交握了一下，找到座位後范司棠就鬆開了。

廳內的冷氣開得很強，內外的溫差有點大，坐下後，薛昔眠抱了一下手臂，突然一件防風外套蓋到她的身上，范司棠的動作太快，她措手不及，只能愣愣地抓著外套。

「這裡冷氣有點冷，又冷又熱容易感冒，妳蓋著吧，我昨天才洗過它。」

「妳呢？」薛昔眠輕聲說。

「我不冷。」

胸口劇烈跳動著的心臟和震耳欲聾的心跳聲，把薛昔眠拉回久遠以前，高中的她和范司棠再次相遇的那一天……

高中一年級開始，目標是國外音樂學院的薛昔眠放學後必須搭公車到老師家上鋼琴課。

開學一個月，薛昔眠趕著去上課的途中忽然下起傾盆大雨，她沒帶傘，匆匆從公車站跑到騎樓下，一路沒有遮蔽物，雨又大，制服溼透了，她緊張地把書包抱在胸前，苦惱地看著外面的滂沱大雨。

附近沒有便利商店，到老師家又還有一小段路，薛昔眠看了一眼手錶，肩膀突然多了一點重量，身上一暖，一件帶著洗衣粉淡淡香味的深灰色連帽外套披在她身上。

她訝異地抬頭，看見一個背著畫筒、綁著馬尾又高又瘦的女生站在她面前，目光清澈明亮，似有星辰。

她屏住呼吸，把書包抱得更緊，目光沒辦法從女生的臉上移開，又覺得對方給她的感覺非常熟悉……

「小羊。」女生揚起好看的笑容，聲音像春日的綿綿細雨，婉轉低迴。

愣了好幾秒，薛昔眠終於認出眼前的女生是誰，這個世界上也沒有第二個人會叫她小羊了，「小棠姐姐！」

上次見面是三年前她小學畢業，范司棠要升高中，剛才第一眼她沒認出來是因為范司棠長高很多，應該已經超過一百七十公分，兩人站得近，她必須微微仰起頭才能對上范司棠的視線。

「以前不是都叫我糖糖嗎？」范司棠笑著說。

「……別取笑我啦。」她不知道為什麼臉頰有些發燙，心跳也莫名地快，軟聲說：「妳怎麼在這裡？」

「我學校在這裡。」范司棠邊笑邊從手提袋裡拿出毛巾，「這毛巾是乾淨的，本來晚上要運動。」說著，用毛巾吸著她髮尾的水，順著她的頭髮輕輕搓揉，眼神溫柔。

「學校？大學嗎？」

「對。」范司棠報了學校的名字，「我現在要去畫室，妳呢？怎麼在這裡？」

「我的鋼琴老師住在附近。」頓了一下，她補充說：「我考上音樂班了，要、要準備留學的考試。」

「原來如此。」范司棠收起毛巾，遞給她一把折疊傘，「我的傘給妳，我等下在畫室拿一把就好。」

薛昔眠接過傘，「妳的外套……」

「妳制服濕了，先穿著我的外套，改天再還我。」范司棠接過她的書包，薛昔眠把外套穿了起來。

范司棠把外套拉鍊拉到最上面，一臉不放心地說：「男老師還是女老師？」

「女的。」范司棠面色稍霽把書包掛回她的肩上，她軟聲說：「外套怎麼還給妳比較方便？」

范司棠拿出手機，「妳有手機嗎？我給妳我的電話。」

「有。」她趕緊拿出手機和范司棠交換手機號碼，「我把外套洗好就聯絡妳。」

「不急，妳有上課再說。」

「我一個星期上三天課。」

范司棠笑笑地說：「好，妳再聯絡我。」

她依依不捨地和范司棠道別，上課魂不守舍一直彈錯，被老師罵得很慘，下課後已經沒雨了，她還是撐著范司棠借給她的白色小花傘回家。

回到家，腦袋裡裝的還是下午見到的范司棠，溫柔的、成熟的、變得耀眼的范司棠……還有一些她不知道該怎樣具體形容的心情含羞帶怯地冒出嫩芽。

薛昔眠瞄了一眼身旁的范司棠，范司棠目不轉睛地看著前方還沒開始播放畫面的螢幕。

分開已經八年，她痛苦過、沮喪過、茫然過，花了很長的時間決定放下，可是好像有些事不是想忘就能忘掉，想放就能放下。

電影正式播放，這畢竟是薛昔眠期待很久的電影，她拉回心神專注看著大螢幕。

這部電影的中文名字叫《我們與愛的距離》（House of Hummingbird），是一部韓國電影，女主角是國中二年級的學生，透過女孩的視角描繪出青春期的迷惘和孤獨感。

電影播了兩個多小時，直到幕後工作人員的名單播完，燈光亮起，薛昔眠才如夢初醒，坐在位置上久久不能回神，她感受到電影想要表達的孤獨感，結尾也深深觸動了她，顧不得范司棠還坐在旁邊，眼淚直流。

她拿出面紙輕輕擦掉臉上的淚水，頭突然被摸了，是范司棠每次想要安慰她會做的動作，范司棠傾身靠向她摸著她的頭，她聞到范司棠身上很淡的香水味，是從來沒有聞過的陌生味道，淡雅清香，好像是某種花的香味。

抬眼看向范司棠，她看到范司棠眼眶也是紅的，不是她一個人覺得感動或難受，心情莫名好多了。

「我沒事了。」她不好意思地說，把范司棠的防風外套折了一下，但怎麼折都折不好。

「我來吧。」

范司棠從她手中把外套拿走，折好收進背包裡。

起身走出播放廳，薛昔眠忽然看見熟悉的身影，腳步一頓，于璐雪站在播放廳的出口外面。于璐雪看了她身旁的范司棠一眼，才轉向她笑了一下，薛昔眠尷尬到邁不出腳步，她該介紹范司棠跟于璐雪認識嗎？是不是不太好？

范司棠似乎感覺到她的尷尬，淡淡地說：「我到門口等妳。」

薛昔眠低聲說：「嗯，抱歉，我和朋友講幾句話。」

范司棠走到外面背對著她們，薛昔眠看了一眼才轉回來對于璐雪說：「怎麼在這裡？不是說採訪完要跟製作人吃飯？」

「吃了，有點不放心妳，所以來看一下。」

她無奈地笑了笑，「有什麼好不放心的。」

「怕沒人陪妳看電影呀。」

「我說了有朋友陪我。」于璐雪站得很近，薛昔眠聞到一點酒味，拉起于璐雪的手皺眉說：「妳喝酒了？開車來的？」

「搭計程車來的，沒有喝很多。」于璐雪往范司棠的方向看了一眼，又說：「約會對象？」

薛昔眠微微一頓，搖了搖頭，于璐雪疑惑地說：「朋友？除了我跟閱江，妳還有可以陪妳看電影的朋友？」

薛昔眠不喜歡和不熟的人看電影，所以于璐雪不喜歡文藝片也只能陪她看，她輕聲說：「她就是我跟妳提過的初戀。」

于璐雪不是會追問另一半過去情史的人，她沒有說太多她跟范司棠之間的事，但于璐雪知道她跟范司棠分手後就沒聯絡了。

于璐雪一臉驚訝，「妳們又聯絡上了？」

「中午一起吃了飯，長輩約的。」

「但妳約她來看電影？」

「嗯。」

「妳還喜歡她？」

「我跟她都八年沒見面了……」薛昔眠看著范司棠的背影，軟聲說：「我只是覺得，當不成戀人可以當朋友。」

「那妳們等下還要去哪裡嗎？」于璐雪笑笑地說。

「吃個東西吧，看電影前沒吃，我有點餓了，妳呢？」

「我要回去了。」

薛昔眠抬手揉了揉于璐雪因為酒意微紅的臉頰，不放心地說：「妳可以嗎？還是我陪妳回去？」

「放心，我酒已經醒了。」

「好吧，注意安全，有事打給我。」

和于璐雪道別，薛昔眠看著在門口背對著她們的范司棠，心情複雜地走過去。

「不好意思，久等了。」

范司棠轉頭向後看了一眼，淡淡地說：「妳朋友呢？」

「她先離開了，妳現在就要去找朋友，還是……」薛昔眠凝視著范司棠，抱著一絲期待說：「我們去吃點東西？」

「我該去找朋友了，工作室的事再另外找時間討論。」范司棠的語氣沒有停頓，「我幫妳叫車？」

「……不用了，我想先在附近吃東西。」

「好，再見。」

「再見。」

范司棠轉身離開，薛昔眠怔愣地看著范司棠的背影，淚意突然上湧，她趕緊轉身抹掉眼淚。

薛昔眠的記憶裡，很少出現范司棠離開的背影，因為不管什麼時候，都是范司棠看著她離開……那個時候，范司棠到底為什麼不告訴她實情？那麼重要的事只用一句簡單的畢展很忙帶過，是不是太過分了？就算隔了這麼久，她應該還是有資格要一個解釋？

薛昔眠又掉了幾滴眼淚，身後突然又出現從遠而近的腳步聲，「小眠。」

渾身一僵，范司棠回來做什麼？她抹了抹臉頰，轉身笑著說：「怎麼了？」

范司棠盯著她看了一會兒，緩緩地說：「我等下應該會喝酒，想了一下還是吃點東西比較好，一起去？」

她忍住沒讓眼淚再流下來，軟聲說：「我想吃排骨飯可以嗎？」西門町也是她們常約會的地方，講到吃飯當然有幾間口袋名單。

范司棠看了一眼手錶，「好，這個時間應該還開著。」

和范司棠並肩走到店家，她劃好菜單交給店員，順便拿了筷子和湯匙，用面紙仔細擦過桌面後，把餐具放到范司棠面前。

范司棠表情奇怪地看著她，她疑惑地說：「怎麼了？沒擦乾淨嗎？」

「沒有，擦得很乾淨。」

她靈光一閃，范司棠該不會是因為她去拿餐具又仔細擦桌子而驚訝吧……以前這些事都是范司棠做的，她也不是不願意做，只是過去的她太習慣范司棠的照顧。

「妳……」她真的很想問清楚，但是兩人的目光輕輕碰在一起，范司棠沉靜的面容讓她突然之間不知道怎麼說下去，「剛才的電影妳覺得怎麼樣？」

「導演拍得很不錯，難怪是這次影展的熱門片。」

她眼前一亮，高興地說：「對吧對吧！不枉我為了搶到這場電影的好位置還設定了鬧鐘，這部電影的劇本也是導演寫的呢，劇本也很棒，還有女主角也很讓我驚訝，年紀不大，演技卻非常自然。」

「女主角的確讓人有驚豔的感覺。」

「妳最喜歡哪一段的畫面跟敘事？」

范司棠思考了一會兒，說：「女主角叫著母親，母親卻沒有回應那段吧。」

她嘆了一口氣，「我以為導演會讓母親最後有些回應，沒想到她就那樣離開了。」

「導演安排給女主角回應的是那位老師。」

「但老師最後留下的還是孤獨感……」

「我覺得不完全是，至少女主角知道，這個世界上有人聽到過她的聲音也理解了她。」范司棠淡淡笑著，「活在這個世界上每個人其實都是孤獨的，妳真正擁有的只有自己，這些都只是成長過程中無法迴避的事情……」

她眉眼微斂看了范司棠一會兒，低聲說：「但是透過生離死別得到的成長太殘忍了，那一段讓我很難受。」

「生老病死是無可避免的事。」

「我希望我愛的人都好好的，身體健康長命百歲。」

「可以這樣當然最好，但是有意義的人生比長命百歲重要多了。」

看完電影兩人的氣氛比之前輕鬆很多，薛昔眠覺得……如果可以維持這種氣氛，稍微提起過去的事，范司棠應該不會太反感……

服務生把餐點端上桌，她看了范司棠一眼，「妳要不要一塊炸排骨？」

「妳吃吧，我吃不下那麼多。」

她肚子餓了，吃飯的速度又比范司棠快，很快就把排骨飯吃光了，范司棠點的是雞腿飯，切好的雞腿單獨放在一個盤子裡，留了兩塊雞腿肉沒動。

她盯著那兩塊雞腿肉，是留給她的嗎？胃是還有一點空間啦，要開口嗎？但如果范司棠不是留給她的不是顯得她很貪吃嗎……

范司棠抬起頭，目光停在她臉上，她愣了一下，范司棠為什麼要用這種曖昧的目光看著她……

「排骨好吃嗎？」范司棠淡淡地問。

「好吃啊。」她奇怪地說：「剛才不要，現在又想吃了？」

「沒有。」范司棠抽了一張面紙遞到她面前，「嘴角沾到油了。」

什麼！不早說！還問她好不好吃！她飛快接過面紙仔細地擦了擦嘴角，氣惱地說：「妳……」

范司棠把裝著雞腿的盤子推到她面前，「我飽了，妳要是吃得下，幫我吃？」

她拿起筷子夾起雞腿肉，忍不住說：「妳的胃怎麼還是這麼小，因為這樣才瘦了吧。」

「沒關係，我又不住新竹。」

「不是只有新竹才風大會被吹走好嗎，每次吃飯都挑來挑去這個不吃那個不吃，妳這樣營養不均衡，健康會出問題……」她抬起頭，范司棠靜靜看著她不發一語，她嘟著唇說：「怎麼，又覺得我的關心很囉嗦了？」

「沒有。」

「明明就有，妳說過。」

「我什麼時候說過？」范司棠皺眉，回想了一下說：「我說的是妳碎碎念的樣子很可愛。」

「看吧，妳承認了吧，妳覺得我的關心是碎碎念，碎碎念就是囉嗦。」

「妳重點放錯了，重點是……」

兩人目光對上，薛昔眠僵了一下，她在說什麼……這什麼情況，她為什麼忽然和范司棠吵起來，范司棠似乎也意識到不對，別開臉一臉失言後的尷尬。

「有吃飽嗎？」范司棠的表情已經恢復正常。

她咬了咬唇，重點是什麼……是她可愛嗎？她乾咳了一聲，低下頭把東西吃完。

「嗯。」

范司棠拿起帳單看了一眼，她把帳單搶了過來，「我現在在工作了，該我付了。」

范司棠沒有堅持，「謝謝。」

「不用客氣，以前都妳付的。」

結完帳，走出店裡，范司棠拿出手機，「我幫妳叫計程車？」

「妳朋友會介意多個人嗎？」她衝動地說。

她知道自己沒辦法一直忍耐下去，趁今天問清楚當時到底發生什麼事是最好的。

范司棠沉默了一會兒，說：「妳有事要說的話，我們另外找地方？」

范司棠果然知道她有話想說，她的心稍微定了下來，可以另外找個地方談當然更好，但是范司棠不喜歡爽約。

她斟酌了一下，說：「妳答應朋友了，不去不太好吧？或是我在附近等妳也沒關係。」

范司棠皺眉，「不行，這麼晚了，我也不知道會到幾點。」停頓了一下，嘆了一口氣，「妳和我一起去吧，我發個訊息告訴他。」

范司棠按了一下手機，很快說：「可以過去了。」

走了五分鐘，她們走到一間運動酒吧，范司棠伸手推開門，她跟在范司棠身後走進店裡。

店內放著爵士樂，氣氛熱鬧，放眼望去大概二十幾個人，好幾個人看到范司棠紛紛和她打招呼。

范司棠帶著她到店中央，中間擺了一個長桌，一群人在玩投杯球，薛昔眠站在前面看著，范司棠在她身後。

長桌兩邊分了兩隊比投杯球，其中一隊輸了被罰酒，另外一張桌子有十幾杯ＳＨＯＴ，突然一陣鼓譟，薛昔眠看見中間穿著紅色背心的男人把鹽往另一個男人身上抹，舔一口鹽喝一杯酒。

薛昔眠小聲尖叫，跟著眾人發出鼓譟聲，眼前突然一片暗，怔愣了幾秒，她才反應過來是范司棠抬手遮住她的眼睛。

「……我又不是小孩子了。」她低聲囁嚅。

「嗯？」

她側身看著身後的范司棠，「紅色背心那個是妳說今天生日的朋友？」

「嗯，他叫方士洋，他親的是他男朋友。」

既然是交往關係，她看一下有什麼關係嘛……薛昔眠嘟著唇。

范司棠面無表情盯著她看，低聲說：「妳很想看？」

「也、也沒有。」她心虛地說。

不對啊，她心虛什麼？第一她們分手了，第二她成年了……

薛昔眠鼓起勇氣想要提出抗議，抬眼對上范司棠的目光，她們貼得很近，視線交纏著，她聞到了范司棠身上的香水味，心跳不受控制地加快，一時沒了聲音……

鼓譟聲漸弱，一輪遊戲結束。

「棠棠姐！」

范司棠和她同時錯開視線，薛昔眠退到范司棠身旁悄悄地舒一口氣，方士洋走到她們面前，范司棠和方士洋打了招呼。

方士洋的目光落在她身上，朝她伸出手笑著說：「妳好，怎麼稱呼？」

「你好，叫我小眠就可以了，不好意思，不請自來。」薛昔眠客氣地說。

「沒事沒事，我喜歡熱鬧，妳可以叫我 Alex 或是阿洋。」

方士洋跟吧台要了兩瓶啤酒遞給她們，范司棠拿起啤酒，敲了方士洋的酒瓶一下，喝了一口，「生日快樂。」

「生日快樂。」薛昔眠也跟著說。

方士洋指了指外面，「這裡講話不方便，我想抽根煙。」

范司棠點頭，三人走到外面，外面擺了兩張桌椅，坐下後方士洋拿出一支煙，問她：「介意嗎？」

「沒關係。」薛昔眠笑了笑。

范司棠皺眉說：「你往外坐一點。」

方士洋乖乖照做，夾著煙的手垂在椅子旁，對范司棠眨眨眼，「這位是……女朋友？」

薛昔眠仰頭喝酒的動作頓了一下，范司棠表情很微妙，薛昔眠搶在范司棠開口前說：「朋友。」

方士洋眼神曖昧，笑了一聲，「抱歉，棠棠姐第一次帶朋友參加聚會，我還以為……」

第一次……帶朋友來……薛昔眠不由自主地看向范司棠。

當年，跟范司棠關係不錯的大學同學和朋友都知道她們交往的事，大學時代都這樣的話，現在已經出社會了，有交往的對象應該更不需要隱藏吧？難道……范司棠這些年一直單身？不對，如果范司棠一直單身，方士洋怎麼會知道范司棠交的是女朋友，而且以范司棠的條件，單身八年也太不科學了。

「薛小眠。」范司棠輕聲喊。

薛昔眠心中一凜猛然抬頭坐正，「做、做什麼……」范司棠這樣叫她一般都沒什麼好事，「我駝背了？」

「沒有，但看起來想招財。」

「我搖頭了？」薛昔眠尷尬地說。

方士洋噗嗤一笑，「棠棠姐，妳朋友真可愛，哪裡認識的呀。」

范司棠轉向方士洋說：「你最近怎麼樣？新作品完成了嗎？」故意跳過了方士洋的問題。

方士洋眼神微妙地掃了她一眼，笑著對范司棠說：「快了，妳最近還順利嗎？什麼時候要辦畫展？」

「還有好幾幅畫沒完成，暫時不確定。」

「小眠妳呢？做什麼工作的呀？」方士洋問。

「音樂。」薛昔眠笑笑地說：「你呢？」

「裝置藝術和雕塑，過陣子我要開展了，妳有空就來看呀，展場是棠棠姐設計的。」

「好啊好啊！」薛昔眠拿出手機說：「我們可以交換ＬＩＮＥ，開展了告訴我。」方士洋也拿出手機，兩人互相加了好友，她看了范司棠一眼，忍不住問：「你們認識很久了嗎？」

「大概八年了吧。」方士洋看向范司棠，范司棠淡淡點了一下頭。

八年？八年的話，是她出國後的事，但是這八年都沒見過范司棠帶「朋友」參加聚會？

薛昔眠喝了一口啤酒，冷靜了一下，「在哪裡認識的？」

「想知道啊？」方士洋雙手捧著臉，朝她曖昧地眨了眨眼，笑著說：「那妳先告訴我妳們怎麼認識的……哎！」

方士洋一臉吃痛住了口，薛昔眠狐疑地往桌下看了一眼，沒看出奇怪的地方，但直覺告訴她，剛才范司棠動腳了。

「少八卦。」范司棠淡淡地說。

方士洋哭喪著臉說：「難得有事可以給我八卦一下……」

薛昔眠腦袋一熱，衝動地對方士洋說：「我們很小的時候就認識了，她是我的初戀。」

范司棠驀地看向她，明明沒開口，薛昔眠卻從范司棠的眼裡看到很多難以分辨的情緒。

「妳不會就是甩了棠棠姐的那個人吧……」

薛昔眠錯愕地看著方士洋，她甩了范司棠？是她甩了范司棠嗎？她的視線落在范司棠的臉上，范司棠是這樣告訴朋友的？

「我和士洋是我在藝廊打工認識的。」范司棠平靜地說。

方士洋的目光在她們之間來回，把煙捻熄，站起身笑著說：「哎呀，壽星不能離開太久，我先進去了，妳們慢慢聊。」

方士洋走回店裡，薛昔眠拿起啤酒灌了幾口，嗆到掩嘴咳了幾聲。

范司棠皺眉說：「不要喝那麼急……」

「……妳和朋友說我甩了妳嗎？」薛昔眠軟聲問。

其實薛昔眠不相信范司棠會這樣對朋友說，她甚至不認為范司棠會主動和朋友提起她們分手的事，但是她們畢竟分開了很多年，她不知道范司棠是不是有些改變。

「我沒有，我們分手那天我在藝廊。」

薛昔眠怔住，范司棠一句話已經解釋了很多，代表即使她當時遠在國外，范司棠也讓方士洋知道她有女朋友的事，大概是方士洋自己看出她們分手了，還有……她講完范司棠是她的初戀，方士洋就立刻說她是甩了范司棠的人，這八年范司棠很有可能真的沒談其他戀愛。

「棠……」

「我們之間的事，我沒有和其他人說過，他們只是看出我分手了而已。」

「我也不認為妳會說。」

范司棠看了她一眼，「嗯。」

既然已經提到了當年的事，她覺得乾脆趁這個機會直接問：「當年，叔叔生意出問題是什麼時候的事？」

「妳不是已經知道了嗎？」范司棠淡淡地說。

「我想知道確切的時間，是不是妳跟我說要忙畢展的事開始？」

「比那更早一點……」

「所以妳那時候根本不是真的要忙畢展？只是找個理由搪塞我？」她不敢相信地說。

「畢展很忙是實話，打工和家教也占去很多時間。」

心裡湧起氣憤、無奈和被隱瞞的委屈，她壓抑著情緒說：「為什麼……為什麼當時不告訴我？」

「我找不到機會說。」

「什麼？」她呆呆地望著范司棠，「什麼叫找不到機會說？」

「剛出國那段時間，妳的情緒很糟……」范司棠的語氣不帶有任何情緒，眼裡也沒有波動，只是單純地陳述一件事情。

「妳不覺得我有辦法消化妳的情緒，所以乾脆不說了？」

剛到陌生環境，課業壓力大又離開父母和范司棠，她確實非常焦慮無助，可是范司棠怎麼可以就這樣擅自決定不告訴她？

「不管我說或不說，以當時的情況……結果都是一樣的。」

「一樣？」

范司棠沉默了幾秒，抬眼看著她，輕聲說：「不管我是為了畢展忙，還是家裡生意出問題必須自己賺錢，我當時能給妳的時間就是那麼少，妳受不了我忙碌，怪我不主動聯絡妳，會因為我告訴妳我爸快破產了我需要打工賺錢而感覺好一點嗎？」

「但是妳說了我就會知道該關心妳，我就會知道妳不是冷淡，是真的沒時間……」

「如果聽到我沒辦法如期出國讀書，不知道要讓妳等多久，妳不會更崩潰嗎？」

「我願意等呀！」她傷心又憤怒，「妳憑什麼自以為是地認定我會崩潰就不告訴我發生什麼事了……」

「是嗎？」范司棠凝視著她，微微抿著嘴唇笑了一下，「可是妳……一句累不累都沒有問過。」

腦袋像被猛力一擊，她怔忡地看著范司棠，喃喃說：「不可能……」她拼命翻找回憶裡那一年發生的事。

范司棠告訴她因為畢業展變得比較忙碌之後，留給她的時間越來越少，經常找不到人，她壓抑的情緒不斷累積又無法消化，不知道從什麼時候開始，她們的談話都以她的抱怨和范司棠道歉安撫做結尾。

離開台灣才幾個月的時間，一切就都變了。

又一次找不到范司棠之後，她傷心憤怒地傳了訊息提分手。

她不是真的想分手，只是不知道怎麼發洩情緒，那次在范司棠的安撫下過去了，但是她們的關係開始越來越糟，漸漸走向無可挽回的地步。

分手那天，記得是她的凌晨，台灣的午後，她怕半夜講電話范司棠又累得睡著，特地挑在白天打電話，范司棠接起電話心不在焉地和她講了五分鐘，她一直忍耐著沒有爆發，直到她聽到范司棠突然和旁邊的人說話：「好，這個我等下送過去。」

她終於忍不下去了，「棠，妳連專心五分鐘跟我講話都做不到嗎？」

「對不起，小眠，我手邊有事要做，晚上我再打給妳好不好？」范司棠的語氣聽起來疲憊又無奈。

「連幾分鐘都專心不了，等到晚上會有什麼改變嗎？妳上次也是這樣說，結果都沒有打來！」

「我有傳訊息告訴妳我臨時有點事……」

「我不懂，什麼事那麼重要？我們已經很久沒見面了，講電話的時間也越來越少，妳為什麼都無所謂？對妳來說我真的還重要嗎？」

「妳當然很重要。」

「重要的話妳會連專心幾分鐘都做不到嗎！」她生氣地說。

「對不起，我再陪妳多講幾分鐘好不好？不要生氣了。」

「妳為什麼一副施捨的語氣……」

「我沒有。」范司棠嘆了一口氣，「我真的沒有，我……」

范司棠無奈疲倦的嘆息聲深深刺傷了她，她怒不可遏地說：「我讓妳覺得煩了？既然這樣，妳就和我分手呀。」

「這樣妳會比較輕鬆嗎？」范司棠輕聲問。

「什麼意思？」

「分手，妳會比較輕鬆嗎？」

從范司棠口中聽到分手兩個字，她恍惚了一下，內心深處很清楚自己一點都不想和范司棠分開，只是希望范司棠可以多在乎她一點，以范司棠對她的了解，應該知道她說分手是氣話……

知道她說的是氣話，還是問出這種問題代表什麼？范司棠真的想分手嗎？

怒火壓過理智，她悲憤交加地說：「不用再和一個講電話講到一半睡著的人交往我當然會比較輕鬆！妳知道我浪費了多少時間等妳回覆電話和訊息嗎？我可以練習，可以專心寫作業、可以和同學出門，妳呢？全心全意都是妳的畢展，忙到連十分鐘的電話都專心不了，我真的不知道為什麼自己要花那麼多時間等妳……」

「對不起，這段時間冷落了妳，耽誤妳那麼多時間。」

說這句話時，范司棠的語氣毫無波瀾，聲音很輕也很冷，對她來說范司棠的反應太過冷靜了。

「妳怎麼可以這麼冷靜？妳是真的要和我分手嗎？」

范司棠沉默了很久，也許沒有很久，只是對她來說那大概是生命裡最漫長的幾秒鐘。

「……是。」

「好。」她明明不想和范司棠分開，但說出來的話完全不受控制，「那就不要再聯絡了！」不等范司棠說話，她把電話掛掉，緊握著幾秒前還能聽見范司棠聲音的手機放聲哭了出來。

胸口的疼痛無法形容，心裡隱隱期待范司棠會再打電話來哄她，但等了一個星期范司棠都沒有再打來，在傷心又憤怒的情況下，她把范司棠所有的聯絡方式和訊息全部刪掉，兩人就這樣斷了聯繫。

沒有、真的沒有……

記憶裡全都是她對范司棠忙碌的抱怨，還有范司棠輕聲安撫她的畫面，她真的一句累不累都沒有問過。

翻湧的情緒慢慢偃息旗鼓，她懊惱地說：「棠，對不起……對不起。」

范司棠沉默不語，笑了笑，拿起酒瓶輕輕碰了一下她面前的酒瓶，把剛才沒喝幾口的啤酒一口氣喝完，臉頰慢慢紅了起來，眼尾染上豔紅，眼眶裡有水波蕩漾著，她想看清楚那是不是眼淚，但范司棠放下酒瓶表情已經恢復如常。

「妳要問的事情問完了？」

她緩緩點了點頭，范司棠站起來說：「那我們進去吧，外面有點熱。」

突然覺得好像要再次失去范司棠，她整個人慌亂了起來，「棠！」范司棠停下腳步背對著她，她緊張地說：「我們還可以當朋友嗎？」

過了一會兒，范司棠回頭看著她，輕輕一笑，「可以。」說完，推開門走回店裡。

一個人坐在外面，她一口一口喝著剩下的半瓶酒，垂著頭，眼淚往下掉，她本來就不認為她們之間還有什麼可能，只是此刻胸口悶痛的感覺，和她們分手時太過相似。

她們一起度過的美好時光、許下的承諾還有規劃好的未來彷彿一場夢，她真的不明白那時的她怎麼了，怎麼會一句關心都沒有說過……

她仰頭把酒一口喝光，喝完就忘了吧，忘掉和范司棠之間甜美的一切，不要再念念不忘也不要再提過去的事了。

還能當朋友……這樣就夠了。

喝完酒，薛昔眠起身回到店裡，一推開門就看到范司棠在門口的吧台旁等她，一時之間她不知道該說些什麼才好。

「要切蛋糕了。」范司棠先開了口。

服務生推出一個大蛋糕，方士洋切完蛋糕，把蛋糕分給大家，薛昔眠拿著蛋糕坐到吧台旁，范司棠也坐了下來。

吃了幾口甜食，薛昔眠心情好多了，眼角餘光瞄到范司棠盤子裡的水蜜桃，她盯著看了一會兒，微微抬頭，發現范司棠正在看她。

范司棠唇角微勾，把盤子靠到她的盤子邊用叉子把水蜜桃撥給她。

「妳不吃？」

「不吃。」

「那我吃囉，我真的吃囉？」

范司棠淡淡一笑，「吃吧，跟我客氣什麼。」

范司棠的態度真的是把她當成朋友了，薛昔眠心裡隱隱鬆了一口氣，笑了笑，低頭把水蜜桃吃掉。

「蛋糕要不要？」范司棠又問。

「不要，奶油會胖。」她笑笑地指了指范司棠盤子裡的布丁，「但妳要是不吃布丁可以給我。」

范司棠喜歡吃布丁，一般是不會讓給她的，范司棠卻乾脆地把布丁也撥到她的盤子裡。

「我開玩笑的啦，妳不是喜歡吃布丁嗎？」

范司棠看了她一眼，「沒關係。」

薛昔眠還想說些什麼，突然一個短髮女人走到她們旁邊，年紀看起來比她還小，大概二十

三、四歲的樣子，親暱地搭上范司棠的肩，「司棠！我還以為妳沒來呢，剛才怎麼沒看到妳。」

薛昔眠忍不住盯著女人搭在范司棠肩上的手，范司棠眉頭皺了一下，表情不太自在，放下叉子，用面紙擦了擦嘴唇，客套地笑了笑，「我剛才也沒看到妳。」

「要不要到那邊一起坐？」女人指著後面的沙發區。

「不用了。」范司棠輕輕把女人搭在她肩上的手移開。

「抱歉忘記妳不喜歡。」女人笑著說。

「沒事。」

「我約妳好幾次了，妳怎麼都沒有空，這麼忙嗎……」

「嗯，最近有點忙。」

「在忙什麼呀？都不回訊息……妳有看到我貼給妳的那個插畫家的畫展資訊嗎？妳沒興趣嗎？」

薛昔眠默默吃著蛋糕，豎起耳朵聽著范司棠和朋友的對話，她也不是第一次遇到這種情況了，范司棠不知道為什麼總是會吸引比她年紀小的人來搭訕和追求，雖然她也曾經是其中之一。

「我平時很少用手機聊天，那種插畫不是我喜歡的風格，妳找同學陪妳去看吧。」

「啊……不要啦，妳什麼時候有空，我配合妳嘛。」

「不用配合我，妳找朋友去看吧。」范司棠突然轉頭看了她一眼，微微一頓，眼神驀地變得柔軟。

薛昔眠莫名心虛緊張，軟聲說：「幹嘛……」我只是聽八卦沒有做什麼啊！

范司棠突然抬手朝她臉頰靠過來，拇指在她唇邊抹過，泰然自若地用手裡的面紙擦掉手指上的奶油，「沒了。」

今天第二次了！她平常不會這樣的！薛昔眠尷尬到想挖到地洞鑽進去，拿出面紙再仔細擦了一次嘴唇。

「司棠，這位是誰呀？」

薛昔眠知道對方走過來時就已經注意到她，和范司棠說話時眼角餘光也一直在瞄她。

范司棠看了她一眼，眼神像在徵詢她的意思，薛昔眠意會過來放下叉子擦了擦手，伸出手說：「妳好，我是她的朋友，妳可以叫我小眠。」

「妳可以叫我落依，降落的落，依依不捨的依……」落依伸手和她一握，露出不怎麼真心的笑容，「妳們怎麼認識的？」

薛昔眠看了范司棠一眼，斟酌地說：「我們很小就認識了，妳呢？」

「司棠在藝術展做導覽時認識的。」

「她和士洋一起去的。」范司棠補了一句。

「原來如此，所以妳也是學藝術的？」薛昔眠好奇地問。

「嗯，插畫。」

薛昔眠轉頭問范司棠說：「妳在藝術展做過導覽？下次什麼時候再做導覽，告訴我一聲呀，我想聽妳介紹。」

范司棠眼神溫柔，「不用等我做導覽，看最近有什麼藝術展，我們一起去就是了。」

薛昔眠沒想到范司棠會這樣說，下意識看向落依，落依表情很難看，「妳們聊吧，我不打擾了。」

落依離開後，薛昔眠不安地說：「妳這樣沒關係嗎？」

「我怎麼樣？」

「妳為了刺激她這樣說不太好吧……」

范司棠表情沉了下來，「我沒有為了刺激誰，難道妳是為了刺激她才說想聽我導覽？」

薛昔眠一愣，「不是！不是不是！我真的想聽妳介紹藝術品。」

范司棠沉默了一會兒，解釋說：「我拒絕過幾次，但她裝作聽不懂，我沒辦法一直顧慮她的情緒……」

「我知道。」薛昔眠輕聲說，范司棠是非常顧慮別人情緒的人，如果到了直接拒絕的程度那一定是踩到底線了，「我只是擔心妳們的關係……」

「妳不用擔心這個，我有分寸。」

「好嘛，我錯了。」薛昔眠撒嬌說，她可不想為了其他人破壞跟范司棠好不容易恢復的關係。

「棠棠姐，小眠，快來快來……」

方士洋招手要她們過去，一群人站在電子飛鏢機前，范司棠和她離開位置走了過去。

「來來來，玩飛鏢，兩人一組，一共四組可以參賽。」方士洋語氣跟菜市場叫賣一樣，「分數高的贏，第一名有獎品，輸的把酒乾了，獎品是蘋果新款的無線耳機，由壽星我提供。」

「妳想玩嗎？」范司棠問。

薛昔眠看范司棠對耳機沒有什麼興趣，她也有很多耳機，不打算參加，但是眼角餘光瞄到落依從范司棠的身後走過來，她抱住范司棠手臂說：「好啊，我想要耳機。」

范司棠身體一僵，偏頭看著她，薛昔眠的目光落在范司棠柔軟的嘴唇上，太近了，她趕緊鬆開范司棠的手，「對、對不起。」

「我跟士洋說一聲。」

「好。」

范司棠走過去找方士洋，薛昔眠按著胸口透了一口氣，剛才那個距離……只差一點點她就要碰到范司棠的嘴唇了。

方士洋找了另外三組，其中一組是剛才本來要找范司棠的落依，玩累積得分制，一共八個回合，一回合有三次射飛鏢的機會，分數加總起來最高的一組贏。

薛昔眠悄聲問范司棠，「妳玩過嗎？」

「玩過幾次，妳呢？」

「國外很多運動酒吧，飛鏢我很拿手。」薛昔眠得意地說。

開頭很順利，薛昔眠中了好幾次兩倍和三倍區，不過另外一組男生的分數一直緊追著她們，范司棠在第八回合飛鏢意外沒有打中標靶，差了十二分只有第二名。

范司棠一臉抱歉地看著她，「還是我買耳機給妳？」

薛昔眠笑著說：「沒關係啦，只是遊戲。」反正她也不是真的想要耳機。

方士洋在桌上擺了六小杯龍舌蘭，輸的三組一個人一杯，催促著：「來吧來吧，輸的人願賭服輸囉。」

范司棠拆開紙巾，在酒杯旁邊抹上一點鹽，薛昔眠看著范司棠仰頭一口把酒喝掉，動作俐落，眼睛都不眨一下。

這是她第一次看范司棠喝烈酒，心跳莫名，范司棠用拇指稍微抹了抹唇角，拿起她面前那杯，薛昔眠按住她的手說：「這杯是我的。」

范司棠皺眉，說：「我幫妳喝，這個酒太烈了。」

「不要，我要自己喝。」薛昔眠知道這個酒度數高，范司棠連喝兩杯會受不了。

兩人僵持了幾秒，范司棠眼裡有難辨的情緒，最後默默收回手，薛昔眠拆開濕紙巾擦了擦手背，倒了一點鹽在手背上，深吸一口氣，不要多想，薛昔眠……多想就喝不下去了。

她舔過鹽再一口喝掉龍舌蘭，皺著眉咬住檸檬角，天啊……有夠難喝，薛昔眠摀著嘴巴，感覺整個人泡在酒精裡，熱氣直往臉上衝，臉頰像火燒一樣燙。

她舒了一口氣，全都是酒氣，完了……完了完了，逞強了，這一小杯好烈，范司棠怎麼做到面不改色的？

范司棠突然把她拉到懷裡，薛昔眠疑惑地看著范司棠：「妳幹嘛……」

范司棠表情無奈，笑著嘆了一口氣，說：「妳快跌倒了。」

「我沒有啊。」薛昔眠低下頭想看自己的腳，頭暈得晃了一下，下一秒又被抱住。

「好了，妳該回去了，我送妳回家。」

「我不回家……」薛昔眠越來越難控制自己，今天的一切像跑馬燈一樣閃過眼前。

……不管我說或不說，以當時的情況，結果都是一樣的。

……如果聽到我沒辦法如期出國讀書，不知道要讓妳等多久，妳不會更崩潰嗎？

……是嗎？可是妳……一句累不累都沒有問過。

為什麼當時沒有多關心一下范司棠？為什麼隔了這麼久她還是覺得心要碎了，為什麼不告訴她需要工作賺錢，為什麼不信任她，為什麼她們會分開……

「別哭。」范司棠輕哄著說。

薛昔眠靠在范司棠懷裡，「我沒哭，我頭暈。」

「我說了酒很烈。」范司棠拉著她，柔聲說：「時間不早了，回家好嗎？」

「妳呢？」

「我也回家。」

「我叫我哥來接我，手機……」

范司棠幫把她的皮包打開拿出手機遞給她，薛昔眠輸入完密碼，撥通薛宇圖的電話，抬眼看著范司棠說：「妳住哪裡？我讓我哥哥送妳回家。」

「我住土城，現在還有捷運，我搭捷運就好。」

「不能送妳回去嗎？」

「不是，妳家離這裡不遠，不順路。」

電話接通，薛宇圖問她地址，薛昔眠把手機給范司棠，「我哥問地址……」

後面的事，薛昔眠印象模糊，只記得范司棠扶她上車，她降下車窗趴在車窗邊雙眼迷濛地看著范司棠。

薛昔眠招了招手，范司棠靠向她，她偏頭在范司棠的臉頰上親了一下，「對不起。」

范司棠凝視著她，眼裡的情緒很多，她混沌的腦袋讀不出是什麼意思。

「不要趴在車窗上……」

不捨地退後一些，車窗緩緩上升，她朝范司棠揮了揮手，范司棠似乎笑了一下。

車子開動，她歪著頭靠在車窗旁看著外面的景色飛快掠過，八年了……

她一直耿耿於懷結束得太倉促的初戀，時隔八年終於彷彿畫下一個句點般落幕了，她摀著臉嗚咽地哭了起來。

3

星期五，電視台內。

牆上電子鐘顯示晚上七點，薛昔眠把剛完成的檔案上傳到雲端，收拾好桌子準備下班。

她拿起手機看了一眼，和范司棠見面已經是一個星期之前的事。

喝完酒的隔天早上，她徹底體會到什麼叫宿醉，連床都下不了，頭重腳輕、動彈不得。

其實她沒有喝過龍舌蘭，那天硬著頭皮喝完，思考瞬間被酒精淹沒，一絲理智吊著她不讓她倒下去，喉嚨像一把火在燒，整個世界不停旋轉，只有范司棠是不變的。

每個神情和動作都讓她情不自禁想再看仔細一點，尤其是范司棠最後送她離開時的眼神。

被那樣溫柔又包容的眼神看著，很多很多的情緒和回憶湧上，她忍不住就……想到就羞愧得無地自容，她怎麼會親范司棠呢？

范司棠隔天傳訊息關心她有沒有宿醉，她心虛地回了一個躺地不起的貼圖，回完後又躺回床上。

就讓范司棠認為她醉了吧，她也的確是真的醉了，在車上哭得稀里嘩啦，還好薛宇圖沒有看到她親范司棠。

桌上的手機忽然響了，她緊張地拿起來……是不認識的號碼，不是范司棠，鬆一口氣之餘又隱約有些失望，「您好？」

「小眠。」

薛昔眠立刻認出是她在音樂學院的學姐王佳漩，驚喜地說：「學姐？妳怎麼用台灣的手機號碼？」

「我現在在台灣呀。」

「真的嗎？一個人回來？」

「怎麼可能，博德跟小孩也跟著來了。」

王佳漩是台灣人，大她三歲，她們因為校內活動變成朋友，畢業前還一起開了一場聯合演奏會，感情很好。

王佳漩在美國結婚後，和也做音樂的老公博德一起開了一間大型音樂工作室，薛昔眠很多工作都是王佳漩透過外包的方式交給她處理。

「學姐找我有什麼事嗎？」

「我看到妳在ＩＧ發的限時動態，妳打算開工作室了？」

「對呀。」薛昔眠笑著說。

「這樣妳還有空嗎？我實在忙不過來，這邊有個案子想交給妳。」

「要是趕著完成可能沒辦法……」

「還好，不是很趕，只是工作室下半年的時間都滿了，對方要求高，我不敢隨便外包給其他人，如果妳願意接我就不用煩惱了。」

「內容是什麼？」

「電話講不清楚，不如約個時間見面？我現在在高雄，星期一回台中，妳有空到台中一趟嗎？」

「好，我也想順便問妳一些工作室的事，約晚上六點左右可以嗎？」

「沒問題，我等下把地址給妳。」

她遲疑了一下，「學姐，我可以多帶一個人嗎？」

「喔？誰呀？」

「幫我一起弄工作室的一個……好朋友。」

「好朋友？」

「嗯，很好的朋友。」

「可以呀，那就過兩天見囉。」

「好。」

掛掉電話，薛昔眠起身往外走，走到避難樓梯間，從手機裡找出范司棠的電話，猶豫了一會兒才撥了過去，響了好幾聲電話才被接起來。

「小眠。」范司棠語氣溫柔，但聲音很小。

她疑惑地說：「妳現在在做什麼？」

「我在畫室上課。」

她想起范司棠說過晚上在畫室教畫，尷尬地說：「抱歉，打擾到妳了。」

「沒有，不是補習班，沒那麼嚴格，怎麼了嗎？」

范司棠輕柔的說話聲就像在耳邊低語，她腦中頓時浮出很多畫面，臉頰莫名熱了起來，強自鎮定了一下才找回聲音，「妳下星期一要上課嗎？」

「星期一沒有課。」

她心裡一喜，「那妳晚上有沒有空？」

「晚上我要到台中撤一個畫展，把作品載回台北，沒有時間。」

「這樣啊……」

「是有關工作室的事嗎？」

「嗯，我有個學姐有裝修工作室的經驗，我剛好也要去台中找她，本來是想看妳有沒有時間跟我一起去。」

「抱歉，可能沒辦法。」

「沒關係，我也是臨時想到。」

「還是妳問完我們再討論，約星期二晚上怎麼樣？」

「星期二也不用上課嗎？」

「不用，我目前固定上課的時間是星期三到星期六晚上七點到九點半。」范司棠輕聲說。

「對了，畫室叫什麼名字？」吃飯那天她就想問了，一直沒找到機會。

「唯藝，唯一的唯，藝術的藝。」

「嗯，不打擾妳上課了，掰掰。」

「掰掰。」

掛掉電話，她用手機搜尋畫室的名字，果然有資料，她稍微瀏覽了一下，環境看起來還不錯，她飛快回到座位提起包包往外走。

王閔江攔住她，「欸，小眠妳要走啦？等等我啊。」

她腳步一頓，想起王閔江原本要搭她的順風車回家，「對不起，我臨時有點急事，沒辦法載你了。」

「啊？」

薛昔眠快步往外走，搭電梯到停車場，上車後設定導航到畫室，不塞車只要二十分鐘，她看著地圖上的距離，居然這麼近。

把車開出電視台的停車場，心情緊張了起來，她深吸一口氣，按下ＣＤ播放，音響流洩而出歌手喬冰溫暖療癒的聲音，她微微一愣。

喬冰是范司棠喜歡的歌手，她受到范司棠的影響也聽起了喬冰的歌，最喜歡的，就是現在正在播放的第二張專輯。

這張專輯對她的意義非凡，因為她和范司棠是在這張專輯的新歌發表會那天在一起。

……喬冰的歌聲將薛昔眠拉進了回憶裡。

和范司棠在大雨那天重遇，薛昔眠藉著還外套這個理由主動約范司棠看電影，讓她有些忐忑不安的是……這部電影不是一般院線電影，是經典電影的特展，她很擔心范司棠不喜歡或是沒興趣。

薛昔眠小時候家裡就收藏了很多電影DVD，大部分是母親買的，她經常翻出來看，父母也不會阻止，不算宮崎駿和迪士尼的動畫片，她第一部看的電影是《麥迪遜之橋》，和動畫片完全不一樣，一個全新的世界在眼前打開，電影畫面和男女主角的對話烙印在腦海裡，對感情還懵懵懂懂的她被深深震撼了，從此墜入電影的世界。

約范司棠看經典電影特展，一方面是因為她真的很想看，另一方面是她想知道范司棠對電影有沒有興趣……

讓她喜出望外的是范司棠原本就有打算去看特展，不只這樣，看完電影兩人到附近吃晚餐，范司棠聊了很多電影的事，她意外發現她看過的電影范司棠幾乎都看過，兩人可以從一部電影跳到另外一部電影不斷延伸討論下去。

那天她們忘情地聊到差點超過她的門禁時間，最後是范司棠騎車送她回家。

她依依不捨地和范司棠道別……心底的小樹苗在一天內拔高到長出了新綠枝椏，而且完全沒有停止生長的跡象，這份感覺實在太強烈，她很快確定自己真的喜歡上同樣是女孩子的范司棠。

上一次雨後遇見范司棠，她就隱約有點心動，直覺告訴她暫時不能告訴父母，薛宇圖又出國念書了不方便找他商量，這件事變成她一個人的秘密。

喜歡上同性這件事並沒有讓薛昔眠糾結很久，電影裡演過那麼多真愛打敗一切，當然也包括性別吧。

不管范司棠喜不喜歡女孩子，只要努力讓范司棠喜歡上她就好了。

她找了和同性戀有關的電影和書籍看，這期間她也找機會約范司棠出去了幾次，大部分是趁著晚上從老師家離開之後，和范司棠在外面吃晚餐，她食量大，晚上吃消夜或是再吃一頓晚餐很正常，不需要和父母解釋太多。

沒見面的時候，她就傳訊和范司棠聊天，有時會說自己在看什麼電影，覺得好的也不忘推薦給范司棠。

兩人雖然分享了不少電影，但還沒有一部關於同性戀的，她想透過電影先了解一下范司棠對同性戀有沒有什麼想法，所以找了一部她覺得很經典的同性戀電影《夜幕低垂》（When Night Is Falling）。

她還記得范司棠從她手中接過電影ＤＶＤ時，表情瞬間變幻莫測的模樣。

「……小羊，這是限制級。」

「有什麼好限制的，畫面拍得很美呢！妳有看過嗎？」這句話她在家練習了很多次才能講得那麼順，事實上她的心跳差不多一百四十。

范司棠沉默了很久，完了，慘了……該不會……就在她以為范司棠對同性戀很反感的時候，范司棠低聲說：「……嗯，我有看過。」

她難掩驚訝地對上范司棠的目光，大概兩秒的時間誰也沒有說話，范司棠突然錯開視線講起其他的事，但她已經從范司棠眼裡讀到了重要的訊息，或是說她們交換了訊息……不是她單方面在思考「喜歡同性」這件事。

她和范司棠的相處從那時開始變得微妙。

范司棠不會拒絕她的邀約，但紅著臉迴避她視線的次數越來越多，這代表什麼？這還能代表什麼！范司棠肯定對她也有感覺。

她的信心與日俱增，一直在等時機向范司棠表白，這是她珍貴的初戀，她希望一切回憶都是美好的。

一月份，范司棠的生日即將來臨，她決定用禮物表白。

范司棠的性格內斂，從她們一起看過的電影裡，少數得到范司棠讚賞的浪漫劇情來判斷，她的結論就是表白要含蓄有巧思，不能弄得太誇張。

她訂做了蛋糕，上完鋼琴課後打給范司棠，沒有說要慶生，只說想約范司棠去夜市。

「對不起，我有個作業一定要完成，可能會忙到晚上十點多，明天再陪妳去好嗎？」范司棠無奈地說。

「好吧，但妳忙完告訴我一聲？」

「好。」

快放寒假了，范司棠在忙期末作業，她本來就有心理準備會等到很晚，也叫放假回國的薛宇圖來接她，這樣她的門禁時間可以延後一點。

她提著蛋糕在范司棠宿舍樓下等，快十一點的時候，范司棠傳訊息告訴她：「我忙完要回宿舍了。」

看到訊息，她站在宿舍前緊張地等待范司棠回來。

沒多久，她看到范司棠低頭按著手機走到宿舍前，她的手機震了兩下，拿出來看，是范司棠傳來的訊息：「妳晚餐吃了什麼？」

她笑出聲，范司棠抬起頭看到她愣了一下，快步走向她，訝異地說：「小羊？妳怎麼在這裡？」拿出口袋裡的暖暖包捂著她的耳朵，皺眉說：「都凍紅了，妳在這裡站了多久？」

這幾天的氣溫特別低，但是怕錯過范司棠回宿舍的時間，她不敢離開，等了快兩個小時，全身上下包得很緊還是有快凍僵的感覺。

「沒有很久啦。」耳朵被范司棠溫暖了，她心頭一熱拉下圍巾，高興地說：「生日快樂！」她舉起手，手上有兩個袋子，「禮物和蛋糕。」

「妳知道今天是我生日？」范司棠詫異地說。

「我當然知道。」

「怎麼不跟我說，在這裡傻傻地等。」

「妳最近很忙嘛，我想給妳驚喜。」

「傻瓜。」范司棠斂著眉眼似乎有些感動的模樣，低聲說：「這麼晚還在外面，叔叔和阿姨不擔心嗎？」

「我哥放假回台灣，我叫他來接我，我爸媽知道。」

「宇圖哥也來了？他在哪，我跟他打個招呼。」

「我說要幫朋友慶生，叫他找個地方坐一下結束再打給他……」她看著范司棠，按捺不住心裡的悸動，小聲地說：「我不想讓他看到妳。」范司棠凝視著她沒有說話，她臉頰熱了起來，覺得自己這樣說可能太露骨了，連忙說：「沒什麼啦，妳不用跟他打招呼。」

范司棠冰涼的手指在她耳朵上捏了捏，「妳要陪我吃蛋糕嗎？」

時間已經很晚，雖然叫薛宇圖來接她，她還是不想父母起疑心追問，只能說：「我得回家了，妳拿回宿舍慢慢吃？可以分給室友。」

「好。」

范司棠看著她的眼神柔軟又專注，她衝動地向前靠到范司棠懷裡，「生日快樂……棠。」

這是她第一次這樣叫范司棠，害羞地把聲音悶在層層厚衣物裡，退開兩步，范司棠看她的眼神和平時很不一樣。

「小羊……」

她紅著臉期待地看著范司棠，但等了一會兒范司棠都沒說下去，她只好故作輕鬆地說：「我回去啦，禮物……希望妳會喜歡，等妳忙完再陪我吃東西。」

「……好。」

她打給薛宇圖，范司棠堅持陪她等到薛宇圖來，看她上車才轉身回宿舍。

她送范司棠一個四吋的草莓千層蛋糕，范司棠不喜歡奶油太多太甜的，這是她特別訂做，草莓是她另外找有機農場買了送到店裡做蛋糕，至於禮物，她送了一本介紹電影海報的書、一個精緻的馬克杯和一張手作卡片。

薛昔眠想了很久很久才想出這個表白方式……

杯子代表一輩子，不能隨便送人。這是徐詩敏對她說過的，她一直牢牢記在心裡，也在聊天時對范司棠說過，而送給范司棠的卡片裡她只寫了一句話。

如果終點有糖。

如果終點有范司棠的話，她願意獻出一輩子。

她相信范司棠會懂這是對她的表白，一直在等待范司棠的回覆，但是生日過後，范司棠的態度變得有些彆扭，總是有意無意提起她還在讀高中要專心課業之類的事。

沒想到才差三歲范司棠也這麼在意，她推薦了一部電影給范司棠做為睡前電影，那部電影的男女主角有巨大年齡差，劇情稍嫌老套，也有很多她不喜歡的點，但是更突顯年齡不是最重要的問題。

「看完了嗎？」她算準時間傳訊給范司棠。

「剛看完。」

「妳覺得他們之間最大的問題是年齡嗎？」她故意問。

過了半小時，范司棠回覆：「小羊該睡覺了，不然會長不高。」

升上高中後她已經長高五公分了！真是的，兩人只差三歲而已，如果性別阻止不了她們互相喜歡，真的有必要那麼在乎其他的事情嗎？不過……她覺得猶豫著不知道拿她怎麼辦的范司棠也很可愛。

她轉移話題：「喬冰第二張專輯要發了，我看到有新歌發表會，我們一起去？」

「好。」

她不打算放棄追求范司棠，她喜歡和范司棠在一起，喜歡和范司棠說話，喜歡和范司棠分享生活，喜歡和范司棠一起看電影，她還有很多事想和范司棠一起做……

范司棠沒有拒絕，她就會繼續努力下去。

范司棠的生日過後一個月是喬冰第二張專輯的新歌發表會，在戶外的廣場舉行，她們之間曖昧不明的狀態也持續了一個月。

她們已經提早到了，沒想到現場依舊人潮洶湧，她拉著范司棠的衣袖，「我們到前面。」

「站在後面就好了，前面人太多了。」范司棠阻止她。

「不行啦，妳不是喜歡喬冰嗎！距離當然越近越好。」

因為是公開演出，位置並不固定，范司棠喜歡喬冰的歌聲，薛昔眠想要讓范司棠近距離感受一下，她努力往前繞，停下的時候，她們的位置距離表演舞台非常近，她回頭問范司棠，「這位置可不可以？」

范司棠凝視著她，笑著嘆了一口氣附在耳邊說：「喜歡就要這麼近嗎？」

她心中一凜，范司棠問的是什麼？肯定不只是位置吧！可是到了關鍵時刻，她莫名害羞，心臟噗通噗通直跳，想到這個月范司棠好幾次的冷落和故意忽視，心底湧起無限的委屈，用目光揪著范司棠說：「當然。」

喬冰的歌唱到一半，范司棠突然牽住她的手，不是那種隨意、自然的動作，而是摸著她的手指扣了上來，她渾身一僵，不敢亂動腦袋一片空白，心跳快得要從喉嚨跳出來了，她轉頭對上范司棠的目光，溫柔的笑意在范司棠眼底蕩漾。

她呆愣了兩秒，啊！啊啊啊！范司棠答應和她交往了！她原地小小跳了兩下，開心地偎進范司棠的懷裡。

聽完表演，范司棠送她回家，在住處樓下，她忍不住問：「棠，妳為什麼……突然願意接受我？」

范司棠紅著臉微微一笑說：「妳不是應該問我是不是真的喜歡妳嗎？」

「妳一定喜歡我的呀，不過妳都這樣說了，那我勉為其難聽一下原因吧。」她笑嘻嘻地說。

范司棠輕輕捏了捏她的臉頰，「我喜歡妳講起喜歡的東西時眼裡的光芒和熱情，喜歡聽妳講話和笑起來的樣子，不管做什麼都讓我覺得……有趣。」

「有趣？」

「就像空白畫布多了色彩。」

她嘟起唇說：「但今天以前，妳還在猶豫呢……」

「妳才高中……我不知道交往對我和妳是不是……最好的選擇。在今天之前，我對喜歡的概念還有點模糊，也還在思考和妳之間該用什麼樣的距離相處比較恰當……」范司棠的表情非常認真，「但是和妳在一起我總是非常開心，像妳為了讓我可以近距離看喬冰，拚命拉著我前進，既可愛又讓我有種說不上來的感動……然後，剛剛喬冰唱到〈夜蟬〉這首歌，不知道妳有沒有看過歌詞，這首歌講的是兩個擦身而過的人不知道……」

「不知道對方就是這個世界上和自己最契合的人，就這樣錯過了一生……我有看過歌詞。」

范司棠微微一愣，笑了一下，「對，不過寫得有點隱晦……妳看懂了。」

「當然。」她得意地說。

范司棠凝視著她，溫柔地說：「我當時只有一個想法，也許是我活到現在最強烈的想法也說不定……」

「嗯？」

「……我不想錯過妳，不想和妳擦身而過。」

她害羞又開心地笑了起來，靠著范司棠軟聲說：「我會對妳很好，棠，妳不會後悔的。」

「我不會後悔的，也不會讓妳後悔。」

普通的一天，因為一起去聽了一場表演變成她們的交往紀念日。

對她們來說喬冰的歌很有意義，所以她曾經和范司棠說過以後有機會要讓喬冰唱她寫的歌，范司棠也笑笑地說很期待那一天到來。

這些年，這個念頭始終縈繞在薛昔眠的心底。

從國外回到台灣，進入電視台工作，薛昔眠一直想找機會和喬冰合作，但她的名氣還不夠，冒然聯絡唱片公司怕會有反效果，加上最近幾年喬冰沒有任何公開的活動，上一張專輯也已經是四、五年前的事了，她只好暫時擱置這件事，先專心在工作上。

車開到畫室附近，薛昔眠停好車把音響關掉，突然安靜下來，她才整個清醒過來，她怎麼跑來范司棠工作的地方了？

呆坐了一會兒，既然來了，不如……她深吸一口氣下車，看了一下地址走到畫室。

畫室對外是整片落地玻璃，她藉著建築物的遮蔽偷偷往畫室裡面張望，沒看到范司棠，她不由自主向前走了幾步，才看到范司棠蹲在桌子旁和學生說話。

專注的模樣一點都沒有變……

看著看著就移不開目光了，她特別喜歡范司棠畫畫時戴上眼鏡把長髮綁起來的模樣。

范司棠站起身，突然往門外看了一眼，就這麼巧對上了她的目光，她渾身一僵，下意識蹲下來，慘了被發現了。

不敢抬頭，她彎著腰轉身想要溜走，身後畫室的門叮噹響，「小眠？」

轉過身，她尷尬地走到范司棠面前，范司棠似笑非笑地看著她，「怎麼來了也不說一聲？」

「我沒有想要打擾妳，就是好奇想看一下。」

「要進來坐嗎？」

「不用不用。」她擺擺手，羞恥地說：「我、我現在要回家了，還沒吃晚餐。」

「還沒吃晚餐？」范司棠皺眉看了一眼手錶，「都八點多了。」

「今天下班比較晚。」

「妳等一下。」范司棠突然說，轉身回到畫室，沒多久拿著一個保鮮盒出來，打開蓋子，「要不要吃餅乾？」

一看就知道是手工做的，不會是什麼人送的吧，她猶豫了一下，「這個……」

「我做的。」

「妳做的？」她拿起來吃了一口，微微愣住，她疑惑地看了范司棠一眼，「這個……」

「味道怎麼樣？」

「很好吃。」范司棠除了布丁之外不太吃零食，為什麼要做餅乾？她微笑著掩飾自己的糾結，「妳什麼時候會做餅乾的？」

「學就會了。」范司棠把保鮮盒蓋好遞給她，「妳拿回去吃吧。」

她遲疑地說：「可以嗎？」

「嗯，本來是要分給學生的，我再做給他們吃就好，妳拿去吧，我們不常遇到。」

也對啦，范司棠不會像以前那樣一通電話就來找她，心裡有點酸酸的，她接過餅乾盒揚起笑容說：「謝謝，那我走了。」

「開車小心。」

她揮揮手，范司棠也揮了揮手，她抱著餅乾恍惚地走回車旁，回頭再看畫室，范司棠已經不在那裡了，她打開盒子拿出餅乾又吃了一個。

沒有錯，這個淡淡的檸檬香味和入口即化的口感跟她最喜歡的餅乾很像……

胸口傳來微弱間歇的刺痛感，她又往畫室看了一眼……

眼角餘光注意到畫室隔壁再隔壁的一樓店面掛著租售的牌子，上面還有仲介的電話，一個念頭閃過，她打量起周圍的環境。

這個位置靠近台灣大學，離捷運站也不遠，她和范司棠以前常在這一帶約會，這裡有很多交往時的回憶，她不由自主看著畫室，如果工作室真的租在這裡，她會離范司棠非常近……

看了一會兒，她別開臉拉開車門坐進駕駛座，過了幾秒又打開車門跨出去，拿出手機把仲介的電話記下來。

上次見面兩人已經說開了，她沒有必要刻意避開范司棠了不是嗎？而且只是問問而已，也不一定真的適合。

就是這樣沒有錯，她把手機收起來，坐回車內做了幾個深呼吸緩和緊張的心情，等情緒平復下來才開車離開。

星期一晚上，薛昔眠提早離開電視台開車南下，王佳漩準備了大餐，吃完飯，博德照顧孩子，她和王佳漩在客廳談工作的事。

「差不多就是這樣，音效部分需要處理得細膩一點。」王佳漩說。

「好，沒有問題，學姐妳再把檔案傳給我。」

「麻煩妳了。」

「工作室還沒開就有大案子，是我該謝謝學姐。」

「客氣什麼啦。」王佳漩拿起紅酒喝了一口，笑著說：「工作室找國外的設計師設計嗎？」

「沒有，我只打算弄工作室和一間錄音室而已，沒那麼複雜，會找台灣的廠商處理。」

「這樣也好，資金夠嗎？」

「夠，這幾年工作存的錢，加上跟父母借了一些，順利的話三年內應該可以還清。」

王佳漩把紅酒杯放下，語重心長地說：「開工作室不是換個地方接案，每個月的成本夠妳頭痛了，要有規劃。」

「我會的，我媽咪也這樣說，她有教我一些基本的。」

「公司設立了嗎？」

「我回台灣後為了接案可以開發票已經申請了公司呀，不然怎麼開發票給學姐。」

王佳漩啊了一聲，「我差點忘了。」

「這幾年都是定期交給外面的會計師做外帳，現在比較煩的是開工作室之後的內帳。」

「才開始而已，應該不複雜，記得不要一次投入太多資金在設備上，之後有需要再慢慢購買和汰換。」

「我也是這樣想。」

王佳漩忽然說：「我們工作室之前有更換過一批錄音設備和線材，本來就打算賣掉，還沒空處理，不如我列個清單給妳，博德過陣子會回美國一趟，妳需要的東西可以便宜賣妳，我再叫他幫妳扛到台灣。」

「真的嗎？」她十分驚喜，錄音設備跟線材是無底坑，這樣她可以省下一大筆費用。

「當然，我們以後合作機會還很多。」

她去過王佳漩的工作室，設備都是業界一流的品牌，就算是更換下來的東西也不會差到哪裡去，她高興地抱住王佳漩說：「謝謝學姐。」

王佳漩拍拍她的頭，「妳工作室的地點打算開在哪裡？」

「還沒決定，之前看上的都沒談成，前兩天有個新地點覺得不錯，這個星期會去看。」

「在哪裡？」

「靠近公館。」

「不錯耶，我大學在那裡生活了四年。」

「啊？學姐是哪間大學？」

王佳漩說了學校名，她怔愣了一下，之前沒問過王佳漩，不知道她和范司棠居然同個大學，不過兩人不同系不太可能認識。

「對了，有個東西要給妳。」王佳漩突然起身拿了一個信封遞給她。

她接過信封打開來看了一眼，「門票？」

王佳漩笑笑地說：「對，舞台劇的票，我到高雄跟劇團的人接洽，他們給我公關票，位置還不錯，不過在台北，離我太遠了，博德又聽不懂中文，乾脆給妳吧。」

「有兩張票耶，還是學姐妳來台北，我們一起去看？」

「我不能把孩子丟給博德一整天，他會瘋掉，但帶著孩子出遠門太累了，妳還是找妳朋友去吧。」

「好吧。」

「妳不是說今天有個朋友要一起來？」王佳漩疑惑地說。

「她剛好有工作。」

王佳漩一臉好奇，「男的女的？」

「女的。」她笑了一聲，「學姐，妳想問什麼？」

「還能問什麼，想知道妳的幸福有沒有著落而已。」

「沒有。」

王佳漩詫異地說：「妳一直單身？」

「回台灣後交過一個，不過分手了。」

「不會還忘不掉讓妳傷心的初戀吧？」

「不是啦，她也沒讓我傷心，是我自己幼稚……」她曾經在喝醉後向王佳漩哭訴過被初戀甩掉的事，沒想到王佳漩還記得，她尷尬地說：「學姐怎麼突然提起這個？」

「菲歐娜知道我回台灣，問我妳的近況。」

菲歐娜是薛昔眠音樂學院的同學，一個很有才華的愛爾蘭女生，兩人約會過幾次，在國外約會不等於交往，她早就決定畢業後要回台灣，所以沒有談到交往的事。

她疑惑地說：「菲歐娜？她怎麼不直接聯絡我？」

「妳還說呢！」王佳漩怨懟地說：「妳要離開也不打個招呼，我們知道的時候妳已經回台灣了。」

「可是我畢業後要回台灣的事，學姐妳們早就知道……」

「對啦，但妳走得太乾脆了，菲歐娜跟我說以為妳們有機會發展，妳可能會考慮留下來，結果連個話別的機會都沒有。」

她無辜地說：「我不喜歡離別的場面嘛……」

「就算只是約會，妳也該好好跟人家道別吧。」王佳漩瞪了她一眼，「她應該不是對妳還有意思，只是想問候一下又怕打擾妳，妳希望我怎麼跟她說？」
她想了一下，覺得特地解釋會更尷尬，她拿起手機，「學姐我們來自拍吧，我在ＩＧ發個貼文跟同學們打個招呼怎麼樣？」
「可以呀。」
王佳漩端起紅酒杯，她摟著王佳漩的肩，兩人頭靠頭拍了一張照片，王佳漩看了一眼，「照片也傳給我，我發個限時動態。」
「好。」
她把照片傳給王佳漩，想了一下，用英文寫：「好久沒見到你們了我親愛的同學和夥伴們，好想你們喔，嗚嗚嗚……下次誰來台灣玩一定要告訴我，親親抱抱。」
加了幾個可愛的表情，她把動態發出去，立刻很多同學在下面留言說要來台灣玩，菲歐娜也在其中，她每個人都回覆了。
她對著王佳漩晃晃手機，笑著說：「沒事了。」
王佳漩看了她一眼，也朝她晃了晃手機，她點進王佳漩的動態看了一眼，嘟起唇說：「吼，學姐！我哪是撒嬌王。」
王佳漩捏了捏她的臉頰，哼了一聲說：「怎麼不是？撒嬌妳最會了，每次都讓人生不了氣……小心下次再這樣人家生氣封鎖妳。」
「好嘛……」
她忽然想到當年刪除范司棠聯絡方式時，也衝動地刪了社群帳號的好友關係，要找個機會加回來才行，這樣也許可以快一點拉近兩人的關係。

晚上十點，薛昔眠跟王佳漩和博德道別，準備開車從台中回台北，想了一下，她坐在車裡打給范司棠，想問明天幾點見面。

電話響了幾聲，薛昔眠聽到插撥音，知道范司棠在講電話，立刻把電話掛了，沒有幾秒鐘，范司棠回撥了，她趕緊接起來。

「小眠。」

「對不起，我打斷妳講電話了？」

「沒有，有什麼事嗎？」

「我在路邊。」

聽到范司棠那邊一直有呼嘯而過的車聲，她疑惑地說：「妳在哪？車聲好大。」

「路邊？」她憑著車聲的速度和聲音大小判斷了一下，錯愕地說：「妳在高速公路的路肩嗎？」

范司棠失笑，「這樣都能聽出來？」

「當然呀！我靠這個吃飯的。」不對，范司棠還有心情跟她開玩笑嗎？她緊張地說：「妳怎麼在那裡？車子出問題了嗎？」

「嗯，車爆胎了。」

「在哪裡的高速公路？」

「新竹交流道附近，拖吊車來了，我處理一下拖吊的問題，等下再打給妳。」

「好！小心一點。」

等了二十分鐘，她才接到范司棠的電話，立刻接起來問：「處理好了？」

「嗯，我在拖吊車上了。」

她著急地說：「妳有沒有受傷？」

「沒有。」

「妳要去哪個修車廠？我也要北上，可以去接妳。」

「這麼晚了，妳直接回台北吧。」范司棠語氣柔軟。

「這個時間妳怎麼回台北？我現在在台中，離高速公路不遠，到新竹不到一小時……」

范司棠沉默了一會兒，才說：「……等下我傳地址給妳，妳慢慢開，我在修車廠等妳。」

「好。」

掛掉電話，收到范司棠的訊息，她立刻設定導航出發。

高速公路上爆胎很危險，不知道范司棠是不是真的沒事，心裡著急，她油門踩得很兇，四十多分鐘就到達修車廠，她問了修車廠的人員，匆匆走到休息室。

看到她，范司棠從沙發起來，一臉意外地說：「怎麼這麼快？」

她快步走到范司棠面前，握住范司棠的手緊張地打量了一下，范司棠穿著外套和牛仔褲，就算受傷也看不到，她不放心地說：「真的沒有受傷嗎？我們還是去醫院檢查一下吧。」

范司棠抽回手淡淡一笑，「我真的沒事，時間很晚了，我們走吧。」

「嗯……」范司棠把手抽走的動作讓心突然緊了一下，但現在的她也沒資格說什麼，笑了笑，她用笑容掩飾失落說：「我的車停在妳的車旁邊。」

兩人走出休息室，范司棠突然說：「妳的車子放得下長寬大概一百五十公分的畫嗎？」

她想了一下，「應該沒問題，把後座椅背放倒就可以。」

「方便幫我把車上的畫一起載回台北嗎？我不放心留在這裡。」

「當然可以。」

范司棠開的是七人座休旅車，她打開後車門，再到前面把後座椅背全部放平，她平常不會在車內放雜物，所以空間很大。

范司棠把畫搬到她的車上，她幫忙扶著畫，范司棠阻止說：「我來吧，妳衣服會弄髒。」

「不要緊。」

她堅持幫忙，范司棠沒有再阻止，她們一起把畫全部搬到車上，到洗手間洗了一下手，回到車旁。

她打開副駕駛座的車門，對范司棠說：「上車吧，我送妳回家。」

以前都是范司棠對她說這句話，她坐上機車後座抱著范司棠，冬天時范司棠會在外套口袋裡塞兩個暖暖包，讓她可以把手插到口袋裡取暖……

「小眠？」范司棠坐進車內疑惑地看著她。

「抱歉。」回過神，她趕緊把車門輕輕關上，繞過車頭到駕駛座。

發動車子，范司棠說了地址，她設定好導航，又調整了空調溫度和范司棠座位前的風向，把溫度調高了一點，「冷的話告訴我。」頓了一下，接著說：「聽歌嗎？」

「都可以。」

她按下播放，喬冰的聲音傳了出來，糟糕，眼角餘光瞄到范司棠怔愣的表情，范司棠不會以為她是故意的吧……她把喬冰的專輯退出來收在一旁，轉移話題說：「妳有看過電影《樂來越愛你》（La La Land）嗎？」

「有。」

她找出《樂來越愛你》的電影原聲帶專輯，「聽這個怎麼樣？歌很好聽，電影我看了兩遍。」

「好。」

腦海中閃過電影劇情，男女主角在努力追夢的路上相遇，又在追夢過程中漸行漸遠，幾年後重新相遇，兩人都已達成夢想，但物是人非……她忍住嘆息，把專輯放進去播放。

開車上高速公路，看范司棠聽得很認真，她忍不住問：「妳看電影時有哭嗎？」

范司棠看了她一眼，笑了一下說：「應該比妳哭得少一點。」

她心虛又嘴硬地說：「妳怎麼知道？我又沒有哭得很多……」只是用掉半包衛生紙，頂著浮腫的雙眼去上班而已。

「不可能。」

「為什麼不可能？」她是真的有點好奇。

「因為這部電影浪漫，卻又有著現實的結尾。」范司棠淡淡笑著說。

被范司棠說中了，她看了兩次，都在結尾哭得停不下來，也是因為那個結局讓她太難受了，所以不敢再看第三遍。

她軟聲說：「結局讓我很難過嘛，我知道那樣也不是不美好，只是……只是……我說不上來。」

「覺得遺憾。」范司棠輕聲說。

「嗯。」

范司棠輕笑一聲，說：「妳不覺得有些事情就是因為有遺憾才動人嗎？年少時轟轟烈烈過的愛情，其實已經是往事，他們再相遇時想的都是過去的事，可是兩人的經歷和生活都變了，真的重新在一起，也許只是再次走向分開，電影裡那樣結尾其實才更美好，因為美好的東西是在心裡，不是在生活裡……」

她忍不住說：「為什麼一定會再次走向分開？回憶美好，未來也有可能美好呀！妳記得我們看過的《愛在黎明破曉時》（Before Sunrise）和《愛在日落巴黎時》（Before Sunset）吧？妳有沒有看第三部？」

范司棠沉默了幾秒才說：「有。」

她們本來約好如果有第三部要一起去看，可是沒想到第三部《愛在午夜希臘時》（Before Midnight）上映時……她們已經分手。

這部電影是唯一一部她一開始就打算自己去看的電影，看到男女主角在希臘街道爭吵的場面，她在電影院鬆了一口氣，笑著笑著又哭了出來，男女主角在一起了，她們卻分開了。

「他們經歷了那麼多，邂逅、失聯到重逢，一步步靠近，浪漫的相遇最後回歸生活，雖然有爭執、不滿，但同時他們也在溝通克服，重要的是他們還有想跟對方在一起的心，妳覺得那樣不感人不美好嗎？」意識到自己越說越激動，她瞄了范司棠一眼，「為什麼一定要有遺憾？」

范司棠垂著眉眼說：「因為很難。」

她不解地說：「什麼很難？溝通很難？」

范司棠笑著搖了搖頭，「這兩部電影的結尾我都很喜歡，他們要表達的東西不太一樣。」

「但我真的不喜歡《樂來越愛你》的結尾，男女主角心裡對對方還有感覺……」

「那種感覺不一定是想要在一起，可能是懷念過去某段時光。」

「但當下這一刻他們對過去有感覺，不把握的話，這個當下又變成過去，他們永遠都在錯過和失去……」

「也可能是……」范司棠停頓了一下，才說：「他們知道錯過的不可能再回來，當下去做些什麼，反而會破壞那些回憶……」

「抱著有遺憾的回憶，老了一定會後悔的！」她嘟著嘴不滿地說。

范司棠輕聲說：「子非魚。」

「子非我。」她輕輕哼了聲。

范司棠突然捏了捏她的臉頰，不敢轉頭看范司棠的表情，她小心地控制方向盤，單手捂著臉說：「妳們怎麼都喜歡捏我的臉，我的臉有這麼好捏嗎？」

「誰？」

「什麼？」

「誰還捏妳的臉？」范司棠淡淡地說。

「我學姐，今天剛和她見面。」

「音樂學院的？」

「對呀，她從美國回台灣。」很久沒和范司棠聊電影聊個盡興，她忍不住說：「我們找個時間一起看《愛在午夜希臘時》好不好？之前說要一起看的，我有買ＤＶＤ……」

「好，但妳的油門不要越踩越用力。」

她緩緩收了腳力，尷尬地說：「我太興奮了。」

過了幾秒，范司棠笑出聲，她偷瞄了一眼，范司棠抬手指著前方，「不要左右張望，專心點，妳車後載著重要的畫。」

「妳還不如說我旁邊坐著重要的人呢……」她碎念了一句，反應過來自己說了什麼，她微微一頓。

范司棠認真地說：「那些畫是畫家的心血。」

「我知道啦。」可是對她來說當然是范司棠更重要，她不敢這樣說，只好說：「妳一個人搬這些畫，這麼重很累吧？」

「還好。」頓了一下，范司棠又說：「平時珂瑤會和我一起，但她今天有點不舒服。」

「珂瑤姐？妳們一起工作嗎？」

陳珂瑤是范司棠的大學同學兼室友，是范司棠身邊少數幾個知道她們交往的好朋友之一。

「嗯，她接手家裡的美術社，我協助她處理一些修復畫作和展覽相關的工作。」
「我還以為妳只有晚上上課……白天也有事要忙嗎？」
「不一定，不在創作期，我一般還是會安排事情。」
「這樣妳還答應我媽咪幫我弄工作室？」
「不是。」范司棠輕聲說。
「嗯？不是？」她疑惑地說。
「沒什麼，只是協助妳處理工作室，我還能應付。」
從白天忙到晚上，再從畫室回到土城的住處，范司棠真的有時間好好休息嗎？為什麼要排這麼多工作，難道范司棠很缺錢？
「叔叔的公司……應該沒有問題了？」
范司棠看了她一眼，似乎知道她在想什麼，解釋說：「我不是缺錢才接很多工作。」
「那是因為有成就感嗎？」
「嗯……大概吧。」范司棠的回答模稜兩可，她還想再繼續問，范司棠笑了笑說：「我有點累了，可以休息一下嗎？」
「好，妳休息吧，我會小心。」
范司棠雙手抱胸頭偏車窗，閉上眼睛，她把音樂聲關小，聽著身旁輕淺的呼吸聲，慢慢降了車速。

4

從新竹到台北開了一個小時，開到范司棠住處時已經半夜一點，停好車，她轉頭看向范司棠，范司棠呼吸平穩似乎睡熟了。

薛昔眠捨不得叫醒范司棠，趴在方向盤上看著范司棠毫無防備的睡臉，不自覺抬起手對著空氣描繪了一下又悄悄收回來……

過了一會兒，范司棠悠悠醒轉，睜開眼睛表情茫然地看向她，柔弱又可愛的模樣讓她的心跳瞬間加快，調整姿勢坐直，她笑了一下，「醒了？」

「我睡著了？」范司棠的語氣疑惑中又帶著一點難以置信。

她笑出聲，「對呀。」

「抱歉。」

「沒關係。」她捂著嘴打了一個小小的呵欠，打起精神說：「後面的畫要放在哪裡？」

范司棠看了一眼手錶，微微一頓，凝視著她沒有說話，她疑惑地回望范司棠。

「妳今天到我家休息一晚吧。」

腦袋一片空白，她呆呆地重覆：「到妳家？」

「妳睏了，這樣開車不安全，抱歉我剛才沒想到這件事。」

開了幾個小時的車，她的確覺得有點累，但她記得范司棠不太喜歡別人到她住的地方，以前她不在「別人」的範圍內，住下來是理所當然的事，現在兩人只是朋友，她想了一下覺得不太好，「我沒有很睏，可以開車回去，妳不用擔心。」

「不行。」范司棠語氣堅持，皺著眉頭說：「累了就不要開車，這些畫搬下車放到我住處來來回回弄完更晚了，不如放在妳車上明天早上我再處理，妳也可以早一點休息。」

范司棠不介意，她也覺得沒必要再推辭，看得出來范司棠是真的擔心她太累不是客氣，「車子停在哪裡好？」

「前面有個公有地下停車場，夜間很便宜，妳把車停在那裡吧。」

「好。」

把車停到公有停車場，下車後和范司棠走到停車場的樓梯間，她往上走了兩步，燈泡突然閃了兩下，樓梯間全暗又亮了起來，她渾身僵住動彈不得。

從小怕聽鬼怪靈異故事，她看了恐怖電影必須開大燈睡覺。

范司棠回頭看了她一眼，往下走了兩階回到她身邊，淡淡笑著說：「沒事，只是燈泡快壞了。」

「妳怎麼知道不是……」她用眼神示意，「那個。」

「絕對不是鬼。」范司棠一臉坦蕩地說。

她緊張地摀住范司棠的嘴巴，「噓！」

范司棠把她的手拉下來，低聲說：「妳覺得是快壞掉的燈泡可怕，還是我在這裡念《子不語》給妳聽比較可怕？」

她瞪大眼不敢相信地看著范司棠，范司棠很偶爾、很偶爾想要捉弄她時就會故意讀《子不語》的故事，她扁著嘴說：「都很可怕……」范司棠瞇著眼看著她，她立刻改口：「燈泡可怕。」

范司棠微微一笑，轉身往上走，她著急了一下，才發現范司棠牽著她的手，她一下子沒了聲音，快步跟著爬上樓梯。

走到停車場外，半夜一點多，路上很安靜也很黑，她管不了那麼多了，兩手緊抓著范司棠，范司棠看了她一眼，朝著住處方向前進，邊走邊說：「這麼膽小一個人怎麼生活？」

「所以我沒有從家裡搬出來呀。」她理直氣壯地說。

「國外呢？」

「我很少一個人晚上待在外面，而且我有室友，太晚就叫室友來接我。」

范司棠偏頭看向她，突然說：「交往對象？」

交、交往對象？范司棠在想什麼？她錯愕了一下，解釋：「不是，真的是室友，四個女生一起合租，都是我們學校的。」停頓了一下，好奇地問：「妳呢？妳有室友嗎？」

「沒有。」

「哦，我想也是。」她點了點頭說：「妳不喜歡別人碰妳的東西。」她感覺到范司棠的手突然用了一點力氣，很快又鬆開，「怎麼了？」

「到了。」

她抬頭看了一眼，不知不覺已經走到范司棠住處樓下，范司棠站在公寓門前，轉頭看了她一眼，她疑惑地回望，「怎麼了？」

「我要拿鑰匙。」

意識到自己還緊緊抓著范司棠的手，她趕緊鬆開，范司棠拿出一串鑰匙打開公寓大門，「三樓。」

公寓的外表不算新，但樓梯很乾淨，扶手沒有陳年的灰塵，樓梯間的燈泡也很亮，看得出來有在打掃維護。

走上三樓，范司棠打開鐵門再開裡面的門，進門後先開了客廳的燈，「請進。」范司棠從鞋櫃拿出一雙拖鞋，她走進屋內換上拖鞋，忍不住好奇地打量范司棠的住處。

「妳坐一下，我去倒水。」

她坐到布沙發上，沙發是很有質感的墨藍色，雙人座上面放著兩個白黃相間的抱枕，旁邊還有一個同款矮凳和古銅色的落地燈，窗簾是深灰色的捲簾，窗邊掛著幾株綠葉植物。

沒有稜角的透明茶几上堆著幾本繪畫教學和兒童心理的書，還有一台筆記型電腦和繪圖板，前方是壁掛式的電視。

她環顧室內的傢俱，所有東西都非常有范司棠的風格，看起來都是精心挑選的。

電視旁邊的收納櫃裡放滿了ＤＶＤ，她起身走過去，啊！她興奮地轉頭找范司棠。

范司棠端著水杯走向她，她開心地指著櫃子裡的一部電視劇ＤＶＤ，「妳有看這個電視劇？還買了ＤＶＤ？」

「嗯，劇情緊湊、題材也少見，配樂很不錯，有好幾個地方我覺得演員表現得一般，是配樂幫忙加分的。」

事實上，這部電視劇的配樂和音效是薛昔眠負責的，被范司棠誇獎比拿獎還要開心一千倍。一般人看電視劇很少注意配樂，除非是主題曲和插曲這種有歌手演唱的，不過范司棠不是一般人。

她默默開心了一會兒，范司棠還收藏了很多ＤＶＤ，不知道有沒有機會可以再和范司棠一起看。

她們走到沙發坐下，范司棠把水杯遞給她，她接過杯子喝了一口，「這裡是租的嗎？」

「嗯。」

「但是傢俱都是妳喜歡的風格。」

「我買的，房東附的傢俱我不喜歡。」范司棠淡淡地說。

「我想也是。」她笑笑地說，「看起來很不錯，這裡多大？」

「兩個房間、客廳、浴室、廚房，後面還有個洗衣曬衣的陽台，二十坪左右。」

「一間拿來當畫室？」

范司棠應了一聲，「我的畫作也都收在裡面。」

「這裡離妳工作的畫室有點遠吧？怎麼不租近一點的地方？」

「還好，搭捷運加上走路時間一個小時內可以到畫室，這裡的租金我覺得比較合理……」

「妳沒開車？」

「沒有，太晚沒有捷運不如搭計程車，一年下來也比養車便宜。」

「但是這條巷子稍微暗了一點⋯⋯」

「我平時不會這麼晚回來，捷運站不遠，回來路上也會經過兩間二十四小時的便利商店，還有永和豆漿，不用太擔心。」

「哦⋯⋯」

范司棠看了一眼時間，「要不要洗澡休息了？」

「好。」

「妳坐一下，我拿新的牙刷跟毛巾給妳。」

她點點頭，范司棠從浴室外的櫃子裡拿出新的牙刷和毛巾，走回她面前，輕聲說：「妳想穿什麼當睡衣？」

接過東西，她隨意地說：「給我一件妳的T恤和短褲吧。」

范司棠進房間拿了衣服給她，帶著她到浴室，解釋完怎麼使用，說：「有問題再叫我。」

「妳要破門來救我？」

范司棠淡淡地說：「這個浴室門是鎖不上的。」

她轉了一下浴室門鎖，疑惑地說：「為什麼？」如果壞掉，范司棠肯定會馬上修。

「怕鎖壞了被反鎖在裡面⋯⋯妳洗澡吧。」

范司棠把門關上，她當然不擔心范司棠突然開門進來，不過真的是一個人住才會考慮到這種問題吧⋯⋯她又想起范司棠可能單身很久的事。

哎呀！不管怎麼樣，都不關她的事了。

時間很晚了，范司棠也要休息，她匆匆洗好澡，用毛巾擦著濕漉漉的頭髮跨出浴室。

客廳沒有人，她走到范司棠的臥室門口，范司棠正在換床單和枕套，房間裡有熟悉的香味，范司棠宿舍的床和後來在外面的租屋處就是這個味道，一模一樣，讓她很安心也很懷念。

抱著范司棠撒嬌的甜蜜回憶突然跳進腦海裡，她一時之間失了神……

范司棠抬頭看了她一眼，「吹風機在這裡。」

她走到范司棠身邊，范司棠把床頭櫃上的吹風機遞給她，又拿起矮櫃上的遙控器打開空調，「頭髮吹乾，睏了妳就先睡吧。」

「妳幾點要處理車上的畫？」

「六點半，我去處理就好，妳不用這麼早醒。」

「車鑰匙在我包包裡，要是我沒醒，妳可以自己拿。」她看到雙人床上只有靠檯燈的那一側擺著枕頭，「妳只有一個枕頭？」

「嗯，給妳用。」

「那妳呢？」

「我睡外面沙發用抱枕就好，我去洗澡了。」

范司棠轉身拿了睡衣，不等她回答，范司棠就離開了房間。

她在床邊坐下打開吹風機低頭撥著頭髮，臉轉向檯燈時看見了一樣似曾相識的東西，她停下動作，把吹風機關了起來彎腰確認。

一條項鍊掛在檯燈燈罩裡……

為了看得更清楚一點，她把檯燈打開，銀製的小綿羊鍊墜映入眼簾，她抽了一口氣，心跳加快，腦袋也嗡嗡作響。

沒有錯，是她送給范司棠的項鍊……

為什麼會掛在這麼奇怪的地方？她看了看周圍，枕頭的位置原本就靠近檯燈這側，腦中突然浮現一個想法，她愣了一下，面對檯燈，帶著惶惑的心情側身躺了下來，稍微抬眼，鍊墜剛剛好落入視線內，但又不會直視燈光。

她怔怔地望著項鍊，為什麼范司棠要在床邊的檯燈底下掛著她送出去代表自己的禮物？

……對她舊情難忘？

怎麼可能，她嚥了嚥口水，忐忑地否定了這個想法，她沒有感覺到范司棠對她還有什麼留戀，不要胡思亂想自以為是了，可能就只是掛著吧，她起身關掉檯燈，懷揣著困惑和有些複雜的情緒，拿起吹風機繼續吹頭髮。

吹乾後，掃了一下頭髮丟到垃圾桶，想到范司棠應該也要用吹風機，她沒有關上房門，躺了下來，本來想等范司棠洗完澡出來，但聽著浴室的水聲有些昏昏欲睡……

半夢半醒間，有人在摸她的頭髮，知道應該是范司棠，但她睏倦地睜不開眼睛。

睜開眼睛時，房內只有檯燈微微亮著，她目光聚焦在檯燈上，項鍊……不見了……

她坐起身茫然地看著四周，吹風機不在，范司棠已經進來過了，她伸手拿床頭櫃上的手機，凌晨三點半，她睡了一個多小時。

房間雖然有范司棠的香味，可是畢竟是陌生的環境，醒來後沒辦法立刻睡著，她輾轉反側了一會兒，下床開門走出房間，看到范司棠蓋著薄被躺在沙發上，心才定了下來。

客廳沒有開空調，只有一台電風扇徐徐吹著，她到廚房倒了一杯水，想再回房間睡覺，卻聽到范司棠含糊地說夢話，呼吸一輕一重有些急促，似乎做了惡夢。

把杯子放在茶几上，她蹲在沙發旁輕輕拍了拍范司棠，「棠、棠。」

范司棠突然用力抓住她的手，她嚇了一跳，捂著嘴才沒叫出聲，范司棠沒醒，但抓住她的手之後也安靜下來了。

她猶豫了一下，沒有把范司棠叫醒，她坐下來趴在沙發邊看著范司棠的睡臉，想等范司棠自己鬆開手，等著等著又有點睏了。

……

她突然一晃，整個人向後跌撞到茶几，她睜開眼睛，吃痛地撫著自己的背，發生什麼事了？

「妳在做什麼？」范司棠的聲音。

黑暗中薛昔眠看不清范司棠的表情，只能聽到震驚又隱含著怒氣的聲音，她著急地起身把燈打開，范司棠抬手遮著光，不適應地眯著眼睛。

她疑惑又緊張地說：「怎麼了？發生什麼事了？」

范司棠撫著額，沉聲說：「為什麼妳會在我旁邊？」

「我剛才出來喝水，看到妳做惡夢……」

「我不需要妳做什麼！」范司棠突然提高音量吼著說：「……我不需要妳陪我。」

「我沒有……」她覺得范司棠可能做惡夢驚醒，不太舒服，伸手想安撫范司棠。

范司棠推開她的手，「不要靠近我……」

怔愣地看著自己的手，她不知道范司棠怎麼了，為什麼表現得這麼反感……她突然覺得無法再待下去，轉身進房間換上自己的衣服，拿了手機走出來。

范司棠抬頭看向她，表情已經恢復正常，眼神有點慌張，「小眠……」

她忍了一下沒忍住，解釋說：「剛才妳做惡夢，我想叫醒妳，但妳抓住我的手，我捨……我不想叫醒妳，所以才會靠在旁邊。」

她拿起包包，穿好鞋子，打開范司棠住處的門走出去，走到一樓時忽然想起車上的畫……那些范司棠早上要搬走的畫。

她當然可以開車走，會有麻煩的又不是她，但怎麼樣都跨不出一樓的門，范司棠……如果只是沒清醒，她這樣跑掉也太小題大做。

她嘆了一口氣又爬回三樓，在她按門鈴前，裡面的門就開了，范司棠看起來是要出來找她的樣子。

兩人隔著鐵門相望，范司棠欲言又止地看著她，「我……」

范司棠肯定是睡迷糊又做惡夢非常不清醒，她忍不住說：「妳不放我進去再說？」她說完，范司棠才一臉回過神的樣子把鐵門打開，她走進去把東西放下。

「我以為妳要走了。」

她也這麼以為……但控制不住自己的擔心和往回走的腳，她無奈地看著范司棠，想伸手摸摸范司棠，又想起剛才范司棠排斥的樣子……高中時，她在外面過夜的機會並不多，沒有見過太多次范司棠睡醒的模樣，也不知道范司棠是不是容易做夢的人。

「妳還好嗎？」她軟聲說。

范司棠低聲說：「嗯，對不起，我剛才睡糊塗了。」

「現在沒事了？」她不放心地說。

「沒事了。」

范司棠精神看起來不太好，她皺眉說：「還是妳進房間睡吧，我睡外面。」

「不用，妳去睡吧。」

「好吧，晚安。」

「晚安。」

她不再勸了，走進房間重新換上睡衣，躺到床上，嘆了一口氣……她是范司棠的惡夢嗎？

她翻來覆去，不由自主想起兩人第一次一起過夜時的事。

高中三年級，薛昔眠和范司棠交往快要兩年，即將迎來范司棠的生日，她想好好替范司棠慶祝，還好在那之前她收到了音樂學院初審通過的消息，鼓起勇氣和父母說想跟同學出去玩，徐詩敏也覺得她該放鬆一下便答應了。

薛昔眠興奮地訂好烏來的溫泉飯店，在飯店幫范司棠慶生，雖然只是短短的兩天一夜，但當時的她，真的覺得自己是全世界最幸福的人。

不知道范司棠還記不記得那個時候的事……

薛昔眠提早訂了蛋糕送到入住的飯店，和范司棠悠閒地玩了一整天，不用趕回家的感覺實在太好了，晚上回到飯店房間，洗好澡，她拿出蛋糕。

兩人坐在榻榻米上，范司棠深情又專注地看著她，唱完生日快樂歌，她催促著范司棠許願。

「希望我的小羊天天開心。」范司棠笑笑地說。

「不行啦，願望要跟自己有關。」她撒嬌說。

范司棠看著她，溫柔地說：「妳開心我就開心了。」

「……哦。」她湊到范司棠臉頰邊親了一下，紅著臉把禮物拿到范司棠面前，害羞地說：「拆禮物吧。」

范司棠笑著拆掉包裝，打開盒子，又驚又喜地拿起小羊項鍊，凝視著她，「小羊？」

「妳喜歡嗎？」

「喜歡。」

「我幫妳戴上？」

范司棠點了點頭，她跪在范司棠身後，因為太緊張，弄了一會兒才把鍊扣扣好，范司棠回過身抱住她的腰。

她跌坐在范司棠腿上，被緊緊摟在懷裡，聽著范司棠用眷戀語氣喃喃地說：「小羊，謝謝……」

她根本抵擋不了，全身像過電一樣，心臟一陣酥麻，再不說什麼就要被悸動淹沒，她摟著范司棠，低頭小聲地說了一句話。

范司棠找尋她的視線，笑盈盈地說：「什麼？太小聲了我沒聽清楚。」

明明聽見了！但她不介意貼在范司棠的耳邊再說一次，「我們要永遠在一起。」

范司棠親了一下她的臉頰，鄭重又溫柔地說：「好。」

她拉開距離看范司棠，范司棠淡淡笑著，但臉頰和耳根都紅了，滿腔的愛意高漲，她湊上去主動親吻范司棠。

交往兩年，范司棠一直非常守規矩，除了親吻，沒有其他更親密的動作，她很清楚范司棠的考量，不只是年紀，還有對她的珍惜和尊重，給她思考的空間和時間。

只是喜歡到了一個滿溢的程度，她早就暗自期待著可以交付彼此的那一刻到來……吻到兩人都氣喘噓噓，她難耐地說：「棠……什麼時候我們才可以……我有點想摸妳。」

范司棠臉頰紅潤，輕輕捏了捏她的臉，淡淡笑說：「等妳年紀再大一點。」

「我今年過完生日就十八歲了……」她撒嬌說。

范司棠目光在她臉上逡巡了一會兒，無奈又寵溺地笑了一下，「為什麼這麼著急？」

「我不是著急……」她抱緊范司棠，聞著令她安心的香氣，幽幽地說：「我只是很喜歡、很喜歡妳。」

熱烈綻放的愛意彷彿永不枯竭，那個快樂、天真單純、不畏世事、勇往直前的她，是那樣深深地、全心全意地喜歡著范司棠，心甘情願付出所有一切，相信她們會一直相愛、相守。

薛昔眠倏地睜開眼，轉頭看向光亮處，窗簾遮擋住外面的光線，但天似乎已經濛濛亮，她拿起床頭櫃的手機看了一眼，范司棠半個小時前傳了訊息：「我出門了，回來時會順便買早餐。」

她起床洗漱完走到客廳，聽到外面有鑰匙聲，應該是范司棠回來了，她把門打開，范司棠也開了鐵門。

范司棠淡淡一笑，「妳起床了。」

「嗯，畫都處理好了？」

「處理好了。」

她接過范司棠手裡的早餐，放到客廳茶几上一樣樣拿出來，看著擺滿整個桌子的早餐坐了下來。

「我洗個手。」范司棠往廚房走。

蛋餅有兩個，其中一個加了辣，加辣的當然是她的，她把不辣的放到一旁，一邊吃一邊看著其他幾袋東西，鹹豆漿、燒餅夾蛋、蘿蔔糕……都加了她喜歡的醬料。

范司棠洗好手回到客廳，在她旁邊坐下，「一直忘了問妳，昨天打給我是什麼事？」

「喔，我是想問妳今天幾點有空……」

「下午五、六點之後都可以。」

「白天有事情要忙？」

「嗯，畫室有點事。」

她把鹹豆漿跟蛋餅放到范司棠面前，忍不住問：「妳上次說畫室是大學同學開的，哪個大學同學？我認識嗎？」

「其實畫室是我、珂瑤和梨蓁三個人合資開的。」

梨蓁？薛昔眠想了一下，想起來了，范司棠的同學趙梨蓁……也是她曾經的情敵。

范司棠居然跟趙梨蓁一起工作，薛昔眠心裡有點不是滋味，「我記得上次吃飯，妳跟阿姨說妳只是在畫室教畫，為什麼？」

「我爸生意失敗差點破產之後，我媽對投資的看法變得很保守，如果讓她知道我開畫室，她會很焦慮，所以我一直沒有告訴她，但去年招生情況不錯，我有在考慮把規模擴大，吃飯時先提一下，讓她有個心理準備。」

「那為什麼又會在室內設計公司……」

「我朋友開了設計公司，去年初開始業務很多，人手不夠，她問我有沒有空幫忙，我白天有空就答應了，我媽問起工作的事，我沒想太多，隨口說了，沒想到她……」

范司棠看了她一眼沒說下去，她心知肚明范司棠是想說沒想到會因為這樣兩人重新有了聯繫。

「畫室開很久了？」

「五年前開的。」

她算了一下，疑惑地說：「妳畢業三年就開畫室？那個時候叔叔的生意應該才剛穩定下來吧，妳有存到錢嗎？那麼快有資金……」

范司棠笑著說：「當然沒有存到錢，是梨蓁看到政府有創業補助款，我們三個討論後覺得可以試試，因為條件都符合，資金有順利申請下來。」

「所以畫室其實是妳們三個人一起教？」

「不是，畫室是我和梨蓁負責，珂瑤對教學沒興趣，只是投資了一點，但她家經營美術社，降低了我們的成本，算是互利互惠。」

「原來如此。」在那麼困難的情況下決定創業，還能不靠家人幫忙做出一番成績，她忍不住讚嘆說：「棠，妳真的好厲害。」

范司棠淡淡一笑，「沒有什麼厲害的。」

「怎麼會沒有，妳很努力啊，如果是我肯定躲起來哭了，工作室的地點我找了好久都沒決定，讓我媽咪很擔心，她才會開口請妳幫忙……」

范司棠看了她一眼，「妳的工作是自己找的吧？」

「是呀。」她不明所以地說。

「妳一個人在國外也很努力學習，回來後才能靠自己找到符合專業的工作不是嗎？我們只是可以做到的事不一樣，不代表妳不行，不要看輕自己。」

「嗯……」

范司棠語氣認真，凝視著她的目光溫柔如水，她很想要靠到范司棠的懷裡，渴望范司棠像以前那樣抱著她。

不行，她忍住撒嬌的衝動，低頭把蛋餅吃完，「晚上我可以到畫室參觀一下嗎？」

「可以，妳想約幾點？」

「六點方便嗎？」

「好，要一起吃晚餐嗎？」

「能帶我去吃麵嗎？」那附近她會特地要范司棠帶她去吃的麵店只有一間，如果范司棠沒有忘記的話……

聽到麵店，范司棠愣了一下，微笑著說：「當然可以。」

范司棠果然沒有忘記，她低下頭忍不住唇角上揚。

「妳幾點上班？」范司棠問。

「十點前到就可以，不過我要回家換衣服，吃完早餐就該走了。」

「好。」

吃完早餐，她進房間換回自己的衣服，范司棠送她出門，又默默陪她走到停車場。

她沒有開口阻止范司棠，因為……她有點不捨。

不想離開的心情從睡醒後一直上漲，直到她再也無法忽視，明明晚上就可以見面了，為什麼會這麼不捨……

范司棠送她到停車場，她又開車載范司棠回住處樓下，范司棠下車後，她降下車窗對著車外的范司棠揮揮手，「晚上見。」

范司棠微微一笑，「晚上見。」

她升起車窗開車離開，透過後照鏡，范司棠站在原地看著她離開的身影越來越模糊。

這個畫面曾經反覆在她的人生裡出現過。

心痛襲來，她把車靠到路旁停下。

她想起了……出國前一天的事。

出國前，因為范司棠不能和家人一起送她到機場，她們只能在她離開台灣前一天見面。哪裡都沒有去，兩人躺在范司棠的租屋處床上相擁著，和范司棠分開的時間一步步逼近，薛昔眠的內心越來越焦慮。

「棠……」她哽咽地把臉埋在范司棠的頸窩，「我不要出國。」

雖然她對兩人的感情很有信心，可是美國和台灣的距離還是讓人非常不安，以後不能搭個公車或捷運就見到范司棠，想念時該怎麼辦……

每一分一秒她都想和范司棠在一起。

范司棠摟著她，嘆了一口氣，「這樣我們買來視訊用的東西都浪費了……」

「妳還有心情開玩笑！」她翻身趴在范司棠身上，難過地說：「妳不會想我嗎……？」

范司棠沉默了一下，她氣呼呼地低頭咬住范司棠的嘴唇，范司棠摟緊她，舌頭熱情地探了過來，加深這個吻。

范司棠的吻充滿眷戀，她越想越傷心，心裡也清楚范司棠不可能不想她，只是現在這種時刻，她更希望范司棠說出來。

唇瓣分離，她忍不住流淚，范司棠輕聲說：「我當然會想妳，我現在已經……開始想我的小羊了。」

她抱著范司棠哭了出來，范司棠輕輕摸著她的頭，「不要想那些了，我們可以度過的……我們不是說好了，等我出國要一起住。」

「嗯……」

「妳好好學習，以後要寫很多好聽的配樂，朝著三十歲以前開工作室的目標前進。」

「妳要幫我……」她哭著補充。

「我會幫妳。」范司棠溫柔地看著她，「在國外不要亂買東西，要存錢。」

「知道了。」

「等我們都畢業開始工作，經濟獨立後……就告訴家人在一起的事。」

「嗯！」

「我想在三十五歲前買房子。」

「什麼樣的房子？」

范司棠起身把床頭櫃的素描本拿起來，「給妳看。」她們坐起身靠著床頭，她窩在范司棠的懷裡。

范司棠翻開素描本，上面畫了幾個室內的草圖，「至少要三房兩廳，不用太複雜的裝潢，都由我們自己選傢俱佈置。」范司棠笑著說：「我們的臥室妳想布置成什麼樣子？」

她興奮地說：「聽我的？」

范司棠親了親她的臉頰，柔聲說：「都聽妳的。」

「那我要好好想想……其他房間呢？」

「一間我的畫室，一間給妳使用，妳想做什麼都可以。」

「可以放我的樂器，不過這樣隔音要做好呢，不然鄰居會抗議……」

「好，做隔音。」范司棠拿筆在圖旁邊標註要隔音，「還有嗎？」

她開心地說：「要大電視跟好的音響，這樣在家看電影更有氣氛！」

「好。」范司棠在圖上畫了一個大電視和音響。

「廚房用具要齊一點，我以後要煮飯給妳吃。」

「好。」范司棠備註了一下廚房用具要齊。

看著這些東西……她的情緒慢慢平靜了下來，轉頭蹭了蹭范司棠的臉頰。

范司棠摸了摸她的臉，在耳邊悄聲說：「別難過，我們有很長、很長的一輩子要過，只是分開一、兩年，這段時間也不是不能見面。」

「嗯。」

是啊，她們還有一輩子……一輩子可以和范司棠在一起，分開一、兩年就像一百塊裡的一、兩塊錢而已……很少很少，雖然……也很重要。

薛昔眠又想哭了。

不想讓范司棠太擔心，她盡量讓情緒不那麼低落，她們聊著未來的事，不談眼前的離別。

一直拖到不得不回家的時間，范司棠騎車載她回到住處樓下，她要范司棠先走。

范司棠淡淡搖頭，「我要看著妳回家。」

她緊緊抱住范司棠，「那我不回家了。」

「小羊……」

「我不回家！」

兩人僵持不下，最後拖到父母打電話給她，范司棠一臉難過卻擠出笑容：「乖……回家吧，讓我看著妳回家。」

「妳騎車一定要小心，到家傳訊給我。」

「我知道。」

顧不得在外面，她緊緊抱住范司棠，偏頭親了范司棠一下才鬆開手，擠出笑容，「我回家了。」

「去吧。」

「棠……有一天我會和妳一起回家，對吧。」她哽咽地說。

范司棠凝視著她，眼裡浮起水霧，笑了一下，「當然。」

她轉身往住處大樓走，三步一回頭，范司棠靜靜地看著她，她朝范司棠揮揮手，范司棠也揮了揮手。

分開的過程拖得越長越痛苦，不能再這樣凌遲自己和范司棠了，她深吸一口氣快步走進大樓。

那是出國前她們的最後一面，痛苦和不捨的感覺深深留在記憶裡。

范司棠目送她離開的模樣深植在心底，是她非常害怕再想起的畫面，而那一幕剛才彷彿又在眼前重現了。

心裡燃起一股衝動怎麼樣都壓不下去，她想緊緊抱住范司棠永遠不再分開，想做以前她想做卻無法做的事，怎樣都壓不下這個想法，她衝動地打開車門下車往回跑。

跑到巷口，范司棠已經不在了。

她怔怔地站在原地，過了一會兒轉身回到車裡，突然想起昨晚范司棠說過的話。

……年少時轟轟烈烈過的愛情，其實已經是往事。

……兩人的經歷和生活都變了，真的重新在一起，也許只是再次走向分開……因為美好的東西是在心裡，不是在生活裡。

也許那就是范司棠現在的想法，她失落地低著頭，苦笑著嘆了一口氣。

還好，還好范司棠不在原地了，她對范司棠……只是單純感到遺憾，如果在這種情況下抱住范司棠，一定比喝醉親了范司棠更難收場。

保持這個距離，不要再靠近了……

現在這樣，還可以當朋友已經很好了，不是嗎？

薛昔眠回家換了一套衣服就出發去電視台，吃完午餐被叫去開會，兩個部門意見不一，開始針鋒相對，主管看討論不下去了，四點多宣布散會。

散會後，人陸陸續續離開會議室，王閱江向她使了一個眼色，薛昔眠把筆記型電腦闔上跟在後面離開，走到逃生樓梯間。

王閱江煩躁地說：「這些人怎麼搞的，每次都不能好好開會，唉……我也想離職。」

她皺眉低聲提醒，「小心被聽見。」

王閱江看了看上下層樓，確認沒人才說：「我說真的，妳不是要離職嗎？新的人還沒找到，我這邊事情多了很多。」停了一下，王閱江嘆了一口氣，「最重要的是，為了搶收視率台內的競爭氛圍太濃了，我不喜歡。」

「沒辦法，現在節目不好做。」

薛昔眠所在的後製部門其實沒有太多發言權，她跟王閱江只能乾坐著聽另外兩個部門的人爭執。

「上星期我和朋友聊了一下，她工作室的混音師離職了，正在找人。」

「什麼朋友？」薛昔眠疑惑地說。

「一個音樂製作人，叫陳亦慈，不知道妳有沒有聽過。」

「你認識陳亦慈？」她詫異地說。

陳亦慈在業界多年，很有名，但她會這麼驚訝是因為喬冰的專輯都是由陳亦慈監製，兩人還一起上過訪談節目，應該是非常好的朋友。

「我認識陳亦慈很奇怪嗎？」王閱江一臉疑惑。

「我只是有點驚訝，你怎麼會認識她？」

「我剛畢業時，在唱片公司待了兩年，陳亦慈幫我們公司的歌手製作過專輯，我有參與到。」

「該不會是喬冰吧？」

「不是，是一個男歌手……怎麼突然提到喬冰？妳是她歌迷？」

「算是吧，高中開始聽她的歌。」

「喬冰也是我們公司的歌手，不過我當時還是菜鳥，沒機會和她說到話，妳想認識她？」

她考慮了一下，覺得告訴王閱江也沒什麼，「其實我有寫一些歌，想看看有沒有機會和喬冰合作……」

王閱江震驚地看著她，「妳沒事吧？現在唱片那麼不景氣，一堆人往配樂擠，妳怎麼反其道而行？」

「我沒有想要跨去做唱片啦，讓喬冰唱我寫的歌……算是一個願望吧，只是她好幾年沒出專輯了，我又不想冒然聯絡唱片公司。」

王閱江小聲地說：「妳聯絡唱片公司也沒用，喬冰的合約幾年前就到期了，我聽說沒談攏，她沒有續約。」

她恍然大悟地說：「原來是這樣，難怪她這麼多年沒出專輯……」

「不過我知道陳亦慈跟喬冰是朋友，有機會我會幫妳探聽一下消息。」

薛昔眠雙手合十，感激地說：「謝謝。」

「不用客氣啦。」王閱江看了一眼手錶，「該回去了，我還有好多事要做。」

「我今天約了看工作室的地點，要準時下班。」

「真好啊。」王閔江羨慕地說。

走回辦公室，薛昔眠把筆記型電腦放進包包裡，收拾了一下桌面，拿出手機傳訊息給范司棠。

「我要下班了。」

「還記得麵店的位置嗎？」范司棠回覆。

那間麵店每次都是范司棠帶她去，她很久沒去過，只依稀記得麵店在巷子裡，「記不太清楚了。」

「我等下把地址給妳，我們約在巷口好嗎？」

「好。」她忍不住嘴角上揚，把手機收好迫不及待打卡下班。

薛昔眠停好車，照著范司棠給她的地址，開著手機的地圖導航走到巷口，巷口有間便利商店，她張望了一下。

「小眠。」

她回頭看到范司棠，呼吸一窒。

范司棠穿著藕色薄襯衫，在下擺打了結，看得出腰線，下半身是深綠色壓摺長裙和高跟鞋，瀏海編了一條細辮往後別在後腦杓，很好看也很適合范司棠，她想誇好看又怕太直接。

范司棠偏頭看著她，「嗯？」

「麵店往哪走？那邊嗎？」憑著微弱的記憶，她指了一個方向。

范司棠笑出聲，「反方向。」

她羞赧地說：「好啦好啦，妳又不是今天才知道我沒方向感，快帶我去。」

沒有手機導航的年代，范司棠騎車載她到處去也很少迷路，有范司棠在她要什麼方向感。

范司棠帶著她在小巷子裡繞來繞去，走了三分鐘，她終於看見熟悉的布簾。

范司棠掀開布簾讓她先進到店裡，店面很小，只能容納十到十五個客人，這麼多年都沒有擴店，現在是晚餐時間，已經坐滿了人。

剛好一桌客人吃完要結帳，走道很窄，范司棠退了一步把路讓出來，避無可避地和她貼在一起，她屏住呼吸，偷覷著范司棠。

「小眠，那邊那個位置。」范司棠小聲地說。

溫熱的氣息貼在耳旁，她的心跳猛地失速，趕緊朝范司棠指的方向走過去坐下，為了掩飾不自在，她埋頭看著桌上的菜單，范司棠在她對面坐下。

過了一會兒，她抬頭對上范司棠的目光，范司棠帶著清淺笑意靜靜看著她，「想好吃什麼了嗎？」

她點點頭，拿起旁邊的筆劃了大碗的招牌湯麵，小碗的叉燒麵和炸醬麵，再劃了一個紅油抄手，把菜單轉向范司棠，「妳想吃什麼？」

「小碗的餛飩麵就好。」

范司棠不吃蝦子，她在鮮肉餛飩麵那欄劃了一筆，手頓了一下，「鮮肉的對嗎？」

「對。」

「我去看一下滷味。」她抓起菜單起身往櫃台走，把點單遞給店老闆，拿起盤子看了看滷味櫃，海帶、豆乾、滷蛋都有，就是沒看到招牌的煙燻豬頭皮，她失望地說：「豬頭皮沒有了嗎？」

老闆瞄了她一眼，冷冷地說：「賣完了。」

范司棠忽然走到身旁，「老闆，沒幫我留嗎？」

老闆拿著碗，把瀝掉水的麵條往碗裡一扣，轉頭看了一眼，「喔！范小姐啊，有有有。」轉身從櫃子裡把豬頭皮拿出來，忽然盯著她：「欸？是妳啊小妹妹！拍謝，剛才沒認出來。」

「老闆你還記得我？」她意外地說。

「當然記得！像妳這麼能吃的女孩子很少見。」

薛昔眠笑容一僵，尷尬地轉頭看范司棠，范司棠抿著唇明顯在忍著笑。

氣死了！她氣呼呼地回到位置上，瞪著無聲笑著的范司棠，不滿地說：「我有很能吃嗎？」

范司棠笑笑地說：「還好呀。」

她想起自己曾經連吃三大碗的湯麵，心虛地轉移話題說：「妳請老闆幫忙留了滷味？」

「我怕賣光，所以打電話請老闆留了。」

「以前不是不能這樣？」

「我拜託他通融一次，妳那麼久沒來，沒吃到會很失望吧。」

「我又不一定會點。」

「是嗎？原來妳不想吃，那我打包回去……」

她急忙說：「我當然要吃！」那是這間店的招牌，很快就會賣光，以前范司棠都是提早排隊幫她買。

范司棠低聲輕笑，她看著范司棠的笑容，一股柔軟的情緒冉冉升起，軟聲說：「妳又逗我……」

范司棠瞇眼笑了笑，抽起兩雙筷子擦了擦遞給她。

看著態度自然的范司棠，她再次慶幸早上下車跑回去時范司棠已經離開……如果她真的抱上去，恐怕會破壞好不容易修復的關係

她們對彼此而言是特別的，這種特別……是因為她們曾經陪伴對方走過很重要的一段青春，不是拿來讓她舊事重提舊情難忘的。

老闆送上她們點的麵和滷味又轉身忙，她看了一下說：「少了一碗叉燒麵，老闆是不是忘了？」

「是我請老闆慢一點做叉燒麵，等妳把招牌湯麵吃完了我再和他說，不然麵的口感不是會不好嗎？」

「妳還記得。」她感動地說。

范司棠眼裡漾著溫柔的笑意，「開動吧。」

她低頭喝了一口湯，胃暖了起來，她中午沒吃多少，就是為了等晚上這餐，湯頭清爽，麵條軟硬適中，她感動地品嘗久違的美味。

吃完招牌湯麵，范司棠招手請老闆做叉燒麵，兩人似乎很熟，她疑惑地問：「妳常來這裡

嗎？」

「一個月會來幾次。」范司棠停了幾秒，才說：「妳沒再來過嗎？」

「以前都是妳帶我來，我從來沒記過路跟店名。」

「那妳把地址記下來吧。」

「……我不要。」

范司棠微微一愣，淡淡笑著說：「為什麼不要？」

「我不要一個人吃麵。」她吃了一口麵，又小聲說了一遍，「反正我不要。」

「那要不要吃餛飩？」范司棠溫聲說。

她抬眼看范司棠的麵碗，裡面還有半碗，「妳不吃嗎？」

「我吃不了那麼多。」

她想起自己當年的體重是怎麼一步步增加的，就是這樣！她無奈地把湯匙伸過去，范司棠笑著撈了兩個餛飩給她。

「我就是這樣變胖的……」她忍不住說。

「哪裡胖？不胖。」

「妳當年也這樣說！」她委屈地瞪著范司棠，「我胖了七公斤！」

「臉圓圓的多可愛，跟妳小時候一樣。」

「小時候？妳才比我大三歲，我小時候什麼樣子妳有印象？」她驚訝地說。

范司棠笑著說：「我們第一次見面妳六歲，我九歲，當然有印象，我還記得妳跟我說的第一句話。」

這件事范司棠從來沒有提過，她好奇地說：「我跟妳說了什麼？」

「我們第一次見面，詩敏阿姨帶著妳來我家，買了乖乖桶當伴手禮，妳本來很害羞一直躲在阿姨旁邊，結果我跟哲維一打開乖乖桶，妳突然跑過來搓著小手說……姐姐，可不可以給我一個糖果。」范司棠含著笑意看她，揶揄地說：「結果一個接一個，哲維說妳不可以吃那麼多，妳還哭了，後來我抓了一大把放到妳的口袋裡妳才沒有繼續哭……」

范司棠一講她就想起來了，也是因為這件事，所以一開始她才會叫范司棠……糖糖。

她脹紅臉無地自容地說：「我怎麼那麼貪吃。」

「很可愛。」范司棠微笑著說：「我那時覺得有個妹妹真好。」

「妳以前怎麼沒說過這件事？」她不解地說。

范司棠抿了抿唇，低聲說：「後來……妳也不希望我把妳當妹妹吧。」

她微微一愣，沒錯，喜歡上范司棠之後她一點都不想被范司棠當成妹妹，現在也不是很想，不過她喜歡范司棠說起這件事的笑容。

「妳這樣講，哲維會哭的，我記得他很黏妳。」

「他現在只黏女朋友了。」范司棠無所謂地說。

「哦？他現在在做什麼呀？」

「他學機電的，現在在科技業，我爸媽要他在外面磨練一段時間，過幾年再回家幫忙，宇圖哥呢？還在國外？」范司棠淡淡地說。

「沒有，他在矽谷工作了一段時間，比我早兩年回台灣，現在也住家裡，跟朋友在弄雲端技術。」她點了點滷味盤，嘟嘴說：「妳都沒吃，貢獻值太低了。」

「我本來就不是主要戰力。」

「我不管，我再吃一些，剩下的妳要解決，我不想再臉圓圓啦……」

范司棠無奈地笑著說：「好。」

她把麵吃完，每種滷味都留了一點，看著范司棠把她留的滷味吃完，心滿意足地放下筷子，接過范司棠遞來的面紙擦了擦嘴。

「吃飽了嗎？」范司棠語氣溫柔地問。

「嗯，等下直接去畫室嗎？」

范司棠看了一眼手錶，「可以。」

「需要開車過去嗎？我車子停在附近。」

「走過去不遠，車子停在這裡，晚一點我再陪妳回來拿車。」

她拿起帳單走到前面，拿出錢包說：「老闆，結帳。」

「范小姐已經付過了。」

「啊？」

「我已經付了。」范司棠按住她的手，把她帶出麵店。

她知道自己大約吃了五百多塊，拿出一千塊給范司棠，范司棠推了回來，「不用，下次妳請。」

「妳說的喔。」她忽然想到王佳漩給她的舞台劇票，「妳七月最後一個星期天有沒有空？」

「怎麼了？」

「我這裡有兩張舞台劇的票，在星期天下午，妳有空和我一起去嗎？」

范司棠拿出手機看行事曆，「可以，我那天沒事。」

「看完我請妳吃飯。」她開心地說。

「好。」

范司棠帶著她走到畫室，經過掛著租售牌子的店面，她停下腳步拉住范司棠，范司棠回頭看她，「嗯？」

她不好意思地指著店面說：「其實我上次來的時候看到這邊在租售，有上網查了一下。」

范司棠怔愣了幾秒，看了一眼店面說：「這裡嗎？」

「嗯，這裡位置跟環境不錯，網路上的照片也還可以……我可以看看嗎？」

范司棠溫柔地笑了笑，「妳和仲介聯絡了嗎？」

「嗯，我有說晚上會來看，仲介要我到了再打給她。」

「好，既然覺得不錯就看一下。」

她鬆了一口氣，高興地拿出手機打給仲介，和仲介約好時間，她掛掉電話，「仲介說她半小時內可以到這裡。」

范司棠看了一眼手錶，「到畫室等吧。」

范司棠帶著她走到畫室，推開玻璃門側身讓她進去，前面的空間大概十五、六坪，中間擺著一張長方形木桌，四周都是畫架和畫具，牆上掛著不少作品，正在上課的學生大概十多個，都是國、高中生，人數比她想像得多。

趙梨蓁走了過來，笑著說：「司棠，今天沒課怎麼來了？」

「帶朋友來看一下，妳見過的，昔眠。」

「妳好。」薛昔眠和趙梨蓁打了招呼，趙梨蓁留了一頭長捲髮，穿著素色上衣和碎花裙，不管是打扮還是氣質，都比大學時期成熟很多。

趙梨蓁呆了兩秒，應該認出她了，笑容淡了一些，「好久不見。」

范司棠看了學生們一眼，小聲地說：「妳忙妳的，我帶昔眠到休息室坐一下。」

「好的。」

范司棠帶著她往裡面走，裡面還有一個房間，牆邊有一排書櫃擺放了不少藝術相關書籍，還有桌椅、冰箱和飲水機，空間不是很大，但布置非常溫馨。

「這裡是休息室嗎？」

「對。」

薛昔眠拉開椅子坐下，疑惑地說：「妳們的學生應該算多？五年可以收到這麼多的學生嗎？」

「嗯，有部分是何老師以前的學生。」

「何老師不教了嗎？」她驚訝地說。

何老師是范司棠以前的畫室老師，教了范司棠很多年，她也見過好幾次，算起來現在應該六十多歲了。

范司棠點頭，「老師想要專心創作和陪伴家人，梨蓁學生時期一直在老師的畫室當助教，學生都認識她，老師的畫室收起來後很多學生轉了過來，舊生也介紹新的學生來上課。」

「老師只有妳和梨蓁姐嗎？」

「也有外聘的，不過主要是我們兩個，梨蓁研究所也是讀我們學校，畫作也得過國內外的大獎，不少學生慕名而來。」

「妳也得過很多獎呀。」她不平地說。

「我比較嚴格，不是所有學生都能接受，但大部分的學生都能適應梨蓁的教法。」

趙梨蓁走進休息室，笑笑地對范司棠說：「我好像聽到妳在說我什麼？」

范司棠轉頭看趙梨蓁，也笑了笑，「我說何老師的畫室收起來後，很多學生因為妳轉到這裡來……要是沒有妳，我一個人撐不起這間畫室。」

「哪有這種事，妳教得比我好，家長們都很信任妳。」趙梨蓁輕輕拍了一下范司棠，轉身從櫃子裡拿出一盒餅乾，坐了下來，對范司棠說：「對了，妳這次烤的餅乾真好吃，都被學生搶光了，還好妳先留了一盒給我。」

「是嗎？跟上次比起來怎麼樣？」

「比上次更好吃。」

「應該是因為妳喜歡巧克力吧，我這次巧克力粉加得比較多。」

范司棠和趙梨蓁一起工作，關係看起來也很親密，酸意從她的心底一點一點冒了出來，理智上，她知道自己沒資格吃醋，但是面對過去曾經的情敵，情緒有波動應該是正常的吧？
趙梨蓁忽然轉向她，打開盒子笑著說：「昔眠要不要試一下司棠的手藝？」
「我……」薛昔眠抬手想要婉拒。
范司棠按住趙梨蓁的手把盒子推了回去，「她不吃巧克力。」
趙梨蓁愣了一下，「是嗎？」
薛昔眠努了努唇角，擠出笑容說：「嗯，我不吃巧克力，容易心悸。」她說著看了范司棠一眼，范司棠都記得啊，記得她吃什麼不吃什麼，那麼上次拿檸檬口味的給她，是不是刻意的？
范司棠對趙梨蓁說：「這盒妳在這裡吃吧，拿出去的話，他們一人一塊很快又沒了。」
趙梨蓁刻意朝她看一眼，對范司棠甜甜一笑，「好，我知道了。」
這麼多年，趙梨蓁還是喜歡范司棠啊，不知道表白了嗎……？
她觀察了一下，應該沒有……如果有表白的話，范司棠的態度應該會不太一樣，看來是一直默默喜歡范司棠。
雖然是情敵，趙梨蓁的毅力她還蠻佩服的。
手機鈴聲打斷了她的思考，她接起電話和仲介說了兩句，掛掉電話，范司棠問：「仲介已經到了？」
「對。」
「仲介？」趙梨蓁一臉疑惑。

「昔眠要開工作室，想看看附近正在出租的那間店面適不適合。」

趙梨蓁看向她，神色不定，「這樣啊……」

范司棠都幫她解釋完了，她沒什麼好補充，淡淡一笑，「我們先過去看了。」

離開畫室，薛昔眠看見穿著套裝的女性站在騎樓下，她們過去寒暄了幾句，仲介拿出磁扣解除門禁開啟鐵門，推開玻璃門走進室內把燈全部打開。

她和范司棠跟著走進室內，仲介熱情地說：「妳們慢慢看，這裡真的很不錯。」

房東已經將之前的裝潢處理掉，空間明亮寬敞，沒有多餘的隔間，方便重新進行空間設計，現場的感覺跟網路上的照片差不多。

「這裡實際坪數多大？」范司棠問。

「扣掉衛浴和儲藏室，能利用的空間是二十五坪左右。」

「房東同意裝修嗎？可以裝修到什麼程度？」

范司棠似乎早就把問題準備好了，看著手機跟仲介一一確認。

薛昔眠四處看了看，畫面一個接一個跳了出來，她已經大概想到工作室、錄音室和控制室的位置該在哪裡，這裡空間足夠，前面還可以做個吧台，擺桌椅和沙發方便談工作。

看完房子，仲介離開之後，范司棠帶著她在附近繞了一圈，看看環境，「剛才那個地方妳喜歡嗎？」

那個地方給她的感覺很好，她覺得可以和仲介進一步討論一下，但是……這個位置真的離范司棠太近了。

趙梨蓁最後看她的眼神像在說她怎麼陰魂不散又纏住范司棠了，放在過去薛昔眠大概不會理會，現在……她卻擔心范司棠也會有這種感覺。

距離這麼近，她很有可能克制不住自己想見范司棠的欲望……

薛昔眠斟酌了一下，說：「還可以，但我想再多看幾間。」

「其實我已經上網找了幾個地點，也可以看完再討論。」

她笑了笑，「好啊，妳把資料給我，我自己去看。」

「我陪妳去，一個人不安全，我晚上回家把資料傳給妳，妳白天要上班，是不是要約晚上？」

「不用，我還有年假沒請完。」

「好，我約好時間告訴妳。」范司棠看了一眼手錶，「九點多了，妳要回家了嗎？」

「差不多了。」

「我帶妳到停車場。」

走回停車場的路上，很多回憶湧上她的心頭，和范司棠交往的兩年裡，她們無數次牽著手走過這些街道，那些畫面鮮明得如同昨天才發生過。

范司棠送她到停車場，她忍不住說：「我送妳回家吧。」

「不用，我還要回畫室跟梨蓁討論一下學生的事。」

「那我送妳過去。」

范司棠沒有再推辭，坐進副駕駛座，她開到畫室，范司棠下車後笑著和她揮了揮手，忍住想哭的衝動，她揮揮手後開車離開。

這一次她不再像早上那樣看著後照鏡，但不想和范司棠分開的念頭更加清晰，已經到了不容忽視的地步。

她慢慢把車開到路邊停下，按著胸口，按在狂跳的心上。

……不應該是這樣的，現在妳所感覺到的都是錯覺，都是過去殘留的感情，范司棠希望妳們是朋友，妳也希望妳們是朋友，妳們就只能是、也只會是朋友。

她克制著衝動不斷重覆地告誡自己，直到有足夠的理智冷靜下來，才重新發動車子，開車回家。

5

薛昔眠和范司棠花了一個星期看工作室的地點，把范司棠找的地點都看完後，下午時間，她們就近找了一間花藝咖啡館坐下來討論。

服務生送上她點的花草茶和范司棠點的熱美式，范司棠翻開筆記本，拿起咖啡喝了一口，對她說：「妳覺得這幾天看的怎麼樣？有喜歡的嗎？」

她想了一下，「我覺得第二間不錯。」

范司棠低頭看著筆記，思考了一會兒說：「第二間已經有隔間，沒辦法調整，在原本的基礎上做隔音，室內空間會變得很小，妳希望工作室大一點吧？」

「嗯……那就第一間？第一間是開放空間。」

「這間採光跟空間都不錯，但房東條件有點多，對裝修也有意見，不是很好商量的感覺。」范司棠拿著筆在紙上畫了一個表格，把她的需求跟目前看過的房子做了整理，「妳看一下。」

她仔細地把范司棠整理好的資料看完，從資料上判斷，最理想的就是離畫室最近的那間，她一時不知道該說什麼，范司棠一定也看得出來畫室那間最適合，這樣寫出來給她看，是不介意她租在畫室附近嗎？不介意她……打擾嗎？

「畫室附近那間的仲介昨天打給我……」范司棠突然說。

她愣了一下，點開手機的通話紀錄檢查，錯愕地說：「我漏接電話了嗎？她怎麼會打給妳？」

「沒有，她是找我的，因為我那天有說我是附近畫室的老師，她和房東提了，房東好像覺得比較安心，主動說租金可以再降一些，裝修他也不介意，不租的時候恢復原狀就好。」

「哦……這樣啊。」她忐忑地看了范司棠一眼，低下了頭。

「目前最理想的也是這間。」范司棠停頓了一下，「這間有什麼問題嗎？妳在考慮什麼？」

外面陽光很好，太陽暖暖地曬進玻璃屋內，繁花簇擁著，她深吸一口氣，抬頭看范司棠，笑笑地說：「沒有什麼問題，但離畫室好像太近了？」

范司棠微微一怔，露出無奈的笑容，「妳怎麼會擔心離畫室太近這種問題？」

「我怕吵到妳……」她怕自己會無法克制整天往畫室跑。

「隔音做好應該不會有問題。」

范司棠沒聽懂嗎？沒聽懂表示范司棠不擔心她離得太近的問題，既然如此，她也沒必要想太多吧……

她笑了一下，「也是，隔音做好應該不會有問題，我也覺得這間不錯。」

「那就好，我約仲介明天白天再看一次吧，上次是晚上看的，白天也要看一下才行。」

「好。」

范司棠約了仲介，隔天一早，她和范司棠又在現場看了一次，條件幾乎都符合她的要求，她確實很喜歡這個地點，而且……她每次走進來，想到以後可以在這裡工作，離范司棠這麼近，就覺得很安心。

范司棠和她確認過，兩人都覺得沒有問題，仲介立刻打電話請房東到現場，雙方見面談過後，她和房東簽訂了五年的租約。

房東和仲介把解除門禁的磁扣和鐵門遙控器交給她就離開了，她拿著剛簽好的合約站在空無一物的房子裡，有種難以言喻的不真實感。

決定地點其實是最難的一件事，決定好，離完成工作室就不遠了。

這是她這幾年最大的目標，也是她和范司棠一起規劃過的未來裡，很重要的一個里程碑。

從來沒有想過，范司棠還能陪她完成……

范司棠走到她面前，疑惑地說：「在看什麼？合約有問題嗎？」

她搖了搖頭，抬頭看向范司棠恍惚地說：「我真的……要開工作室了？」

范司棠眼神驀地一軟，柔聲說：「是呀，比預期提早了三年。」

她呼吸一窒，范司棠還記得……還記得當初說好三十歲前開工作室，眼眶湧上熱意，一片水霧模糊了范司棠的笑容，回憶浮現在眼前。

薛昔眠趴在范司棠租屋處的床上，看著范司棠寫下三十歲要開工作室的目標，忍不住撒嬌說：「三十歲以前好難啊，妳會陪我一起弄嗎？」

「當然，我會陪著妳一起把工作室弄好，妳要相信自己也要相信我，一定可以的。」

「妳到時如果很忙也不能耍賴喔，一定要陪我。」

范司棠抱著她笑，「再忙也不會不管妳呀。」

再忙……也不會不管妳……

薛昔眠愣住，她終於明白了，之前她問范司棠這麼忙為什麼還要答應徐詩敏協助她處理工作室，范司棠突然回了一句「不是」是什麼意思了。

不是答應了其他人幫她完成工作室，而是早就答應過她……

她忍住淚水揚起笑容，「棠，謝謝。」謝謝妳沒有忘記答應過我的事。

范司棠笑了笑，「走吧，今天可以慶祝一下，接下來還有很多事要忙，要聯絡幾間廠商到現場估價，我希望農曆七月前可以開始動工……」

「嗯，妳想吃什麼？我請客。」

「我吃得少，沒有差，妳挑妳喜歡的。」

「妳挑嘛，每次都吃我喜歡的。」她撒嬌說。

范司棠凝視著她，淡淡一笑，「好吧，我想一下。」

看著范司棠的笑容，她覺得……隔音工程即將面臨技術上的困難，她已經不知道要用多少吸音棉層層包住自己的心，心跳聲才能不洩露了。

但是不管有多困難她都必須做到，因為范司棠的懷抱……早就不屬於她了。

因為她們現在……只是朋友。

ℰ

七月底，薛昔眠離職前把年假請完，提前到星期五離職，她要開工作室的事不是秘密，部門同事們幫她辦了歡送會，散場時，她順路載王閱江回家。

「我明天要跟陳亦慈見面，妳要不要一起去？」王閱江說。

「可以嗎？」她驚喜地說。

「我有跟她提了，都是業界的，見面認識一下很正常。」

「好。」機會難得，她當然答應了。

隔天早上，她開車載王閱江一起前往陳亦慈位在內湖的音樂工作室。

停好車，她和王閱江走進工作室，進門後，王閱江和助理打了招呼，助理帶他們去找陳亦慈。

走進房間，一個女人從位置站起來，陳亦慈打扮文青，穿著棉麻上衣和材質舒服的寬鬆長褲，戴著一副金邊的圓框眼鏡，走到他們面前親切地說：「你們來啦，坐吧。」

王閱江和陳亦慈打招呼，「這就是我上次跟妳提過要開工作室的同事薛昔眠。」

陳亦慈客氣地和她握了一下手，「妳好，薛小姐。」

薛昔眠立刻說：「妳好，叫我昔眠或小眠吧。」

「那妳也叫我名字吧，我們工作室很隨性。」

她笑了笑，「亦慈姐。」

三人坐了下來，陳亦慈說：「工作室開在哪？」

「在台大和師大一帶。」她不好意思地說：「比妳這裡小很多。」

「內湖這裡位置比較偏遠，空間雖然大，租金說不定沒有妳那裡貴，而且我和朋友一起分擔，負擔不大。」

「原來如此。」

陳亦慈從桌上拿了一張名片遞給她，她也從包包裡拿出接案用的名片和陳亦慈交換，「不好意思，工作室的新名片還沒做好。」

陳亦慈仔細看著她的名片，抬頭笑說：「以後有機會說不定可以合作。」

王閱江插話說：「我和亦慈姐提到妳的名字，她說她知道妳。」

「真的嗎？」她訝異地說。

陳亦慈點點頭，笑著說：「去年看了一部電影，覺得配樂很棒，留意了一下幕後名單，妳的名字很特別就記住了。」

入行後接了不少工作，去年的電影……薛昔眠還在思考是哪一部，王閱江插話：「是不是有入圍獎項的那一部？恐怖懸疑的……」

如果是恐怖懸疑的電影，她只接過一部，「是《聚影》嗎？」

「對，沒得獎有點可惜。」陳亦慈看著她，溫和地笑著說：「配樂好聽，聲音部分也都處理得很好。」

「亦慈姐太過獎了，我還有很多要學習的地方。」

「妳也不用謙虛，配樂沒有一點專業基礎是做不好的。」

「就是啊。」王閱江笑笑地說：「我們主管知道昔眠要離職，整個人都憔悴了，一直找不到適合的人，說乾脆把工作包給她的工作室做。」

「找人的確不容易。」陳亦慈問王閱江，「你呢？考慮得怎麼樣，要離職到我這裡嗎？」

王閱江和陳亦慈聊了一下工作的事，她也趁這個機會問些專業上的問題，三人愉快地聊了一個下午，約定有時間再見面。

王閱江下午還有其他行程，薛昔眠開車送王閱江到捷運站，上車後，王閱江說：「陳亦慈很少誇人，今天很難得。」

「她很少誇人嗎？」

「我騙妳做什麼，跟她工作過的人都知道，她在專業上非常嚴格，標準也很高，今天聊下來，她很欣賞妳，我覺得妳應該很有機會透過她聯絡到喬冰。」

「等過陣子熟一點再說吧。」

王閱江打量了她一會兒，「工作室的事很累嗎？」

她愣了一下，「嗯？還好啊。」最近要決定施工廠商，但是很多東西范司棠都幫她整理好了，材料、設計圖、廠商價格……她只要坐著聽完和范司棠一起決定，不太耗腦力和體力。

「可是妳看起來心情不太好。」

前面燈號轉紅，她慢慢把車停下，「看得出來？」

「廢話，早上就這樣了，我以為妳是因為要和陳亦慈見面太緊張，結果剛才聊天妳反而很正常，一離開又精神萎靡了……發生什麼事了嗎？」

她嘆了一口氣，看著王閔江語重心長地說：「女孩子的心思你不懂。」

「我也算半個女孩好嗎？」王閔江翹起小指戳了她肩膀一下，「說吧，誰讓妳這麼煩惱？」

想到范司棠，她一時有些恍惚，後方車子按了喇叭她才回神輕踩油門，「……我前女友。」

「小雪？吵架了啊？妳們不是感情還是很好嗎……」王閔江疑惑地說。

「不是小雪。」

「那就是初戀啦？」

她皺眉疑惑地說：「我有講過嗎？」

王閔江白了她一眼，「妳喝醉了什麼沒講過，沒講得很詳細而已。」

她也是在喝醉後跟王佳漩提起范司棠……怎麼回事，她喝了酒就一直提范司棠嗎？

「我說了什麼？」

「就哭著說她怎麼可以妳說不聯絡就真的不聯絡了，說很想她啊。」

「我說了想她？」她震驚地說。

「對呀，妳們又有聯絡了？」

她嘆了一口氣，「嗯……這陣子她幫我處理了很多工作室的事。」

「然後？」

「然後……相處下來，我……我覺得……我好像又有點……」她心裡抗拒著不想把那兩個字說出來，總覺得說出來一切就會無法挽回。

「心動。」王閱江不假思索說了出來，她無奈地點了點頭，王閱江又問：「妳們分手是多久之前的事？」

「八年前，我高中和她交往了三年多，出國後分手。」

「誰提分手的？」

「嚴格來說，是我。」她先提到分手，范司棠才會說分手，她又補充說：「但我當時說的是氣話，不是真的想和她分手……」

王閱江嘖了一聲，搖頭說：「講氣話真的是談戀愛的大忌，不過妳不想分還是分了啊，都這麼久之前的事了，妳念念不忘什麼？想念她的身體？」

「什、什麼身體……你腦袋裝什麼啊！」

「不會吧，妳高中這麼純情什麼都沒發生嗎？」王閱江震驚地說，她噎了一下，瞪了王閱江一眼，王閱江了然地說：「看來是有發生什麼。」

她惱羞成怒抬手輕拍王閱江，「我跟你說這些就是錯的。」

王閱江伸手左右格擋，笑著說：「不然她什麼地方讓妳又心動嘛？」

她收回手，專心看著前方的路，思考著王閱江問的問題，緩緩地說：「這段時間重新相處下來，我覺得……我當年喜歡上她的理由並沒有消失，她還是很體貼、細心，我們可以聊很多事情……」

「妳跟小雪不也是這樣嗎？」

「我跟小雪是聊得來，但我們的喜好差很多，而且你也知道，小雪是個工作狂，我不喜歡被排在工作之後。」

「妳的初戀沒這個問題嗎？她不是工作狂？」

她愣了一下，沒出國前……一直是范司棠在配合她的時間，范司棠等她，等她下課、等她放假、等她考完試……過去她從來沒意識到這件事。

出國後，范司棠在分身乏術的情況下仍然努力配合她，她卻在短短幾個月內，不斷抱怨范司棠的忙碌並為此感到被冷落、感到不滿，范司棠當時是什麼感覺呢……？

「她工作時也很投入，但是很少讓我覺得被冷落……」她苦笑著說。

「她現在對妳是什麼態度？妳約她出去她會去嗎？」

「會呀，我們明天還要一起去看舞台劇。」

「這樣的話，過來人給妳一個良心建議，不要輕舉妄動，分手一次還能說年輕不懂事，分手二次就是歹戲拖棚，之後也很難再當朋友了。」

薛昔眠重重嘆了一口氣，她不想動呀，但不能讓心不跳吧……她把車子停在捷運站附近，「到了。」

王閱江解開安全帶，抬手按在她的肩上，「妳有沒有想過……也許妳只是欲求不滿，跟我去酒吧繞一圈，找個看得順眼的人抱著睡一覺就不會再想那些有的沒的了。」

「你不要侮辱我的心動！」她氣惱地拍掉王閱江的手，「我並沒有孤單寂寞覺得冷！你快點下車，跟你沒話聊了。」

「好啦好啦，不然妳找小雪聊一下吧，她應該更懂妳。」

「嗯。」

王閱江開門下車，她拿起手機點開于璐雪的對話框：「有空嗎？」

工作關係，于璐雪很注意手機訊息，沒幾秒就回覆：「工作中。」

她無奈地把手機放下，雖然回得很快，但是于璐雪的意思就是很忙沒空，算了……她不想破壞和范司棠的關係，其實沒必要再多想什麼不是嗎？

星期天，薛昔眠提早了二十分鐘，在約好的演藝廳廣場等范司棠，天氣實在太熱，她本來打算穿熱褲，考慮到要看表演才換上無袖的白色上衣和暗綠色百摺長裙。她看了一眼手錶，已經超過約定的時間，她拿出手機準備傳訊息給范司棠。

「小眠。」

薛昔眠抬起頭，范司棠踩著高跟鞋快步朝她走過來，她微微愣住。

范司棠穿著深藍色襯衫和白色及膝碎花裙，米色的小西裝外套搭在手臂上，妝容完整，還戴著耳環，看起來就是從哪個正式場合趕過來的樣子。

「對不起，等很久了嗎？」范司棠皺眉說。

她沒見過范司棠穿得這麼正式，不由自主緊張了起來，「不、不會，還沒開場……」

「我們先到裡面吧，外面太熱了。」

她跟著范司棠走進室內，舞台劇還沒開放入場，她軟聲問：「妳早上有事？」

「去參加了一個開幕。」

「結束後趕過來的？」

「嗯，沒有很遠，只是結束時間比我預期的晚。」

她抬眼對上范司棠的目光，輕聲說：「妳這樣跑來跑去很累吧，趕不上也沒關係，和我說一聲就好了。」

范司棠凝視著她，淡淡一笑，「沒事。」

「妳有吃午餐嗎？」

「我在開幕會吃了一些點心。」

「不餓嗎？」

「不會。」范司棠看了一眼手錶，「要開場了。」

她從包包裡拿出門票，笑了笑說：「我們的位置很不錯。」

「是嗎？我們坐哪裡？」范司棠微微靠過來看她手上的門票，她突然聞到范司棠身上的香水味，和上次看電影時一樣的香味，但不知道為什麼……她的心跳跳得比之前還要更快。

「小眠？」

她猛然回過神，趕緊說：「我們坐第五排。」

「也是搶到的票？」

「不是，是我學姐給我的。」

「妳跟妳學姐感情很好？」

「對呀，我們感情很好。」她想了一下，怕范司棠誤會，補充說：「但也不是只跟她很好，我跟同學的感情都不錯，就像高中那樣，很多比賽和表演都是好幾個人一起，從早到晚練習，相處時間多。」

范司棠淡淡地說：「嗯，妳以前說過。」

她怎麼覺得好像范司棠情緒不太好……

范司棠突然抬眼看她，她緊張了一下，小心翼翼地說：「怎麼了？」

「可以進場了。」

「哦哦！好。」

她們走到入口，薛昔眠把門票交給驗票人員，找到位置坐下後，從包包裡拿出手機關成靜音，突然想到社群帳號的事，這陣子一直在忙工作室，忘了問范司棠……

她看了范司棠一眼，范司棠也正在操作手機，是個好機會，她點開應用軟體靠向范司棠，悄聲說：「妳有沒有在用ＩＧ？」

范司棠目光抬都沒抬，淡淡說：「有，但我沒有在上面發任何東西。」

她失望地坐回位置上，范司棠突然輕輕嘆了一口氣，看向她，「臉書？」

她點開手機上臉書的應用程式，「我加妳。」飛快輸入范司棠的臉書名稱高興地加了好友，轉向范司棠說：「我加了，加我一下。」

范司棠凝視著她，好像想要說些什麼，她突然反應過來……自己早就搜尋過范司棠的事暴露了。

當初衝動之下刪了臉書和范司棠的好友關係，她一直很後悔，偶爾想起來還是會點開看一眼，但范司棠的臉書沒有太多公開的東西，照片也不多。

「我……很後悔刪了好友。」她誠實地說。

范司棠看著她，笑了一下，沒有多說什麼，通過了她的好友申請。

薛昔眠稍微瀏覽了一下范司棠的主頁，范司棠發文的頻率不高，不過最新的貼文就在上午，是一個畫廊的照片，寫了幾句介紹。

她點進畫廊的官方臉書，想看看有沒有范司棠的照片，卻發現畫廊在竹北。

「妳早上在竹北？」她驚訝地說。

范司棠停頓了一下，朝她手裡的手機瞄了一眼，收回視線，淡淡說：「離高鐵不遠。」

所以……范司棠早上去了竹北，又搭高鐵趕回來赴約……

胸口充盈著難以形容的感動和愧疚，她望著范司棠想再說些什麼，廳內的燈光暗了下來，表演開場，紅幕拉起，燈光聚焦在舞台上，她只能把心裡的話再一次全部壓下去。

這部舞台劇講一個剛入行的房屋仲介透過租房和買房的客戶看到人生百態，有趣之外也帶出很多值得思考的地方。

看完舞台劇，她們走出演藝廳，薛昔眠意猶未盡地說：「這個故事好有意思！」

「劇本寫得很好，也不少有值得深思的地方，演員也非常厲害。」

「對呀，杜如茜的舞台感染力好強，後面幾幕明明沒什麼台詞，可是她演得好感人……」

她遲疑了一下，抱著一點期待說：「妳有看過杜如茜演的電影《聚影》嗎？」

范司棠是恐怖懸疑電影的愛好者，可以面不改色看完《大法師》（The Exorcist），《聚影》

對范司棠來說應該是小菜一碟。

范司棠看了她一眼，「嗯，妳想一起看嗎？」

「我在追劇網站有看到那部電影，如果妳想重溫的話，可以到我家看。」

「一起看？」

范司棠大概沒發現她有參與《聚影》的製作，但是能去范司棠的住處一起看《聚影》當然更好，她高興地說：「好啊。」

「那妳晚上想吃什麼？」范司棠問。

她怔住，看了一眼手錶，上次說今天要請范司棠吃飯，她已經訂好餐廳，只是地點和范司棠的住處有距離，如果晚上還要一起看電影，范司棠可能會太累……

「不如我們去超市買些食材，到妳家我煮給妳吃，怎麼樣？」她忐忑地看著范司棠。

范司棠眉毛挑了一下，表情透著詫異，「妳煮？」

她忍不住說：「好歹我也獨自生活了好幾年，現在會煮很多東西了。」

「好。」范司棠柔柔一笑，「我們去超市買東西。」

范司棠的笑容讓她心情大好，「我的車停在地下停車場，走吧。」

搭電梯到地下室，上車後，她打電話跟餐廳取消訂位，坐在副駕駛座的范司棠看著她，說：「妳訂了餐廳？」

「我訂好啦，本來說好今天要請妳吃飯嘛。」

「如果妳想吃……」

她凝視著范司棠，搖搖頭說：「我還好，改天再去也可以，妳有點累了，還是早點回去。」

看著范司棠的表情，她知道自己沒有說錯，笑了笑，「等我弄好晚餐，我們可以一邊吃一邊看電影，很棒吧。」

范司棠淡淡笑著，點了點頭，

她高興地發動車子，出發到范司棠住處附近的大型連鎖超市，停好車，她拉了一個購物車，范司棠和她一起推著車，問：「妳想煮什麼？」

「妳想吃什麼？」

「給妳決定，妳不是說會煮很多東西了？」

從范司棠的語氣中聽出一絲愉悅，她笑著說：「是不是覺得我不知天高地厚？」

范司棠偏頭看向她，表情疑惑，「怎麼說？」

「妳那麼挑食。」

「不管妳煮什麼我都會吃完。」

「妳說的，要全部吃光喔。」她笑笑地說。

剛才來超市的路上她已經思考過晚餐要煮什麼，范司棠看著她的眼神讓她心頭一跳有些緊張。

「妳煮的東西……我不是有吃完嗎？」范司棠輕聲說。

她愣了一下，「我什麼時候……」她什麼時候煮過東西給范司棠吃了？

話還沒說完她就想起來了，她第一次認真下廚，就是為了感冒不舒服吵著要喝玉米排骨馬鈴薯湯的范司棠。

范司棠生病的時候，平時的冷靜穩重會暫時消失，變得很愛撒嬌，是范司棠少數會向她提出要求的時刻……

她輕輕咬唇，低聲說：「我現在可不只會煮湯了。」

范司棠露出微笑，一臉期待，點燃了她的勝負欲。

她買了很多食材，買完東西，她們回到范司棠的住處，她換好拖鞋就直奔廚房。

范司棠站在廚房門口，「要不要幫忙？」

她正在清洗蔬菜，搖搖頭笑著說：「不用，我來就好，妳想洗澡可以先去。」

「好，廚房東西妳隨便用。」停頓了一下，范司棠走向她，拿起掛在一旁的圍裙，「穿圍裙吧，不然衣服會弄髒。」

范司棠邊說邊幫她套上圍裙，她屏住呼吸，整個人緊張到動作僵住，范司棠站在身後替她把圍裙綁好。

「謝謝……」

「需要什麼再叫我。」

「好。」她低著頭不敢看范司棠。

范司棠離開廚房，她才吁出一口氣，手不自覺摸上後頸和耳朵，還好……還好沒有把范司棠留下來。

剛才范司棠靠得很近，呼吸輕輕拂過，讓她的腦海瞬間浮起一些不該再想起的畫面，臉頰燙得不得了……

不要再想了，她拍了拍臉頰，調整了一下心情，專心弄眼前的晚餐。

范司棠喜歡吃蔬菜，所以她買了很多種蔬菜，準備大展身手，回台灣後很少下廚，有點生疏了，多花了半小時的時間。

她捧著做好的料理到客廳，「晚餐煮好囉。」

范司棠抱著筆記型電腦坐在沙發上，看到她過來，笑著摘下眼鏡，和電腦一起放到一旁，把茶几上的書也拿開，空出位置讓她把盤子放下，又和她一起走到廚房拿了碗筷，裝好飯，回到客廳坐下。

她把煮好的料理全部端上桌，有烤鮭魚蔬菜、蕃茄燒豆腐、滑蛋牛肉和洋蔥蔬菜雞湯，她偷覷著范司棠的表情，尷尬地說：「回台灣後比較少煮，沒想到弄了快兩個小時……」

「沒關係，我也現在才覺得餓。」范司棠溫柔地笑著。

她鬆了一口氣，在范司棠身旁坐下，范司棠打開電視，在追劇網站找到杜如茜主演的電影《聚影》，看了她一眼，遲疑地說：「妳要現在開始看，還是吃完再看？」

「有什麼差嗎？」她不解地說。

「怕妳嚇得吃不了飯。」范司棠揶揄地說。

「我……」她下意識想反駁，仔細一想，在范司棠面前逞什麼強……嚇哭的樣子范司棠不知道見過多少次了，懸疑片也確實不適合吃飯看，她嘟著嘴說：「那看美食的日劇吧，電影等吃完飯再看。」

范司棠笑出聲，點了她想看的美食日劇，拿起筷子夾了一塊鮭魚放進口中，她緊盯著范司棠的表情，「味道怎麼樣？」

范司棠抬眼望著她，細嚼慢嚥地吞下去了才說：「很好吃。」

「真的？」

「真的。」

她開心地說：「那就好，妳不喜歡蒜頭，所以我只塗了鹽去烤，好怕味道不夠。」

「味道剛剛好。」范司棠凝視著她，唇角微微上揚輕聲說：「我很喜歡，辛苦了……」

她的目光凝在范司棠上揚的唇角，內心一陣又一陣的騷動，情緒不停往上漲，彷彿就要滿出來了，「棠……」

范司棠溫聲說：「吃飯吧。」

她清醒了一些，低頭吃了幾口飯，如果不找事情轉移注意力，她一定會控制不了自己抱住范司棠，她抬起頭盯著電視。

日劇裡的主角今天到了一間居酒屋，肉在烤爐上發出嘶嘶的聲音，她每次都只在吃飯時間看這部日劇，不然會非常餓，畫面上的美食，稍微平息了內心的騷動。

她瞄了范司棠一眼，范司棠也看得目不轉睛。

「開胃菜看起來好好吃，妳喜歡酪梨嗎？」

范司棠思考了一下，「很少吃到，妳喜歡？」

「嗯，國外很常見，我室友想要減肥時都吃酪梨沙拉，酪梨丁拌橄欖油和辣椒，味道還不錯。」

范司棠眉頭皺了起來，「妳為什麼常吃？也想減肥？」

「沒有啦，我常吃是因為酪梨跟什麼都很搭。」她看了范司棠一眼，軟聲說：「下次我再做給妳吃。」

「嗯，這個蕃茄豆腐也很好吃。」

剛才她已經試過了，油豆腐有入味，范司棠選自助餐的菜時會選油豆腐，所以她才決定買油豆腐。

她高興地說：「妳喜歡我隨時可以再做，妳還有沒有特別想吃的料理？」

范司棠想了一下，淡淡一笑，「沒有，妳想煮什麼都可以。」

「沒有嗎？妳平常在家都煮什麼呀？」她疑惑地說。

「隨便弄點簡單的東西吃。」

「怎麼可以隨便吃……妳廚房東西很齊全應該可以做很多料理，光是烤箱就可以做好多東西了。」

「做了我一個人吃不完。」

「真是的，以後一個人不知道吃什麼就跟我說啊，我們可以一起吃飯，妳也知道我一個人抵三個人。」她舀了一勺滑蛋牛肉放到范司棠碗裡，「多吃一點。」

她抬眼看著范司棠，范司棠若有所思的目光讓她一愣。

她心虛地說：「不然妳就看這部日劇，這樣很開胃吧，不可以瘦下去啦。」

范司棠收回目光笑了笑，「好。」

日劇一集半小時，她們看了兩集才吃完晚餐，范司棠今天晚上吃得比平時更多，她心滿意足了。

范司棠收拾著碗盤，突然說：「妳要住下來嗎？」

對上范司棠的目光，她懷疑自己聽錯或是會錯意了，「住下來？」

范司棠看了一眼牆上的鐘，端起碗盤，「現在已經九點了，我們看完電影應該十一點，如果妳覺得累的話可以住下來。」

范司棠往廚房走，她怔愣了一會兒，從沙發起來跟了上去，「會不會打擾妳休息……」

范司棠把碗盤放到水槽，看了她一眼，搖頭笑說：「不會。」

她掙扎了一下，但是真的抵擋不住想和范司棠待在一起的渴望，「那……我可以先洗澡嗎？剛才煮了東西，身上有油煙味。」

「好，我拿衣服給妳。」

范司棠離開廚房走進房間，沒多久拿著衣服和一袋東西走出房間，她接過范司棠手裡的東西。

「卸妝乳在浴室裡，其他東西都跟上次一樣，有事叫我。」

她用力點了點頭，抱著東西進浴室，看了一下，她上次用過的東西范司棠都仔細收起來了，這表示范司棠本來就想過她會再留宿，問她要不要住下來不是客氣。

她鬆了一口氣，想到等下可以和范司棠一起看電影，又不用趕著門禁時間回家，感到開心的同時又有些害怕……她彷彿已經預見自己深陷下去的模樣，像當年那樣，但是……她不想離開。這麼多年的渴望就在眼前，她怎麼有辦法離開……別再想了，別讓范司棠察覺她又心動就不會有問題。

洗好澡，她走出浴室，范司棠背靠沙發，坐在客廳地板上用筆電，看到她出來，笑笑地說：「吹風機在這裡。」

她擦著頭髮走過去在沙發坐下，拿起吹風機吹頭髮，眼角餘光瞄到范司棠正在回郵件，頭髮吹乾，她關掉吹風機，范司棠立刻回頭看了她一眼，「抱歉，我回覆幾封郵件。」

「沒關係。」

范司棠專心工作的樣子和畫畫時很像，但畫畫時的范司棠很少露出皺眉思考的表情，有點不太一樣，她抱膝坐在旁邊看著范司棠。

時間的流動好像慢了下來，不……也許很快，一眨眼八年都過去了，胸口一陣刺痛，疼痛瞬間蔓延開來，當時的她，為什麼那麼衝動……

「好了，我們可以……」

范司棠把筆電闔上突然回頭，她的視線來不及收回，兩人的目光碰在一起，她聽到自己胸口鼓譟起來的心跳聲，靠過去就能吻到范司棠，只要移動一下……就在快要忍不住的時候，她看見范司棠凝視著她的眼睛裡，盛著一些無從分辨的複雜情感，她卻步了。

調開視線，她掩飾地笑著說：「妳都坐在這裡工作嗎？」

范司棠微微一頓，笑了笑，「用電腦會在客廳，妳也知道另外一個房間被我拿來當畫室。」

「用電腦還是要買個合適的桌椅，不然長期下來腰會不舒服，妳又長時間坐著畫畫，這方面要多注意……」她忍不住提醒。

這些事范司棠會不知道嗎？還用妳來提醒……也不能這樣說，范司棠忙起來的確會忽略身體的狀況，幾次比較嚴重的感冒都是在特別忙碌的期間發生。

范司棠微微一笑，「知道了。」

「我們……看電影嗎？」

「好。」

范司棠往後坐到沙發上，她把身旁的抱枕抓起來抱在懷裡，范司棠點開電影的介紹頁面，還沒開始放，她已經有點害怕，只能把抱枕抱得更緊。

「要不要靠過來一點？」范司棠說。

她們中間還有半個人的距離，她沒有猶豫，立刻靠過去和范司棠擠在同張椅墊上，「對不起，妳知道我是真的害怕……」

「我知道。」范司棠眼裡有著淡淡笑意，「我按播放了。」

「放吧。」

電影開頭是杜如茜在暗夜裡被追著跑的畫面。

《聚影》劇情緊湊刺激，懸疑、恐怖和感人三者皆備，所以入圍了很多獎項，電影配樂是她原創，聲音處理則是其他音樂公司完成，她當時拿到的是加入音效前的版本，雖然可怕但沒有到不可接受的地步，上映的成品她沒有看完。

以前看恐怖片范司棠都會抱著她，現在當然不可能叫范司棠再這樣做，她用抱枕遮著半張臉，增加一點安全感。

電影演到杜如茜演的角色走進廢棄工廠，正在緊張的時候，一隻野貓從門後竄出來。她尖叫一聲，嚇得抓住范司棠的手，「為什麼有貓在那裡！牠怎麼進去的！」

「畢竟是廢棄的工廠……」范司棠冷靜地說。

真不愧是恐怖片殺手。

她悄悄放開手但沒有退回原位，靠著范司棠讓她不那麼害怕，瞄了范司棠一眼，范司棠盯著電視像是沒留意到她的動作。

兩個小時的電影結束，她鬆了一口氣，「這部電影真的拍得不錯，雖然很嚇人。」范司棠偏頭凝視著她，唇角微勾，「雖然害怕，但是妳的配樂還是完成得很好。」

她錯愕之餘又難掩開心，「妳知道我有參與這部電影的製作？」

「嗯……為什麼這麼怕還要接這個工作？」范司棠輕聲說。

為什麼……她不由自主對上范司棠溫柔的目光。

要寫配樂，她必須反覆地看這部片，寫出最符合劇情的旋律，這對她來說非常折磨，但是……工作找上門的時候，她第一個念頭是：范司棠喜歡。

也許喜歡恐怖懸疑片的范司棠會看這部電影，會注意到幕後名單裡有她的名字，會再次想起她……因為這個念頭，她沒有猶豫多久就接下這份工作。

分手之後，她偶爾會在網路上搜尋范司棠的名字，她不知道范司棠會不會也這樣做，如果不會，她只能讓自己變得更強大，一部沒看見就兩部，兩部沒看見就三部，這是她這些年不管在學校或工作上拼命努力的動力之一。

她希望范司棠有一天可以透過這些看到她……如果她這樣說，范司棠會怎麼想？

她朝范司棠甜甜一笑，「不能因為自己不擅長就挑工作嘛，妳覺得好聽嗎？」

「好聽。」

她看了一眼時間，笑笑地說：「時間很晚了，也該休息了，妳明天早上有事情要忙嗎？」

「明天可以中午出門，妳呢？」

「我星期五已經正式離職了，手上有個案子，明天中午妳要出門我再和妳一起出門？」

「好，過幾天是動工日，還記得吧。」

「我記得，早上九點。」

「嗯，晚上……」

她搶在范司棠開口前說：「今晚我睡沙發，妳不要跟我搶。」

范司棠笑了一下，起身說：「看來妳是真的下定決心要克服自己不擅長的事了？看完恐怖電影都不怕一個人睡了？」

完了，她忘了……嚥了一下口水，她害怕地拉住范司棠的手，「棠……」

「一起睡吧。」

這種時候她再多說些什麼，反而像在欲蓋彌彰。

乖乖地跟在范司棠身後進房間，范司棠看了她一眼，「妳想睡哪邊？」

床上有兩個枕頭，上次來的時候，范司棠只有一個枕頭，睡覺用的還是抱枕，她怔愣地說：「這個枕頭……」

「新的。」范司棠淡淡地說。

她的思緒因為范司棠的話紊亂了起來，新的？為她買的嗎？為什麼？

「我睡右邊。」她爬上床躺了下來，范司棠拿起空調遙控器，她想起范司棠不喜歡開空調睡覺的事，連忙說：「不用開空調，吹電風扇吧。」

范司棠看了她一眼，把遙控器放下，打開檯燈後才走到門旁關掉大燈，回到床邊坐下來，「要留燈嗎？」

「不用。」有范司棠陪在身邊，即使漆黑一片她也不會害怕。

范司棠把檯燈關掉，躺了下來，「妳害怕的話，可以靠過來一點。」

她緩緩移動微微貼著范司棠，「晚安。」

「晚安……」范司棠柔聲說。

范司棠的呼吸聲漸漸平穩，她卻毫無睡意，抓緊薄被克制著想緊緊抱住范司棠的衝動。

王閱江說也許她只是欲求不滿，找個看得順眼的人抱著睡一覺就不會再想了……但是迄今為止，沒有人帶給她的感覺比范司棠給她的更強烈。

十八歲之後到出國前那段的回憶，伴隨著今天一整天壓抑著的激動和渴望，再也控制不了似地朝她襲來。

6

高中三年級，薛昔眠因為要準備音樂學院的考試，和范司棠幾乎沒有時間見面，只能睡前講一下電話。

「小羊，妳該睡了，掛電話了好不好？」范司棠輕哄著她。

「我不要……」

「可是妳明天還要上課。」

「我一個星期沒見到妳了。」她哽咽地說。

「我明天中午去找妳？」

「我要抱抱。」

范司棠低聲輕笑，「好。」

「可是中午只能見一下下。」

「考上之後就輕鬆了，對了！明天午餐我去買麵和滷味給妳吧？妳不是說想吃嗎？」

「可以嗎？可是我最近除了練習就是吃……都胖了。」她捏著自己的肚子更想哭了，難過地說：「我變胖妳會不會不喜歡我了。」

范司棠笑出聲，「不管變成什麼樣子我都喜歡，而且妳根本不胖呀，練習這麼辛苦……還有什麼想吃的，我買了一起帶給妳。」

「還有好多好多想吃的……」她委屈地說。

「都買給妳。」

「我生日的時候，我們可以出去玩嗎？」

「當然。」范司棠溫柔地說。

三月份，薛昔眠收到音樂學院錄取通知，四月初，范司棠特地安排了花東四天三夜的旅行，慶祝她的十八歲生日，最重要的考試已經結束，父母欣然同意讓她出門玩。

她們一大早搭火車出發到花蓮，在民宿放好行李，租了一台機車，去了幾個景點，拍了很多照片，范司棠一路緊緊牽著她的手沒有放開。

晚上逛夜市，她看到什麼都想吃，范司棠二話不說全部都買了。

賣鹽酥雞的攤販大哥看到她們手上提著很多食物，又點了一大堆，做餐點時和她聊了幾句，知道她是生日出來玩，豪爽地送了一大包地瓜薯條和甜不辣。

薛昔眠開心地提著晚餐回到民宿，吃完晚餐回到房間，范司棠說要出去拿點東西。

她在房間等了一會兒，范司棠捧著一個蛋糕進房間，把蛋糕放在桌上，她開心地抱住范司棠。

范司棠抱著她，在她耳邊輕聲唱完生日快樂歌，落了一個吻在她的唇角，微笑著說：「生日快樂。」

她嘟著嘴，不滿足地靠過去吻住范司棠柔軟的嘴唇，吻了一會兒，范司棠捧著她的臉拉開了一點距離，額頭抵著她的，輕聲說：「不許願了嗎？」

「當然要。」

范司棠摟著她，笑著在她臉頰上親了一下，她對著蛋糕合掌，「第一個願望是希望我愛的人都健康快樂，第二個願望是希望可以一直這麼幸福，第三個願望……」

「別說出來。」范司棠笑笑地說。

她凝視著范司棠，希望可以快點成長，讓范司棠能安心依靠她；希望她們規劃的未來可以很快實現；希望范司棠可以永遠陪在她身邊……和范司棠有關的事都是她的第三個願望，她認真地一口氣把蠟燭吹熄。

范司棠送的禮物是一條項鍊，鍊墜是一朵花，她高興地要范司棠替她戴上，「怎麼想到送我項鍊？」

「生日時妳送了項鍊給我，可是自己沒有。」

她看了一眼桌上的項鍊外盒，和她買給范司棠的是同個牌子，「這樣我們就是一對了？」

范司棠幫她戴好項鍊，從身後摟著她，淡淡一笑，「我們本來就是。」

她感動地抱住范司棠，「棠……」

「切蛋糕吧。」

吃完蛋糕，兩人各自洗好澡，躺進被窩，范司棠突然把她抱到懷裡，靠到她的臉頰旁輕輕蹭了兩下，「今天開心嗎？」

范司棠很少主動做這麼親暱的動作，她全身發燙，悄聲撒嬌說：「開心呀，有妳陪我。」

「明天去海邊走走？」

「好啊，啊……不過晚上可以再去夜市嗎？」

「妳還想吃鹽酥雞？」

「嗯，還想吃大腸包小腸和包子……」

范司棠摟緊她，「炸的不要天天吃。」

「哦，那其他可以嗎？」

「……可以。」

范司棠眼神柔軟地望著她，她把臉埋到范司棠的頸側深深吸了一口氣，想到很快要和范司棠分隔兩地，忍不住哽咽地說：「棠，我……有點不想出國，我不想和妳分開……」

范司棠輕輕撫著她的背，安慰說：「只是暫時的。」

「我媽咪已經訂好八月的機票，入學後事情會很多，寒假應該沒辦法回來，我們還有時差，妳準備考試的時候我也不能在妳身邊……」

范司棠溫柔地親吻她的臉頰，低聲說：「只是分開一小段時間，以後我們會一直在一起。」

她哭著說：「可是我捨不得妳……」

「我也捨不得。」

「妳不可以、不可以喜歡上其他人……」

范司棠深情凝視著她，手指摩挲著她的臉頰，目光在臉上逡巡，她不由自主緊張了起來。

「該擔心的是我……」范司棠幽幽地說。

「我才不會喜歡別人。」

范司棠笑著嘆了一口氣吻住她的唇，舌頭探進口中，熱情又纏綿，她感覺到這次的親吻和過去不一樣，交纏的呼吸都帶著異樣熱度。

唇緩緩分離，她在范司棠如水的眼瞳裡看見自己的倒影，范司棠捧著她的臉，認真地望著她，輕聲說：「可以嗎？」她恍神了一會兒才反應過來范司棠在問什麼，臉頰的熱度不斷上升，范司棠輕蹭著她的鼻尖，「嗯？」

雖然她等待這一刻很久了，可是……交往兩年，范司棠很少表現出對她的身體有興趣，親吻也是偶爾才會熱情一點。

她不是沒有嘗試過誘惑范司棠，可惜不管有沒有穿衣服，范司棠的反應都非常冷靜，讓她非常挫折……她一直很擔心自己對范司棠而言沒有魅力和吸引力。

她低聲說：「棠，妳真的想要我嗎？」

范司棠微微一愣，「為什麼這麼問？」

她支支吾吾地說：「我之前圍著浴巾從浴室出來，妳很冷靜地叫我把衣服穿上……」

「我看起來很冷靜？」

「嗯，妳看起來很冷靜，所以……如果妳不想的話……不想的話……」

「我不想的話？」范司棠輕聲問。

范司棠的眼神有些微妙，手指滑過她的頸側，她瑟縮了一下又癢又害羞，她不可能為了這種事情放棄范司棠，「不用勉強……但是……是不是我沒有吸引力？」

范司棠怔怔地看著她，過了幾秒笑了起來，抱住她，柔軟的唇貼在耳旁，親吻著她的耳朵，「妳想多了，對不起，沒有讓妳感受到我有多喜歡妳。」范司棠喃喃地說：「我怕傷害妳，也想保護妳……」

聲音柔柔地穿進她的心臟。

范司棠親了親她的臉頰，定定地望著她，柔聲說：「我想要妳……」

她羞紅了臉，又掩不住自己的興奮，「我也是。」

范司棠笑著輕輕點了一下她的鼻尖，她握住范司棠的手，視線交會，彷彿纏繞在一起，范司棠的手從睡衣底下探了上來，摩挲著她的肌膚，她的心跳如雷，微微顫抖著。

范司棠突然拉近了距離，輕柔的吻從臉頰到耳畔，她閉上眼沉浸在溫柔的碰觸和親吻中，范司棠舔吻著耳朵，她渾身一顫，激動又害羞地抱緊范司棠，忍不住呻吟出聲，又羞赧地咬住唇，她怎麼會發出這種聲音……

范司棠翻身靠在她的上方，呼吸紊亂，垂著視線，手指撫過她的唇瓣，目光勾著她也勾起她的欲望，她望著范司棠移不開目光，想要更多……

四目交接，范司棠突然俯身吻她，舌頭勾纏著不放，將她的喘息和呻吟都吻去，熱情得不可思議，她激動地、悄悄地把手探進范司棠的衣服裡。

范司棠抵著額頭喘息，深不見底的釉黑眼眸凝視著她。

「我想摸摸妳……」

范司棠笑了一下，鼻尖蹭了蹭她的，在眉間輕輕一吻，起身跪坐在床上脫掉衣服，動作乾脆俐落，她不由自主屏住呼吸，目不轉睛看著范司棠白皙又骨感的身體，她坐起身，恍惚地抬手撫著范司棠的肋骨，喃喃問：「我是妳這裡做的嗎？」

范司棠動作一頓，幽黑深邃的目光之中似有一團篝火在搖曳著，輕聲說：「不是……妳不是我的一部分。」她失望地抬眼看范司棠。

范司棠突然握住她的手移到胸口貼著心臟的位置，「妳在這裡。」凝視著她的眼神認真又溫柔：「是全部。」

范司棠的心臟劇烈跳動著如同她的一樣。

呼吸一窒，她眼眶泛淚說：「我可以聽一下嗎？」

范司棠輕輕一笑，攤開雙手，她愣了愣，撲上去摟住范司棠，側耳靠上去貼在范司棠的胸口，心跳聲重重敲在她的心上，心底的燈火剎那間全部點亮，她感動得說不出話來。

范司棠摟著她，「聽到了？」

她的眼淚控制不住落下，「嗯。」

「我的小羊在這裡跳著舞。」

「我有這麼吵嗎？」

「妳不知道嗎？」范司棠低頭吻去她臉上的淚水，笑意在眼底晃呀晃地說：「每天都這樣……現在，還覺得自己不吸引我嗎？」

「我不知道……」

「妳不知道？」

她用目光揪著范司棠，忍不住說：「妳什麼都還沒做。」她往後退了一點，把自己的衣服脫掉，范司棠的目光凝住。

「……壞孩子。」

范司棠低喃一句，把她壓在床上，俯身吻住她的唇，像是往火堆裡丟進一把柴火，愛意熱烈地燃燒。

她抬手抱住范司棠，赤裸相擁的感覺太美好，范司棠的手彷彿帶著火苗，慾望在身上如野火般蔓延開來。

范司棠的吻往下移到頸側和胸口，她的意識漸漸朦朧了起來，只能呻吟著回應，恍惚間私處傳來陌生的感覺，她忍不住皺眉。

「不舒服嗎？」范司棠停下動作語氣緊張。

睜開眼睛，腦袋又暈又熱，范司棠的目光熾熱盛滿小心翼翼的溫柔，她難耐又委屈地望著范司棠，「別停。」

范司棠喘了一口氣，皺眉笑了笑，手指在私處來回揉弄，刺激酥麻的感覺漫過全身，很快攀上一個從未到達的地方，她呻吟顫抖著抱住范司棠，范司棠停了下來，不停親吻著她。

她知道自己高潮了，但她也知道做愛不只是這樣，她睜開眼，滿是渴望地看著范司棠。

范司棠微微愣住，似乎意會過來了，勾起唇角親吻她的鼻尖，手指緩緩探進私處，些微的刺痛感之後，原本只屬於自己的、隱密的愉悅全部展現在范司棠面前。

比起身體的愉悅，和范司棠不留空隙緊緊相依的感覺更讓她感到興奮，快感突然拔高，再次爬過巔峰，她腦袋一片空白顫抖著呻吟出聲，范司棠緊緊抱住她。

整個世界只剩下范司棠和她的心跳聲，一下一下相互應和著。

情緒和呼吸慢慢平復下來，她把臉埋在范司棠的肩上，開心地笑了起來，范司棠摸了摸她的頭，柔聲說：「笑什麼？」

她仰頭貼在范司棠耳旁小聲地說：「我可以對妳做一樣的事嗎？」

范司棠定定看著她，帶著笑意閉上眼，彷彿在等待她的親吻，她心裡一陣緊張激動，緩緩靠過去吻住范司棠的唇。

她想撫摸范司棠，但是太緊張了，思緒打結，不知道從哪裡開始才好，手不由自主顫抖了起來。

范司棠輕輕握住她的手，喘息著說：「做妳想做的……」

她鼓起勇氣摸上范司棠的胸部，手指輕輕摩挲著乳尖，范司棠緊閉雙眼，突然發出難耐的沉重鼻息，細碎的呻吟一絲不漏傳進她的耳裡，「小羊……」

她屏住呼吸看著范司棠的表情，嚥了嚥口水，指腹摩挲著的乳尖微微挺立，她低頭含住用舌頭舔弄。

耳邊是范司棠短促的呻吟和喘息，她發現自己比剛才更激動滿足，心裡被范司棠染上的情欲模樣完全占據了。

她忍不住伸手向下探到范司棠的私處，范司棠半睜開眼羞赧地看著她，她忍不住說：「我也是這樣嗎？」

「什麼？」范司棠啞著聲說。

「濕潤……軟熱……」

范司棠不好意思地應了一聲，抬手遮著臉，她俯身親吻范司棠，輕輕咬著紅潤的嘴唇，手指依著范司棠剛才對她做的那樣輕輕揉弄著敏感點。

范司棠輕吟出聲，皺眉喘息著卻沒有制止她，任由她盡情地試探和碰觸。

她舔吻著范司棠的耳朵和脖頸，緩緩將手指探進范司棠的深處，范司棠抽了一口氣唇角溢出呻吟，無法言喻的興奮從心底竄了上來，胸口發燙，她又怕自己拿捏不好分寸和力道弄痛范司棠。

「棠……」

范司棠睜開眼對上她的目光，她無措地說：「我、我該怎麼做？」

范司棠輕咬下唇，握住她的手引導著她動作，她的手指在范司棠的私處插弄著，范司棠別開臉發出誘人又曖昧的呻吟，「小羊……嗯……」

甜蜜柔軟的呼喚讓她渾身一顫，心臟不受控制地狂跳，幾乎超出她能負荷的程度。

一朵朵美麗的煙花盛放開來，點亮漆黑的夜空。

范司棠突然緊緊抱住她，一顫一顫地喘息，她回抱住范司棠，等到兩人的呼吸平復，她忍不住說：「棠，以後如果可以結婚，我們結婚好不好？」

范司棠猛然抬頭，怔怔地望著她沒有回話。

「妳不願意？」

范司棠眼神驀地柔軟了起來，但是又多了一些她看不懂的情緒，幽幽地說：「我會當真的。」

她嘟著嘴不滿地說：「我也是認真的。」

范司棠靜靜地看了她一會兒，輕聲說：「好。」

她綻開笑容，「妳答應我了？」

「嗯。」范司棠溫柔地凝視著她，「這一、兩年，妳要乖乖的。」

「我什麼時候不乖了？」

范司棠淡淡笑著說：「我在的時候都很乖，不在就不知道了。」

「妳不可以不在。」

「小羊……」

「我不聽我不聽反正妳答應我了，不可以離開我。」

范司棠答應過她的事從來沒有食言過，所以即使暫時需要分隔兩地，她們也一定可以克服所有的困難，直到長相廝守的那一天到來。

一定可以的……

她緊緊抱住范司棠。

薛昔眠睜開眼睛，恍神了一會兒，突然發現自己靠在范司棠的懷裡，范司棠的手也搭在她的腰間，她們的姿勢就像是相擁而眠。

范司棠的體溫源源不絕地傳了過來，她呆愣著，不自覺放輕呼吸，一動也不敢動。

忽然之間，范司棠曾說過的話撞進她的腦海中。

「我的小羊在這裡跳著舞。」

心口猛然一陣刺痛，她是……曾經是……范司棠的全部，為什麼那段時間她會一而再、再而三地因為一時傷心憤怒就提出分手，為什麼變得那麼不懂珍惜和體諒？

她咬著唇不敢出聲也不敢抬手擦臉上的淚水，沒有任何恐怖電影比一覺醒來發現自己已經和范司棠分開更可怕。

她能做些什麼？求范司棠原諒她，再重新和她交往嗎？她不覺得范司棠現在對她有超出朋友的曖昧，是她單方面再次心動。

分開不是一朝一夕……但是分開後再次重逢，讓她看得更明白清楚，范司棠不僅僅是人生中的一段旅程而已。

她難過地閉上眼睛，這一夜再漫長一點吧……再漫長一點，讓她在范司棠懷裡再待久一點。

被范司棠的體溫和令她安心的香味包圍，沉重的睡意又慢慢將她拖進夢裡。

薛昔眠再次睜開眼睛是被手機鬧鐘吵醒的，她坐起來迷迷糊糊地找到床頭櫃上的手機把鬧鐘關掉。

早上十點了……呆坐了一會兒，她揉了揉眼睛睏倦地看向身旁，范司棠不在床上。

「妳醒了。」

范司棠從門口進來走到床邊，她聞到了食物的香味從外面飄進來，「妳買了早餐？」

「我做了早餐，妳要起床了嗎？」

「要要要！我去洗漱。」

她翻身下床往外走，沒走兩步，范司棠拉住她的手把她拉回面前，彎腰把拖鞋擺到她面前，笑著說：「穿拖鞋。」

范司棠的笑容讓她愣住，這個笑容……和交往時范司棠會對她露出的笑容一樣。

難道她還在做夢嗎？她忍不住用力捏了捏自己的臉頰，會痛……

范司棠微微一愣，皺眉抬手輕輕摩挲著她捏過的地方，不發一語地盯著她，她的心跳因為范司棠溫柔的撫摸和不捨的目光飛快地跳了起來。

為什麼……

她瞄了范司棠的唇瓣一眼，范司棠垂著視線像是……像是在等待她吻上去，她不由自主緩緩朝范司棠靠近，嘴唇間的距離一點點縮短。

范司棠突然退了半步，柔聲說：「先吃早餐吧。」

她回過神，穿上拖鞋，恍惚地踏進浴室，她看著鏡子裡的自己，摸著范司棠溫柔摩挲過的地方，忍不住咬唇，是她的錯覺嗎？范司棠的態度有點曖昧。

鏡子裡的她唇角微微上揚，臉上都是欣喜和期待，不行不行，要冷靜一點，只有短短一瞬間不能隨便下判斷，她必須再觀察一下。

洗漱完，她離開浴室，范司棠坐在客廳，她走過去，發現茶几上全部都是她喜歡吃的東西……

范司棠淡淡笑著，神情溫柔。

「我要拍照！」她開心地衝進房間拿手機，回到客廳，對著茶几上的餐點各個角度都拍了照片。

準備放下手機時，她突然看到有一百多個未讀訊息，疑惑地打開看了一眼。

是電視台同事的群組訊息，才剛離職，她還沒退出群組。

發生什麼事了……她往上滑了幾下，看到于璐雪採訪受傷的消息，大驚失色。

「怎麼了？」范司棠柔聲問。

她看了范司棠一眼，緊張地說：「朋友出了一點事，我打個電話。」

「好。」

她打給于璐雪，響了很久都沒有人接，她又打給王閱江，王閱江在電視台裡應該比較清楚情況。

王閱江很快接起電話，「喂？」

「小雪的事是怎麼回事？」她著急地問。

王閱江把知道的事告訴她，無奈地說：「她掩飾記者身分採訪被人發現，跟她一起去的攝影師被打破頭縫了好幾針，她受了一點傷。」

于璐雪跑的是社會新聞，之前曾因為踩到某些人的利益關係收過警告黑函，她提醒過于璐雪很多次要小心，公平正義重要，命也很重要，于璐雪就是聽不進去。

「她現在在哪？公司還是住處？」她生氣地說。

「我剛才問過了，部門總編要她休息幾天，應該是在家裡，妳要過去看一下嗎？」

「嗯，我現在過去看看。」

掛掉電話，她傳了幾個訊息給于璐雪，轉頭看向范司棠，「棠，對不起，我朋友出了一點事情，我要過去她家看一眼。」

「現在？」

「嗯，我先換個衣服。」

她進房換好衣服，離開房間，拿起椅子上的包包把手機放進去，「對不起，妳特地做了早餐……」

「不要緊，要不要我陪妳去？」

「不用了，我不知道要弄到幾點，妳中午還有事。」

「嗯……開車小心一點。」

「我再傳訊息給妳。」

「好。」

擔心于璐雪的情況，她匆匆離開范司棠住處，開車前往于璐雪的住處。

于璐雪的住處在大樓內，在管理處填好訪客資料，薛昔眠搭著電梯上樓。

站在于璐雪家門口，她按了兩下門鈴，沒有人來開門，側耳聽了一會兒，沒有聽到動靜，她又擔心地按了幾下門鈴，受傷了不待在家裡又跑去哪裡了？

于璐雪家用的是電子密碼鎖，她知道密碼，猶豫了一下還是按了密碼，按到一半，門突然開了。

于璐雪的頭包著浴巾，頭髮還在滴著水，詫異地說：「妳怎麼來了？」

她鬆了一口氣，怒氣又上來了，生氣地說：「妳在做什麼？不接電話又不回訊息！」

「妳先進來。」

她進門後，于璐雪把門關上，「我剛起床，起床後去洗澡，手機關了靜音，我沒注意到。」

「妳手機為什麼關靜音？這種時候了還關靜音？受傷了為什麼不告訴我？」

于璐雪深吸了一口氣，語氣嚴厲地說：「小眠，控制一下妳的情緒，妳還記得我們已經分手了嗎？」

「我知道我們分手了，這跟分手有什麼關係，妳怎麼可以把手機關靜音！」

于璐雪平靜地說：「妳現在到客廳坐下冷靜一會兒，我去把頭髮吹乾，有什麼話等下再說。」

她不情不願地走到沙發坐下，十分鐘後于璐雪從房間出來，她也冷靜下來了。

于璐雪在客廳地毯上坐下，看著沙發上的她，「說吧，妳在激動什麼？」

她說了早上群組裡的消息，「妳不是警察也不是檢察官，牽扯那麼多利益的事，妳為什麼要自己去調查？」

「我想挖掘真相有錯嗎？」

「沒有錯，但妳能不能把自己的安危擺在前面？」

「妳知道的，我只能說我盡量。」

這樣的對話在她們之間出現過很多次了，于璐雪對工作有自己的堅持，也不希望她插手或是阻撓。

她無奈地嘆了一口氣，坐到于璐雪身旁仔細看了一下，于璐雪的手臂和小腿有瘀青和擦傷，「要不要上藥？」

「嗯。」

「藥呢？」

于璐雪把桌上的塑膠袋拉到她面前，她把藥膏和棉花棒拿出來幫于璐雪擦藥。上完藥，她的情緒也完全平靜下來了，「對不起，剛才不應該發脾氣。」

「冷靜下來知道該道歉了？」

「嗯……」

于璐雪看著她，溫聲說：「我要是沒開門的話，妳打算按密碼進來？」

于璐雪很注重隱私，告訴她們鎖密碼是因為交往時她偶爾會先過來，不是讓她未經同意就闖進屋裡用的，更何況她們已經分手……

她知道這樣做非常不對，低下頭真心誠意地說：「對不起。」

于璐雪無奈地笑著說：「我看我還是把密碼換掉，不然哪天我有另一半了，妳闖進來我怎麼跟人家解釋。」

「我保證我不會再這樣做了。」

「可是妳每次一急就忘了自己的保證。」于璐雪淡淡地說。

「我也是擔心妳嘛。」她坐回沙發上，委屈地說：「我早餐都沒吃就開車趕過來了……」

「妳家離我家又不遠……」

「我從土城來的。」

「土城？」于璐雪思考了一下，突然意有所指地挑眉笑說：「妳星期六找我，是有什麼事要跟我說嗎？」

「我現在很餓，什麼都不想說。」她看了于璐雪的手腳一眼，「妳吃了嗎？」

「還沒。」

「冰箱有什麼？我煮點東西給妳吃。」

「只有冷凍食品，我最近太忙了，還是妳要出去吃？」

「不用了，妳身上有傷，有什麼我弄什麼吧。」

她走到廚房打開冰箱，真的只有冷凍食品和即食調理包，她隨便拿了兩個義大利麵放進微波爐加熱。

把加熱好的義大利麵端到餐桌上，在于璐雪對面坐下，她食不知味地吃著義大利麵，忍不住點開手機相簿，懊惱地看著照片上范司棠做的豐盛早餐。

她點開應用程式傳訊息給范司棠，「我朋友沒事，對不起，匆匆跑出來，沒吃到妳做的早餐。」

范司棠很快回覆：「沒事就好，我出門工作了。」

她傳了一個小羊比愛心的貼圖過去，「工作加油。」

這可是第一次有機會吃到范司棠煮的東西……她怎麼不吃完再出門呢！

「嘆什麼氣？」于璐雪疑惑地說。

「沒有……」她鬱鬱地說。

于璐雪笑笑地說：「說吧，什麼情況？」

「我……」她嘆了一口氣，「我好像……又對她心動了。」

「妳初戀？」

「嗯。」她難為情地說：「妳會不會不想聽？」

「我們都分手了，妳又不是腳踏兩條船。」于璐雪的表情沒有一絲勉強，坦然笑著說：「而且她對妳的特別，我也不是今天才知道。」

「妳說我這樣是不是很奇怪？都已經過這麼久了。」

「不會啊，初戀對每個人應該都是特別的，除非妳沒有投入。」于璐雪停頓了一下，又說：「妳們因為什麼分手？之前妳沒有說得很清楚。」

「當時她大四，我出國了，她因為學校跟打工變得很忙，我見不到她，打電話又經常聯絡不到人，就開始抱怨，但其實她已經盡力找時間陪我說話了，當時我卻無法體諒，一直說氣話。」

「什麼氣話？」

「……我會故意提分手。」她尷尬地解釋：「但我不是真的想分手，只是想讓她緊張，多放點注意力在我身上……她也知道的，我就是想要她關心我。」

「沒想到最後她答應了？」

「……嗯。」

于璐雪皺眉笑著說：「妳真是……該怎麼說妳才好。」

「我知道啦，我當時很不懂事……」

「所以妳們不是因為對彼此沒有感覺才分手。」

「我是這樣，她……我不知道，或許我那樣做也消磨了她對我的感情……」

「妳沒有問過她？」

「……我不敢再提當初分手的事，反正是我做錯了。」她無奈地說。

「懂得從自己身上找原因是很好，但我覺得妳不是不願意反省的人，互相喜歡的情況下依然走到分手，對方也不一定一點錯都沒有……」于璐雪淡淡說。

她抬起頭看著于璐雪，疑惑地說：「什麼意思？」

「我的意思是，重新在一起比交往難多了，妳不找到妳們當初分手的真正原因，就算重新交往也會再次分開。」

「但我們分手時並沒有仔細談過。」

「當下也不一定能談出什麼，畢竟妳們當時都那麼年輕，有時候需要時間沉澱。」于璐雪笑了笑，「不過找出原因只是第一步……小眠，妳有想過和我重新在一起嗎？」

她愣了一下，「……沒有，妳有嗎？」

「不能說沒有，但和妳當朋友比當情侶更吸引我，妳也是這樣覺得吧。」

「嗯，這樣相處比較輕鬆。」這些在她和于璐雪分手時都說得很清楚，她覺得不必掩飾，兩人以朋友關係相處也融洽很多。

「嗯，很多人會從朋友變成戀人又走上分手這條路，就是因為做為伴侶有相應的壓力，如果那樣的壓力超過能承受的程度，就會抵消想在一起的念頭。」

她思索著于璐雪的話，喃喃地說：「我該怎麼做……」

「這就是妳要思考的問題了。」

她抬眼看于璐雪，忍不住笑著說：「小雪，不在戀愛狀態的妳真的很理性。」

于璐雪嗔了她一眼，無奈地說：「我就當妳在誇獎我了……」

「我是在誇獎妳沒錯。」

「想太多是談不了戀愛的……妳想重新和她在一起，就要讓對方覺得妳比當初好，或是有什麼不同了但一樣吸引她，重新燃起想要和妳在一起的念頭，甚至要帶著一點衝動。」

讓范司棠覺得她比當初更好，或是……她有什麼依然吸引范司棠？她陷入深思。

ჶ

星期四，今天是工作室的動工日，范司棠和薛昔眠約了八點半在畫室見面，好幾天沒跟范司棠見面，她一早就起床打扮，化好妝，戴上耳環，穿上白底水藍線條洋裝和高跟鞋，帶著要和范司棠見面的雀躍心情出發到畫室。

把車停好，她往畫室走，現在不是畫室的營業時間，但鐵門已經開了，心裡一喜，她加快腳步，透過玻璃門，她看見范司棠坐在畫室裡，忍不住綻開笑容，推開門走進畫室。

范司棠面前擺了一些素描，似乎是學生的作品，她走到范司棠面前拉開椅子坐下，兩手托著臉看著范司棠，「早安。」

范司棠抬頭看向她，淡淡一笑，「早。」

不對勁，范司棠的笑容和前幾天早上給她的感覺完全不同，怎麼回事……

她緩緩把手放下，小心翼翼地打量著范司棠，「對不起，等很久了嗎？」

「沒有，我也剛到。」范司棠看了一眼手錶，「施工團隊應該快到了，我們先過去吧。」說完就起身往外走。

她心情一沉，不是錯覺，范司棠刻意避開她的視線，為什麼？

起身跟著范司棠走出畫室，她納悶地看著范司棠的背影……

這幾天她們只有用訊息討論工作室的事，沒有談到其他，她什麼時候惹范司棠不開心了？

施工團隊準時到了，薛昔眠打開鐵門，一群人進到室內，工頭又再次和她們確認了一遍裝修細節，確認好，薛昔眠用手機拍了幾張施工前的照片，鏡頭轉向門口，范司棠出現在畫面裡，她心猛地跳了一下，咬著唇，忍不住把鏡頭拉近偷拍了一張，范司棠突然看過來，她連忙把手機收起來走到范司棠旁邊。

范司棠把木板地跟牆上要用的布料樣品交到她手中，問工頭：「地板什麼時候要決定？」

「鋪地板一定要等其他都弄好，不會這麼快，但妳的工期只給兩個月，非常趕，這個星期決定我才好訂料。」

「兩個月要完成……時間上很趕嗎？」

工期方面范司棠說交給她處理，薛昔眠就沒有插手過問太多，不過她原本預計是半年內處理好，范司棠說兩個月內完成她也很驚訝。

工頭無奈地笑著說：「真的很趕，雖然妳們工作室的配置不複雜，可是很多細節都有特別要求，如果不是范小姐一樣一樣跟我討論，弄得我很不好意思，說實話我是不太想接妳這單生意。」

范司棠笑笑地和工頭說：「有什麼問題你儘管和我說，我再想辦法，其他的就要麻煩你們了。」

原來如此……她還以為是因為施工團隊很厲害才能壓在兩個月內，薛昔眠感激地看向范司棠，四目交接，范司棠淡淡笑了一下又立刻錯開視線。

她微微一愣，范司棠真的有點不對勁……走到范司棠身旁，她輕聲問：「棠，妳不舒服嗎？」

「沒有。」范司棠看了她一眼，「我去跟師傅討論一點東西。」說完又走開了。

這個樣子還說沒什麼？她無奈地看著范司棠的背影，現場人太多了，不方便追問，還是等中午休息再說吧。

中午休息，買了便當，范司棠帶她到畫室的休息室，她們坐了下來，范司棠把便當和飲料從袋子裡拿出來。

「以後中午吃飯或是監工累了想要休息，妳可以到這裡來，我等下給妳一副鑰匙。」

她愣了一下，「妳不會在嗎？」

范司棠遲疑了一下才說：「畫室平日下午兩點才開，我的課都在晚上，中午一般不在，下午要看情況，不過我還是會幫妳注意工作室的進度，妳放心。」

她原本以為開工後可以經常和范司棠見面，有時間好好相處，讓范司棠看到她的成長，就像于璐雪說的那樣，讓范司棠覺得她比以前更好，重新燃起想要和她在一起的想法……

噩耗來得太突然，她一時之間不知道該說些什麼……范司棠今天給她的感覺很奇怪，她總覺得……范司棠想要拉開距離。

「棠……」她壓著心裡的不安，笑笑地說：「妳什麼時候有空，我們再一起看電影好不好？我還有很多料理可以煮給妳吃。」

范司棠笑了一下，「妳最近專心處理工作室的事比較好。」

心情完全沉了下來，她已經可以確定范司棠的態度奇怪不是錯覺了，「……我是不是做了什麼讓妳不開心的事？」

「沒有。」

「但妳突然對我好冷淡，前幾天……我們不是還好好的嗎？」

范司棠抬起頭靜靜看著她，目光交接，一個想法在腦中快速掠過，她愣了一下，范司棠察覺到她又心動了嗎？

越想越有可能，前幾天她都快要親上去了，范司棠怎麼可能沒發現……

她深吸一口氣，鼓起勇氣看著范司棠說：「妳知道我又對妳心動了，是嗎？」

范司棠眼裡閃過一絲慌亂，錯開了視線，抿著唇靜默不語。

果然……既然如此她也沒必要再自欺欺人了，要隱藏她對范司棠的心動和喜歡實在太困難，她知道不可能拖太久，范司棠遲早會知道。

「棠，能不能……再給我一次機會？」她認真地說。

范司棠露出苦澀的笑容，視線定在她的臉上，眼裡的哀傷毫不掩飾地流洩出來，輕聲說：「我們已經分開很久了，過去的時光是無法回溯也不可能再重覆的。」

「不用回到過去，我們可以有新的未來呀。」她急忙說。

范司棠沉默著沒有回答，她的心不斷往下沉，艱難地開口說：「妳對我完全沒有感覺了嗎？」

范司棠看著她欲言又止，她不懂，不懂如果對她已經沒有感覺，為什麼前幾天還要給她希望……但說到底，這只是她單方面的想法。

她不該再陷下去，不該抱著一切可以重新再來的期待，不該任由渴望在心底膨脹……控制不住的淚水沿著臉頰滑落，像墜落谷底的希望。

范司棠眉頭輕皺，抬手就要撫上她的臉頰，她飛快用手背抹掉眼淚，起身笑了笑，「我知道了，對不起……我不餓，我先出去。」

快步往外走，心痛又難堪的感覺就快要讓她窒息了，也許范司棠當初答應分手，就是因為對她的感情已經淡了……

「等等。」范司棠追了上來拉住她。

「放手……」她別開臉，掙扎了一下，哽咽地說：「放開我……」

范司棠拉著她，突然把她抵在牆邊，背靠著牆，她不得不面對范司棠，呼吸間都是范司棠的香水味，柔軟的嘴唇就在眼前。

意識到兩人幾乎是貼在一起，她渾身一僵，推開也不是不推開也不是，「妳可以稍微退後一點嗎？」

范司棠用目光揪著她，低喃著說：「為什麼？」

為什麼？范司棠連為什麼都不知道嗎？她輕輕抵著范司棠的肩，別開臉說：「太近了……我會想親妳。」

范司棠的手指輕輕撫過她的嘴唇，這是范司棠接吻前的習慣動作，她錯愕地看向范司棠，范司棠凝視著她，慢慢靠過來，她不由自主閉上了眼睛，像等了一輩子那麼久，嘴唇才感覺到另一個人的柔軟。

范司棠輕輕含吻了一下她的唇瓣，也許只有一、兩秒，她激動地揪著范司棠的襯衫，緩緩睜開眼睛，對上范司棠的目光，溫柔繾綣又哀傷的。

「我不是對妳沒有感覺。」范司棠輕聲說。

她怔怔地看著范司棠，遲鈍的思考終於反應了過來後，壓不下心裡的狂喜，「那、那我們……」

「但我害怕。」范司棠喃喃地說：「小眠，我很害怕……我沒有信心我們可以走下去，我們真的分開很久了，幾乎是交往時間的三倍，也許我不是那麼適合妳，妳也只是一時……」

「那我再重新追妳一次！」

范司棠怔忡地望著她，表情漸漸鬆動。

她這幾天也想過要怎麼讓范司棠重新燃起和她交往的念頭，范司棠和她不同，很少因為衝動做出決定，她必須退後一點讓范司棠有空間思考，但也不能離得太遠讓范司棠想太多。

她用兩手緊緊握住范司棠的手，「妳不用現在給我答覆，既然不是沒有感覺，可以等到妳看清楚了再告訴我答案，如果那個時候……妳認為我們還是當朋友比較好，我們就當朋友，好嗎？」

范司棠用另外一隻手摩挲著她的臉頰，「妳的意思是要和我約會？」

對她來說，約會一般是因為還沒到想要交往的程度，范司棠願意的話她們可以隨時交往，這樣算是約會嗎？

「……可以這樣說吧，不過妳願意的話我們隨時可以交往。」她覺得自己有必要強調一下。

「妳和多少人約會過？」范司棠淡淡說。

她緊張了一下，這個問題……感覺是死亡問題，她觀察著范司棠的表情……看不出端倪，不可能騙范司棠，她老實說：「五個，從約會變成交往的一個，交往過一年，現在仍然是好朋友，她是我電視台的同事。」

「我見過？」

「嗯，就是我們上次在中山堂遇到的，前幾天出了一點事的朋友也是她，但是我跟她對彼此沒有友情之外的感覺了。」

雖然不太確定范司棠對她和別人約會交往的想法，范司棠想知道細節她還是會一五一十地說出來，但不是現在就是了。

她誠懇地說：「棠，我不會同時跟很多人約會，現在也只希望妳能考慮和我在一起，我只想和妳在一起……」

范司棠目光在她臉上逡巡著，下了決心似地說：「如果我說，我希望這個約會結束時，我們不能重新在一起就不要再見面了，妳願意嗎？」

她震驚地看著范司棠，「不能當朋友？但、但我的工作室和畫室離得這麼近……」

「這個不是問題。」

她一陣慌亂，「我們好不容易又見面，如果妳決定不和我在一起，就不能再見到妳了？為什麼要這樣？妳不想和我當朋友嗎？」

「愛是沒有退路的，我們說出口的每一句話，做的每一件事也是。」范司棠輕聲說：「如果妳現在反悔，我可以當這件事沒發生過，這輩子我們就只當朋友，不會再改變了。」

渾身一顫，她為自己留了當朋友的退路，這樣追求過程也能放手一搏，范司棠卻看穿了她的懦弱和狡猾。

范司棠的一句話把重新交往變成生死般的決定，她不得不更謹慎……

如果沒有那麼愛，就退後一點，當朋友就好。

她凝視著范司棠，深深地望進范司棠的眼裡，范司棠希望她收回追求的話嗎？范司棠只想和她當朋友嗎？如果哪天范司棠和別人在一起了……她心頭一緊，光是想像就讓她難過。

她心裡已經有了決定，軟聲說：「決定當朋友的話，以後我就不能再親妳了對吧。」

「……當然。」

「那在我回答之前妳能讓我再親一次嗎？」

范司棠眉眼微斂放開她的手，唇角微微上揚但看起來有些勉強，「既然妳決定當朋友……」

她沒等范司棠說完，伸手把范司棠拉向自己，偏頭吻上范司棠的唇，范司棠一瞬詫異過後順從地閉上了眼睛，也許認為是最後一次了，她將舌頭探過去也回應了她。

她在心裡喟嘆一聲，就是這種感覺……覺得一切都對了的感覺。

剛才喧囂混亂的心情慢慢平靜了下來，只剩下想和范司棠在一起的念頭異常清晰。

范司棠仍然讓她心動，這不是一股衝動而已，如果放棄了，這一生她一定會陷在後悔之中……

喘息著分開，范司棠閉著眼睛，呼吸急促胸口起伏，眼睫微顫，她激動地抱住范司棠，范司棠的身上帶著令人舒心的香氣，「和我約會吧，棠。」

范司棠退開半步，難以置信地看著她，「……妳不是決定當朋友了嗎？」

她看著一臉錯愕的范司棠，嘟著嘴說：「我沒說吧，我只是問妳能不能再親妳一次，約會期間也不能未經同意就吻妳嘛……」

范司棠咬著唇一副被她欺騙了又罵不出口的模樣，她偏頭附在范司棠耳旁小聲地說：「我覺得我再次在妳心裡跳舞的機率還蠻大的，妳覺得呢？」

「如果最後我認為不行，我們就不能再……」

「我知道。」看著范司棠的眼睛，她認真地說：「我會遵守約定。」

剛才的親吻讓她稍微多了一點信心，至少她知道范司棠很捨不得，否則不會吻得那麼投入……

選擇賭一次，賭現在的她能消除范司棠的疑慮，比一輩子活在後悔中好。

范司棠不再帶著笑容，似乎想從眼睛裡看出她的話有幾分可信度。

「妳需要我再做什麼保證嗎？」

「不用，我只需要妳知道……這是我們之間最後一次機會了。」范司棠輕聲說。

她定定地回望范司棠，抬手拉起脖子上的項鍊，是范司棠送給她代表自己的項鍊，四目交接，范司棠呆愣了一下，目光漸漸柔和。

如果范司棠對她還有感覺，她也已經成為比過去更好的人，范司棠沒有理由不選擇她，不是嗎……

「我這次一定會好好珍惜的。」她堅定地說。

7

說好從約會開始，已經快要一個月……薛昔眠想找出約會時間，才發現范司棠的行程滿到可怕。

范司棠晚上上課，白天也幾乎都會安排工作，偶爾陪她監工一、兩個小時又匆匆離開，空閒時間非常零散，只有星期天勉強算是休息日，但很多社交活動都在週末，經常被挪用，幾乎找不到范司棠完全空閒的時間。

她沒有范司棠那麼忙，但是白天需要處理工作室的事，工作不得不移到晚上做，很難找出兩個人都有空的時間。

約會時間排不出來很煩惱，但她更煩惱的是范司棠把工作排得那麼滿，完全沒有停下休息喘一口氣，長久下來身體會受不了。

面對范司棠零散的休息時間，她想出的對策是，在范司棠上課前接她去餐廳吃飯，如果時間太少不能去餐廳，她就做便當和范司棠在畫室的休息室吃，只是通常趙梨蓁也會在，所以在畫室她們只能討論工作室的事。

不管怎麼說……可以見到范司棠，光明正大地約范司棠出去，已經比之前那段糾結的日子幸福多了。

星期六，晚上六點。

薛昔眠開車載范司棠從活動場地回到畫室，車停在畫室前，坐在車內，她把便當交給范司棠，「這個是下午煮的哦。」

范司棠接過便當看向她，猶豫了一下，淡淡說：「其實妳不用特別做便當，太花時間了，我隨便買點東西吃也沒關係。」

「那怎麼行，妳每天工作那麼長時間，外面的東西很多又不合妳口味，我知道妳晚上上課前都買便利商店的飯糰，這樣營養不夠，妳又不像我會吃消夜，還是我做的便當也不合妳口味？妳可以告訴我哪裡不好，我再調整一下……」她說到一半，發現范司棠定定地看著她，意識到自己自顧自說了太多，她瞄了瞄范司棠，不安地說：「妳要是不喜歡，我就不做了……」

「不是，便當很好吃，只是很花時間……」

她鬆了一口氣，高興地說：「時間花在準備料理給妳吃我覺得很開心呀！如果可以有些反饋就更好了。」她期待地看著范司棠。

范司棠抿了抿唇，「什麼樣的反饋？」

她心裡想的是范司棠告訴她吃完的感想，但是看到范司棠有點難為情的表情她突然想了很多不該想的，遲疑地說：「我可以要什麼樣反饋？」

范司棠想了一下，「明天晚上我們一起吃晚餐？」

她驚喜地說：「可以嗎？妳明天不是和珂瑤姐下南部處理事情？取消了嗎？」

「沒有取消，但是應該不會弄到太晚，我下午就可以回到台北……一直沒辦法排出時間和妳……約會，抱歉。」

范司棠一臉不好意思看向她，對上她的視線又立刻錯開，講到約會兩個字還卡住，她忍不住笑了起來，「嗯，沒關係。」這個樣子的范司棠太可愛了，以前都沒見過。

「所以，妳要是願意的話……明天晚上我們可以一起吃晚餐。」

「好呀，妳想在外面吃飯，還是在家裡休息我煮給妳吃？」

「在外面吃飯吧。」范司棠抱著便當的手稍微收緊，看了她一眼，「一直煮飯太辛苦了。」

她很喜歡煮東西，也喜歡煮東西給范司棠吃，並不覺得有什麼辛苦的地方，而且范司棠的胃這麼難抓住，要是可以抓得住離范司棠答應和她重新交往也會近一點，但是偶爾在外面吃飯也不錯，她也有很多餐廳想和范司棠分享。

「那我來選餐廳。」

「好。」

范司棠看了一眼時間，她不捨地說：「妳是不是該進畫室了，不然會沒時間吃東西……」

「嗯。」

她已經做好范司棠要下車的準備，范司棠突然問：「妳今天準備了什麼？」

范司棠終於對便當感興趣了！她差點歡呼，興奮地說：「我烤了蘆筍和菠菜，加了鹽、橄欖油和一些胡椒粒，飯我先處理過了是奶油培根蕃茄飯，蛋是日式煎蛋，還煎了牛肉片，不過這種肉的油花比較多，不知道妳喜不喜歡，如果覺得太油，我下次買其他的。」

「所以……手背被油濺到了？」范司棠幽幽地說。

她愣了一下，看了一眼下午被油濺到的地方，笑著說：「這個沒有什麼啦，一點點痕跡。」

范司棠皺眉看著她，「怎麼會沒有什麼？」說著，從包包裡拿出和之前一樣的藥膏盒，朝她伸出手，她乖乖地把手放到范司棠手中，范司棠幫她塗上藥膏，溫柔的神情讓她非常心動，好想靠過去親范司棠……

范司棠放下她的手，抬眼看她，「上次給妳的藥還在嗎？」

她收回太過直白的視線，點點頭，「還在。」

「洗手、洗澡完都擦一下。」

「知道了。」她根本壓不住嘴角的笑容，「我會乖乖擦藥。」

「……我下車了。」

「明天見。」

范司棠拉著門把又回頭看了她一眼，好像還有話要說，兩人對視了幾秒，范司棠低聲說：「不要太勉強自己，不想做便當，隨時可以休息。」

「一點都不勉強！真的！我還有好多東西想煮給妳吃！」

范司棠嘆了一口氣，卻像鬆一口氣的模樣，勾著唇角柔聲說：「我很喜歡吃妳煮的東西……明天見。」

「明天見！」她開心地說，范司棠喜歡就是最好的動力了。

范司棠下車走進畫室，她沒有馬上離開，拿起手機查餐廳電話，臨時要訂星期天晚上的位置有點困難，打了幾間餐廳的電話，終於訂到位置。

掛掉電話，她安心地向後靠著椅背，想著范司棠剛才說的話，笑容不由自主又更深了一點……

一直沒有對便當做出回應，是在擔心她並不喜歡準備料理只是為了討好而做吧，確定她不是勉強才說出真心話……不立刻答應和她在一起會不會也是相同的原因？

如果真的是這樣，只要讓范司棠看見她有多喜歡她，離范司棠答應重新交往一定也只是時間的問題……

星期天，薛昔眠到台北車站接搭高鐵回來的范司棠，再出發到信義區。

她訂的是位在百貨公司裡的日式涮涮鍋，店內設計得非常漂亮，桌與桌的間隔也很遠，適合聊天談心，她和范司棠很少一起吃火鍋，想藉這個機會看看范司棠還喜歡吃些什麼。

服務生帶著她們入座，「您好，兩位是第一次在本店用餐嗎？需要介紹嗎？」

「不用介紹沒有關係。」

「好的，兩位決定好再叫我們。」

服務生退開後，范司棠看了看四周，似乎對店內的空間設計很有興趣，她笑著問：「妳之前有來過這間店嗎？」

「沒有。」范司棠笑了笑，「不過它用的傢俱和空間設計都很不錯，我有點意外。」

「它的食物也很好吃。」

挑食不代表愛吃美食，范司棠對吃不是很在意這一點她最近深有體會。

學生時期，她們吃飯不會挑太好的餐廳，頂多是她吵著要吃什麼范司棠帶她去買，最近才發現范司棠的三餐基本上都是就近解決，很常用便利商店的飯糰應付一餐。

雖然這樣她就可以帶范司棠體驗美食……

「妳偷笑什麼？」范司棠疑惑地說。

她笑著說：「可以和妳約會很開心嘛！這裡的海鮮很新鮮，妳可以不要吃蝦子，吃干貝之類的，或是點牛肉，上次我媽咪吃過和牛套餐，牛肉入口即化。」

范司棠看了她一眼，停了兩秒才說：「妳是跟阿姨來的？」

「對呀，還有我爸跟哥哥，我爸吃的是羊肉，但妳不喜歡羊肉的味道我們就不考慮了，我哥吃的是龍蝦，也不錯，妳喜歡哪個？」

范司棠看著菜單，問：「妳吃了哪一個套餐？」

「海鮮套餐，我覺得我們還是可以點一份，再點個牛肉或豬肉，妳覺得呢？」

「好，那妳幫我選個牛肉。」范司棠無奈地笑著說：「太多種類了，我不知道哪種好吃。」

「好呀。」

她仔細思考了一番，點了推薦的和牛套餐和海鮮套餐，點好餐，她突然想到她們沒有點酒，「妳想喝酒嗎？」

「妳想喝嗎？」

晚上、約會、品嘗高級食材這三項加在一起，沒有酒總覺得缺少了什麼，「……有一點。」她老實地說。

「但是妳要開車。」

「車放這裡搭計程車回去就好了。」

「不然妳點妳想喝的，我不喝，等下我送妳回家。」

喝酒當然要兩個人一起，這樣才有約會的感覺，不過范司棠看起來不想喝酒，而且不能開車就不能送范司棠回家，她瞬間沒那麼想喝了，連忙說：「沒關係，妳不想喝不用勉強，我沒有一定要喝。」

「嗯。」停了幾秒，范司棠突然說：「我家有一瓶朋友送的紅酒，妳想喝嗎？」

她愣住，范司棠想約她到家裡喝紅酒，還是想約她過夜？會不會太快了一點？

「……紅酒嗎？」

「對，在國外酒莊買的，市面上沒有，我不知道差別，妳可能比較清楚？」

「要喝了才知道，不過一般都比市面上的酒好喝。」

「妳要喝嗎？」

她打量了一下范司棠的表情，太坦然了，好像不是她以為的要約過夜的意思……但如果錯過范司棠約她過夜怎麼辦？

啊啊啊，太糾結了，她忍不住說：「妳想約我去妳家喝紅酒嗎？」

范司棠明顯怔愣了一下，她立刻明白范司棠沒有約她到家裡喝酒的意思，趕緊說：「我開玩笑的，妳是要把酒送我對吧。」

范司棠似乎也反應過來剛才那句話有點曖昧，不好意思地應了一聲，「妳可以帶回家和家人一起喝……」

「既然是朋友送妳的，還是放在妳家吧，下次在妳家看電影時，我們可以開來喝。」

范司棠倨促地拿起水杯喝了一口水，輕聲說：「也可以。」

YES！她覺得自己真是太聰明了，不僅約了在范司棠住處看電影，連看電影時喝酒也約好了，她咬著唇，不想讓嘴角上揚得太過分，抬眼對上范司棠的目光，范司棠像是已經看透她的小心思，臉上帶著無可奈何又寵溺的笑意。

……她忽然有點口乾舌躁，也拿起水喝了一口，轉移話題說：「妳今天下南部做什麼呀？事情順利嗎？」

「我們有個同學是高雄人，她說想在高雄開畫室，我跟珂瑤陪她看個場地。」

「妳們打算投資嗎？」

「還在考慮，明年畫室要擴大招生，可能要再租一個地方。」范司棠嘆了一口氣，「如果招生不理想，流動現金會很吃緊，這個時間點不是投資的好時機，不過……我們還要再討論看看。」

「妳有欠對方人情？」

范司棠有些意外地抬頭看向她，遲疑地說：「……妳怎麼知道？」

她被問得一愣，「妳很少做有風險的事，朋友或是同學不會太難拒絕吧，但欠了人情就是另外一回事了。」

范司棠笑著嘆了一口氣，「沒錯。」

「對方幫了妳什麼？」

「我需要打工賺錢的那段時間，對方介紹了很多打工的機會給我，待遇都不錯，認識士洋的工作也是那位同學介紹的，這些工作讓我累積了不少人脈，開畫室可以順利無礙和這些人脈也有一些關係。」

「原來如此，這樣的確不好拒絕，雖然當時能夠得到工作一定也是因為妳能力足夠，但機會很重要。」

范司棠微微一頓，「妳也這麼覺得？」

她點了點頭，「人脈不是錢能換來的……珂瑤姐怎麼說？」

「她沒有意見，說看我和梨蓁怎麼決定，要是我覺得可以，她就拿錢出來投資，梨蓁則是覺得應該保守一點，而且遠在高雄很難看到情況。」

「妳有評估在高雄開畫室的招生情況嗎？」

范司棠頓了一下，「這個倒是沒有，只有和我同學聊了一下，她很看好高雄的市場，因為水電和店租相對台北便宜，壓力沒這麼大。」

「也不是這樣說，不然妳先做一些調查，如果覺得風險太大，再拿資料和妳同學談，這樣拒絕也不會太尷尬，要是真的有市場，也可以考慮北部的擴招先緩一緩。」

范司棠露出思索的神情，「這樣好像也是個辦法，我之前怎麼沒想到做了調查再談。」

「因為妳容易鑽牛角尖嘛，想著明年要擴招不能亂花錢，又突然來了一個人情要還，妳就開始煩惱還人情的事，沒有餘力思考這個投資是不是真的可行，說到底，還是因為妳太忙了……」她說著說著看到范司棠皺起眉頭，心慌了起來，解釋說：「我沒有要干涉妳的工作的意思，妳完全可以照自己的想法做。」

范司棠偏頭疑惑地看著她，眉頭舒展開來，搖搖頭笑著說：「其實這方面我很需要人討論，不過珂瑤和梨蓁對經營沒興趣，妳能給我一些意見……我很高興。」

「真的啊？」她放下心，高興地說：「我對經營也不怎麼懂，不過我媽咪常常會和我說公司的事，多少記住了一點。」

「阿姨和叔叔經營公司一定累積了很多寶貴的經驗，妳下次要認真聽。」

不認真也不行，徐詩敏知道她遲早會開工作室，很早就開始教她了，「她跟我說過，千萬不要因為人情做投資，要在商言商。」

范司棠笑了一下，「這樣看來，阿姨也沒必要那麼擔心妳開工作室的事。」

「話、話不是這樣說的，我在花錢上的確不夠小心，給我同樣的錢絕對買不到現在工作室用的材料。」她緊張地看著范司棠，軟聲說：「妳不要中途不管我……」

范司棠眼神柔軟，淡淡地說：「放心，不會。」

服務生送上前菜，聊得太投入了，她差點忘記她們是來吃飯的，吃完前菜，套餐送了上來。

被高湯的香味勾起食欲，她飢腸轆轆地看著擺得整齊的魚肉和牛肉，笑著對范司棠說：「看起來不錯吧？」

「嗯，這應該是我第一次吃到這麼高級的火鍋。」

她開心地拿起手機，忍不住說：「可不可以過去妳那裡？我想和妳拍張照……」

范司棠莞爾一笑，不用多說，她就知道范司棠同意了，起身走過去，范司棠主動移了一點位置，她高興地坐在范司棠的椅子邊拿起手機自拍。

自拍完，她點開照片看了一眼，范司棠的手搭在扶手上像是把她摟在懷裡，她們看起來很親密……

她側身想把照片給范司棠看，一轉頭，范司棠剛好靠過來要看照片，她的嘴唇輕碰到范司棠的臉頰，兩人對視了一眼。

她訥訥地說：「對不起，我是想給妳看照片……」

「等下把照片傳給我吧。」范司棠淡淡一笑，「餓不餓？我們開動吧？」

她點點頭，起身走回自己的位置，服務生過來幫她們把食材放進鍋裡煮，煮好後又退開了。

要是再晚一點轉頭，就可以親到范司棠的嘴唇了……

范司棠有感應似地看向她，好像察覺到她在胡思亂想，無奈地笑著說：「要不要吃肉？」

「要！」她把碗拿起來，范司棠把肉放到碗裡。

她喜歡品嘗食材的原味，所以一般不沾醬料，除非是吃麻辣鍋，她看范司棠也不沾，「妳不喜歡沾醬料嗎？」

「嗯，這樣會吃不出食材的味道。」范司棠看了她的桌面一眼，疑惑地說：「妳也不沾醬？」

「對呀，新鮮的食材當然要吃原味，不過妳沒吃過，還是可以試一下它的醬，是特別調配的。」

「好，我試試看。」

晚上八點多，吃完晚餐，她拿出信用卡準備結帳，范司棠也把信用卡拿出來，淡淡笑著說：「餐廳是妳找的，讓我付吧。」服務生收走范司棠的信用卡。

她在心裡嘆了一口氣，其實她比較希望范司棠好好享受這次約會，而不是想著怎麼樣公平一點……

離開餐廳，她們往電梯走，范司棠突然說：「因為這是約會。」

「什麼？」她腳步一頓。

范司棠偏頭看向她，淡淡一笑，她全身像電流通過一樣呆呆地看著范司棠，范司棠走到電梯前，回頭看著她，她回過神，開心地跑過去抱住范司棠的手臂，「什麼意思？」

「這不是妳一個人想要的約會，妳不用那麼在意我結帳的事……」

「妳也想和我約會？」她悄聲說。

范司棠笑而不答，但完全不減她的開心，她勾著范司棠的手臂走進電梯，兩人到地下停車場拿車。

「我直接送妳回家？」她試探地問。

「嗯。」

她把車開出停車場，范司棠的手機響了……週末這個時間還有人打給范司棠？該不會是追求者？

范司棠拿起來看了一眼，立刻說：「抱歉，應該是學生的家長，我接一下。」

原來是學生家長，她鬆了一口氣，「妳接吧，不用管我。」

范司棠接起電話，她聽了一會兒，已經大致了解情況，電話裡的家長因為孩子要參加升學考試非常焦慮，所以打給范司棠。

與其說是討論，不如說家長想要找個人傾訴不安，范司棠好脾氣地安撫著家長的情緒。

「是的，他真的進步很多，還有幾個月的時間，只要平常心、不要緊張一定可以發揮得很好……是，有些東西需要時間沉澱，他應該不是不想畫畫，您不用太擔心……」

她從小讀音樂班，周圍很多同學的家長都和電話裡的家長一樣，會將自己的焦慮不安發洩在孩子和老師身上。

范司棠現在不接電話，明天家長可能就直接找到畫室了，她聽得出范司棠安撫家長主要是因為不想影響學生的心情。

當老師真是太辛苦了……

開車到范司棠住處，剛好有路邊停車位，她把車停好。

半小時了，范司棠依然沒辦法掛掉家長的電話，多幾個這樣的家長，范司棠一天七十二小時都不夠用。

她下車繞到副駕駛座打開車門讓范司棠下車，范司棠無法一心二用，只能對她投一個抱歉的眼神。

擔心范司棠手忙腳亂，她幫范司棠拿了外套和放在後座的包包，牽起范司棠的手往住處走。一路送范司棠回到家，她把范司棠的東西放下。

范司棠連鞋都沒脫，站在玄關講電話，「不用再增加上課的時間，是的……我認為現在這樣安排很足夠了。」

她看著范司棠的背影，笑著嘆氣，雖然理想中應該有個再浪漫一點的結尾，不過范司棠有事要忙，她不能太任性……抬手在范司棠面前揮了揮，她轉身要離開，手被猛地拉住。

她回頭看了范司棠一眼，范司棠拉著她的手，眼神……讓她激動了起來。

她不敢太高興，悄聲說：「我留下？」

范司棠一邊回家長話，朝她輕輕挑一下眉確認她的想法，她當然馬上把鞋子脫掉走到沙發坐下，深怕動作慢一點范司棠會改變心意要她回家，范司棠脫掉高跟鞋走到她旁邊坐了下來。

不管范司棠在做什麼，只要能待在范司棠身邊，心裡就湧上一股滿足感。

啊……好幸福。

她拿出手機傳訊給徐詩敏說今天和范司棠聊到比較晚，應該會住在范司棠住處，徐詩敏很快回覆：「妳跟小棠什麼情況？」

她想了一下，回覆：「我在追她。」

她最近經常做料理，徐詩敏已經開始懷疑她在談戀愛了，不如直接說，反正徐詩敏應該不會反對。

徐詩敏回了了解和加油的貼圖，還補上一句：「我女兒是最棒的！」

她笑出聲，范司棠朝她看了一眼，一臉疑惑，她搖搖頭握住范司棠的手，范司棠微微僵了一下，沒有把手抽回去任由她握著。

范司棠果然不排斥她的親近，只是在拿捏安全距離……她沒有忘記范司棠那天說過的害怕。到底是什麼讓范司棠害怕到沒辦法答應她重新交往？她每次想起范司棠當時的眼神就會有些不安和心痛，這是她們之間的隱憂……但以范司棠的性格，就算她直接問應該也不會得到答案。

「抱歉，沒想到這通電話會講這麼久。」范司棠終於結束電話。

她看了一眼時間，還好，九點半而已，笑著搖了搖頭，「我沒關係，只是妳也太辛苦了，還要安撫家長情緒。」

「嗯……」范司棠揉了揉太陽穴，表情疲憊，「我應該早點掛電話，讓妳等這麼久……」

因為這通電話一直沒結束，范司棠不好意思才會留她下來嗎？她猶豫了一下，還是說：「妳要休息了嗎？我……先回去？」

范司棠沉默了幾秒，幽幽地說：「妳不是跟阿姨說要留下了嗎？」

她尷尬地說：「妳看到了？」

范司棠皺眉笑著說：「妳手機螢幕那麼大，真的不想要我看到應該拿遠一點……」

「我是想留下來，我們可以再看個電影什麼的，可是……妳忙了好幾天，應該好好放鬆休息。」

范司棠淡淡一笑，「妳沒有影響我休息，我現在也很放鬆。」

范司棠已經明示到這個程度，她再推託就太蠢了，「那妳先去洗澡？洗完澡我們可以看個電影，然後……」停頓了一下，她瞄了范司棠一眼，沒有說下去。

范司棠淡淡笑著，「嗯，我先去洗澡了。」

范司棠從沙發起身走進臥室，拿了衣服出來。

「東西妳隨便用。」

「好。」她冷靜地說。

范司棠進浴室後，她吁出一口氣，心臟噗通噗通地猛烈跳著，過夜的話，會發生什麼嗎？她思考了一下，只是約會應該不會。

定了定心神，她拿起桌上的遙控器打開電視，點開追劇網站，看了一下，決定等范司棠洗好澡再討論……

口有點渴，她起身走到廚房，拉開廚具櫃想拿杯子，突然看到一個熟悉的東西，愣愣地拿了起來，是她告白時送給范司棠的杯子。

之前使用廚房時她沒看到這個杯子，現在范司棠又拿出來用……她開心地原地跳了兩下，想了想，笑著用杯子裝了水，拿到客廳放在茶几上。

范司棠洗好澡出來，「妳可以去洗澡了，我拿衣服給妳。」

「好啊。」

她故意拿起杯子，范司棠看到後動作一頓，眼神透露出一點慌張。

「我口有點渴，隨手拿了一個杯子，應該可以用吧？」她笑嘻嘻地說。

范司棠露出無奈的笑容，「可以。」

「謝謝。」她甜甜一笑，「妳最好了。」

范司棠嗔怪地看了她一眼，帶著笑意走進房間，拿出睡衣和洗漱用品給她，她接過東西，「我還沒挑好電影，妳看看要看什麼。」

「知道了，去洗澡。」

她跑進浴室，一刻都不想浪費，迅速洗好澡，從浴室出來吹乾頭髮後，她窩到范司棠身旁，「選好了嗎？」

「妳上次不是說想看《愛在午夜希臘時》？」

「嗯，但追劇網站好像沒有，我今天沒帶ＤＶＤ。」

「我有買。」

「太好了，妳沒意見的話我們就看這部吧。」

「好。」范司棠看了她一眼，「要不要喝紅酒？」

「可以嗎？妳……如果不喜歡我喝酒可以告訴我。」

「可以，在外面少喝一點，家裡……沒關係。」

家裡？她綻開笑容，范司棠起身摸了摸她的頭，走到廚房拿了紅酒和杯子，把開瓶器交給她，「妳開吧。」

她把木塞拔掉，在杯子裡各倒了一些酒。

范司棠走到前面，打開電視旁的收納櫃找出ＤＶＤ放進播放器，坐回她身邊用遙控器按下播放。

她把杯子拿起來遞給范司棠，看著范司棠的雙眼，用杯子輕輕敲了范司棠的杯子，聞了聞，她嘗了一口，「很順口，不用特別醒酒就很好喝了。」

范司棠也喝了一口，「嗯。」

電影播了兩個小時，這是她第三次看，可能因為這段時間的經歷和范司棠的事，她突然有了更多感觸……

電影結束，她把酒瓶裡剩下的紅酒分別倒進兩人的杯子裡，拿起來一口喝完，范司棠也把酒喝完，沉默了一會兒，突然說：「妳覺得他們之間還有愛嗎？」

她低頭思索，「如果沒有愛應該不會想再對話了吧。」她覺得這是個問出范司棠心聲的好機會，「妳覺得呢？」

范司棠看了她一眼，輕聲說：「我覺得他們還愛著對方，只是……愛在生活面前微不足道，僅僅靠著愛情不可能白頭到老。」

「那要靠什麼？」

「要靠什麼呢……」范司棠淡淡一笑，「這要看導演拍不拍第四部了。」

范司棠看上去心裡已經有了答案，偏偏不告訴她，她嘟著嘴忍不住撒嬌說：「如果真的有第四部，妳願意陪我看嗎？」

「……如果我們還在一起。」范司棠語帶保留地說。

沒得到范司棠的保證，她有點失望，至少這個回答不算太負面，她看了一眼時間，快要十二點。

「洗漱一下，我們睡覺吧。」范司棠說。

范司棠起身收拾了桌面，她們分別進浴室洗漱，回到房間，范司棠已經在床上躺下，房裡只開著檯燈，她掀開棉被侷促地躺到范司棠身旁。

范司棠仰躺著盯著天花板，輕聲問：「妳的約會……一般都會發生些什麼嗎？」

「沒有。」她覺得自己應該和范司棠解釋一下，「我不是一和妳分手就立刻找別人約會，約會是我們分開三年之後的事，但是大部分見面幾次就沒有下文了，最多是親吻的程度。」

范司棠突然側身面向她，淡淡說：「為什麼？」

「我不知道……」她凝視著范司棠，輕聲說：「感覺不對……妳呢？有約會過嗎？」

「沒有。」

「為什麼？」

「……很忙，沒有想談戀愛的想法。」范司棠平靜地說。

「現在有嗎？」

「妳說呢？」

兩人之間只剩幾公分的距離，她忍不住說：「如果妳對今天的約會還滿意，可不可以給我一個獎勵？」

「什麼獎勵？」

「讓我……親妳一下？」

范司棠輕笑一聲閉上眼睛，她仰頭將吻印在范司棠的眉間，范司棠累的時候總是不自覺蹙眉。

她稍微退開一點看著范司棠，軟聲說：「很累吧。」范司棠的表情有些怔愣，突然掉了一滴眼淚，她嚇了一跳抬手摸了摸范司棠的臉頰，「怎麼了？」

范司棠搖搖頭突然靠到她懷裡，她受寵若驚地抱住范司棠。

「……我原本不覺得。」范司棠悶聲說。

「不覺得累？」

「嗯。」

范司棠本來就是做什麼事都很認真的人，她抱著范司棠說：「妳工作太拚命了，覺得累才正常。」

范司棠拉開一點距離，看著她說：「今天的約會妳還滿意嗎？」

「非常滿意。」

「所以我也可以要個獎勵？」

她瞬間緊張了起來，心跳得飛快，「可以呀，妳要什麼獎勵？」

「閉上眼睛。」

她聽話地閉上眼睛，下一秒，范司棠吻了她。

呼吸間都是范司棠的氣息，范司棠含吻著她的唇舌，她緊抱住范司棠，只是一個吻……她的心臟快要承受不住了。

這個吻持續了很久，她們漸漸變得激動，久到她覺得理智快要不夠用了，范司棠突然退開，她喘著氣睜開眼睛，唇上柔軟酥麻的感覺揮散不去，心臟劇烈跳動，像不斷盛放的煙火，范司棠羞赧地看著她，溫柔的臉龐在檯燈照映下透出一絲令人心動的柔弱。

她克制著想要再吻上去的衝動，哀怨地看著范司棠。

「對不起，今天先這樣好不好？」范司棠一臉歉意，好像也沒想到這個吻會變得這麼失控。

她笑了一下，「不用道歉。」

「我關燈了？」

她看了檯燈一眼，問了一個早就想問的問題，「上次看到我送妳的項鍊掛在檯燈下，為什麼？」

「因為……有時候會做夢。」

「做夢？」她握住范司棠的手，緊張地說：「什麼夢？像我第一次在妳家留宿時妳做的那種夢嗎？」

「嗯。」范司棠沉默了一下，「我偶爾會夢到我們分開的事，剛睡醒，意識不是很清醒的時候會想要打電話給妳，項鍊掛在檯燈下，是為了提醒自己……我們已經分開了。」

她遲疑著說：「妳一直掛到現在……」

「我一直有想要聯絡妳的念頭。」

「那為什麼不聯絡我？是因為我要妳別再聯絡我了嗎？」她難過地說。

「不完全是，因為家裡的事，我忙了三、四年，等我有餘力思考的時候……已經和妳分開很長一段時間了，我不敢……也不想回頭看。」

范司棠平靜的語氣狠狠刺痛了她，她抱住范司棠，難過地說：「對不起……我不會再提分手了。」

范司棠輕輕摸著她的頭，「我們睡吧。」轉身把檯燈關掉躺回床上。

「妳明天早上有工作嗎？」

「中午之後。」

「因為我們要約會？」

「嗯。」

她側身拉住范司棠的手，「可以握著妳的手睡嗎？」

「好。」范司棠輕輕回握她的手，柔聲說：「晚安。」

「晚安……」

她在心裡嘆氣，范司棠還沒有相信她的承諾……這也是正常的，她現在除了好好表現，其他的只能靠時間證明了。

她握著范司棠的手享受這一刻的親暱，不再糾結，閉上眼安心地沉沉睡去……

ꕥ

九月底，工作室裝修已經進行到收尾階段，薛昔眠在工作室和水電師傅確認插座的位置和數量，應該再一個星期就可以搬進傢俱和設備。

一切都非常順利，包括她和范司棠的關係，雖然范司棠一樣很忙，但這幾個星期，星期天晚上她們固定到餐廳吃晚餐，吃完晚餐一起回范司棠住處看電影，留宿一晚，不久前的中秋節，因為畫室放假，她們各自和家人吃完飯又出門到電影院看電影，也是一起度過。

等工作室的事情忙完，她的時間會更彈性，可以配合范司棠，按照現在的感覺，她覺得最慢……年底前范司棠應該會答應和她重新交往。

看了一眼手錶，下午五點，今天范司棠提早到畫室，約她在附近一起吃晚餐，收拾了一下，等施工的師傅們離開，她迫不及待降下鐵門往畫室走。

口袋裡的手機響了，她停下腳步拿出來看了一眼，是王閱江，「喂？」

「是我，妳現在方便講電話嗎？」

「可以呀，你說。」

「陳亦慈剛才跟我說這個星期天有個小型的管弦演奏會，指揮是她朋友，送了一些贈票，妳不是想打好關係嗎？要不要一起去聽？」

自從上次見過一面，這段時間太忙了，薛昔眠只有偶爾滑到陳亦慈的ＩＧ更新工作相關的貼文會點個愛心，被王閱江一提醒，她突然想到還有喬冰！范司棠那麼喜歡喬冰，如果能讓喬冰唱她寫的歌，范司棠知道她有把答應過的事放在心上，應該會更相信她。

「好啊！演奏會是幾點？」

「晚上七點，有空嗎？」

范司棠說過這個星期天畫室有戶外寫生的活動，送學生離開之後還要回畫室一趟，不知道幾點結束，所以她們這個星期沒有約，「有空。」

「那就這樣決定啦！我來跟她說。」

「謝謝。」

「客氣什麼，請吃飯就好。」

「沒問題。」她笑著說。

掛掉電話，薛昔眠開心地把手機收起來，推開畫室的門，范司棠不在外面，她自然地往休息室走。

「司棠，妳還沒回覆老師要不要出國的事嗎？」

休息室的門沒有完全關上，她聽到趙梨蓁的話腳步一頓，沒有推門進去。

「還沒有。」范司棠回。

「為什麼？妳不是想出國進修嗎？剛好老師也在法國，這次是很好的機會……」

范司棠沒有回答，趙梨蓁又接著說：「妳是不是擔心畫室？畫室現在很穩定，我覺得不用急著擴大招生，妳就算出國，我也應付得來……」

「我想再思考一下。」范司棠淡淡地說。

薛昔眠僵在原地，腦袋嗡嗡響，范司棠要出國進修？法國？要去多久？為什麼沒有和她說這件事？

她瞬間被拉回當年分隔兩地的那段時間，不那麼美好的回憶如潮水般湧了上來……令人窒息的不安將她包圍。

不，出國……頂多一、兩年吧，把工作帶去國外進行，她隔一段時間就去找范司棠，不能每天見面……也不是那麼難忍受的事。

休息室的門被打開，她不由自主退了一步，慌亂地抬起頭，和范司棠四目交接，范司棠愣了一下。

她擠出笑容說：「我來找妳去吃飯，事情忙完了嗎？」

「忙完了。」

「那我們走吧。」

「好。」

離開畫室，范司棠問：「妳想吃什麼？」

「都可以。」

她滿腦子都是范司棠要出國的事，完全沒心情思考要吃什麼。

出國不會是這兩個月的決定，所以范司棠只是沒有告訴她，這麼重要的事不和她說一聲，她對范司棠來說是不是根本不算什麼？

難道……范司棠把工期壓在兩個月內，是為了配合出國的時間？不答應和她交往也是因為很快就要出國？當初說害怕，也是怕出國分隔兩地，兩人會像之前那樣撐不下去……

負面的想法同時撲了過來她毫無招架之力，心亂如麻。

「吃泰式料理吧，這間新開的店聽梨蓁說還不錯。」

「嗯。」

木然地走進店裡，服務生帶她們入座，她心情混亂食欲全無，范司棠認真看著菜單，明知她聽到了也不解釋嗎？

「點一個月亮蝦餅怎麼樣？妳喜歡。」

「嗯。」

范司棠若無其事地看了一會兒菜單，「涼皮春捲、瑪莎曼牛肉、炒花枝、時蔬？再叫三碗飯？」

「都可以，但飯兩碗就好。」

范司棠招手請服務生過來，點完餐，菜很快都送了上來，她不想說話，范司棠也沒再說話，沉默地吃完飯，范司棠似乎真的不打算主動談她要出國的事。

沒辦法再忍下去了，她壓抑著情緒說：「妳要出國？」范司棠靜靜地望著她，拿起桌上的水喝了一口，她著急地說：「為什麼不回答我？」

「我還在考慮。」

因為還在考慮所以不必和我說一聲？她的理智線差一點斷掉，范司棠不說也許是有理由的，她拿起水喝了一口，強迫自己冷靜下來，輕聲說：「如果去的話，要去多久？」

「理想上是兩年，最少也是一年。」

「不考慮去美國嗎？妳以前不是打算申請美國的學校？」

她的人脈都在美國，如果范司棠去的是美國，她跟去待一個月不是問題，但法國……她不會法文，法國人的英文也不好，溝通有困難，她不能自己處理問題也會影響范司棠。

「法國和美國的發展方向不一樣，美國不是不可以，但是……」

范司棠停頓了一下，沉靜面容底下像在掙扎什麼，讓她非常緊張，「但是什麼？」

「法國才是我真正想去的地方。」范司棠輕聲說。

她怔愣地看著范司棠，「那當初……」她沒有繼續說下去，因為看著范司棠的表情她已經知道了，當初范司棠是為了她才選擇美國，「當時為什麼不告訴我妳想去的是法國？」

「我一開始並沒有認真考慮出國的事，是因為妳要出國我才考慮出國，如果不和妳一起去美國，我覺得出國就沒意義了。」

「妳的意思是都是為了我？」

「不是。」范司棠的表情有些哀傷，淡淡笑著說：「是我自己不想和妳分開。」

「可是妳最後還是答應分手，妳明知道我說的是氣話還是答應了！」她把積壓在心裡許久的話說出口。

范司棠沉默地看著她，過了一會兒才說：「所以呢？」

「所以呢？」她不安地說：「我們當年連一年都沒撐過去，妳去法國的話，幾個月才能見一次面……」

讓范司棠去自己真正想進修的地方是最好的事，她不知道自己為什麼這麼焦躁又焦慮，范司棠去了法國，她們的感情該怎麼維持……

「我不希望妳去找我。」范司棠淡淡地說。

她錯愕地看向范司棠，「什麼？」

「妳的工作室才剛開始，來找我不可能帶足夠的設備，做出品質不夠好的東西，以後別人就不會相信妳了。」

「妳一開始為什麼不告訴我妳打算出國！這樣我就不……」她及時嚥下後面的話，不能說出不弄工作室這麼不負責任的話，但范司棠顯然已經猜到她要說什麼。

「如果知道我要出國妳就不弄工作室了，打算和我一起出去。」范司棠的語氣漸冷，「是嗎？」

范司棠的臉色沉了下去，語氣也變得很冷，她的心跟著沉到谷底，彷彿被冰凍了……范司棠出國後一定很忙碌，她不能見到范司棠，連便當也做不了，她們的關係可以持續下去嗎……

「我喜歡妳，不想和妳分開，有錯嗎？」

「出國不是分開。」

「不然呢？一年見不到幾次，這樣還談什麼戀愛？」

范司棠凝視著她，淡淡說：「小眠，我們現在還沒有正式重新交往，選擇權不全在我身上，妳也可以決定是不是要結束這段關係。」

她難以置信地看著范司棠，范司棠一臉平靜，就像她們只是在聊今天的天氣。

痛苦將她拖進恐懼的深淵，理智被淹沒，她崩潰地說：「什麼叫選擇權不全在妳身上我也可以決定要不要結束這段關係……為什麼妳可以這麼冷靜？永遠不能再見面對妳來說一點都不是問題，我的存在阻礙妳出國了妳想結束對吧！所以妳才會把工期壓在兩個月！那妳為什麼不乾脆拒絕幫忙就好了？我們都分開了當初說不管多忙都會幫我弄工作室的承諾根本不重要，為什麼要給我希望讓我再次喜歡上妳！每一次都是我厚著臉皮主動追妳，死纏爛打求妳回應，被選擇的人是我，一直都只有我，我毫無選擇！可以選擇的話我會選擇不要喜歡妳！」

「妳後悔了。」范司棠冷冷地說。

「對！我後悔了！」她生氣地抬起頭看向范司棠。

范司棠面無表情平靜地看著她，晶瑩的淚水不斷沿著臉頰滑落。

她徹底呆住了，認識這麼多年范司棠在她面前哭過的次數屈指可數，剛才說的那些失去理智的話一句句回到腦海裡，天啊，她剛才都說了些什麼……她說她後悔喜歡范司棠？

「不、不是！對不起，棠，我……」

范司棠看了一眼手錶，突然招來服務生結帳，結完帳起身，沉聲說：「我該回去上課了。」

范司棠快步離開餐廳，她回過神趕緊追上去，在人行道上攔住范司棠，「棠，等等！」

范司棠用力甩開她的手，「當年一次次提分手的人是妳不是我！」

她怔怔地望著范司棠，范司棠臉上滿是淚水，像再也受不了似地滿臉痛苦，流著淚說：「我沒有要求妳喜歡我，妳可以不要喜歡我，儘管去和別人交往！喜歡上一個人、愛上一個人有什麼了不起？很偉大嗎？妳根本不知道真正愛一個人該做些什麼！」

范司棠從來沒有這麼生氣過，她慌得不得了，緊張地說：「妳告訴我我就知道了，哪裡做不好我可以改，改不了我就學，棠……」她試著靠近范司棠，「對不起。」

范司棠推開她，崩潰地吼說：「不要再製造美好的假象給我了！妳當年出國前也做過很多承諾和保證，結果呢？留給我的全都是痛苦！」

她震驚地望著范司棠，她留給范司棠的全都是……痛苦？

范司棠激動地說完和她四目交接，愣了一秒才回過神，咬著唇一副失言的模樣，但依然轉身快步離開。

她站在原地控制不住流著淚，看著范司棠再次轉身離去卻沒有追上去的勇氣……

那是范司棠的氣話嗎？范司棠的確很激動很傷心，但她很清楚……從來沒有想過的事即使再生氣也不會說得出來，畢竟她說過的氣話比范司棠多太多了。

這是她第一次體會到，就算知道對方說的話有氣話的成分，仍然會傷心難過……仍然……會去猜測這些氣話裡有幾分是真心話。

范司棠只說了一次她就這麼難過，當年她說了幾次？覺得范司棠應該知道那是氣話不能當真的想法既荒謬又可笑。

如果考慮過范司棠的心情……如果真的珍惜這段感情，分手兩個字提都不該提，更何況她說她後悔了。

天啊……就算被范司棠冷漠的語氣激怒沖昏了頭，她也不該說後悔喜歡上范司棠呀……

這已經不是一句衝動任性可以解釋的事了。

肆意揮霍范司棠的包容，傷透范司棠的心，范司棠才會答應分手，她剛才怎麼有臉指責范司棠……

她懊惱地掩面，怎麼辦？又一次犯下大錯，她該怎麼辦？

8

星期天下午，薛昔眠準備出門到音樂廳和王閱江會合，她拿出手機傳訊息給范司棠。

「晚上和兩個朋友約好去聽演奏會，差不多十點結束。」

范司棠還沒讀訊息，就算讀了也不會回覆，那天之後范司棠就沒回過任何訊息了……她嘆了一口氣。

這幾天，范司棠避開了和她見面的機會，即使見到面也態度冷漠不看她，不管她說了什麼都不回應，把她當成透明人似的，也拒絕了她準備的便當。

薛昔眠的心徹底墜到谷底。

同樣的情況放在以前，隨著時間拉長她只會越來越煩躁，很有可能已經受不了了，直接衝到范司棠面前說出自己的想法，但現在……范司棠的眼淚和怒火深深留在腦海裡，那些可笑幼稚的衝動消失無蹤，只剩下范司棠傷心難過的模樣。

如果她是范司棠，會相信一個情緒上來就口不擇言的人說出的承諾嗎？

事實上，范司棠曾經相信過，而她回報給范司棠的是什麼……她對范司棠的喜歡，真的值得范司棠將一輩子交給她嗎？

但是范司棠還沒做出最後決定，如果什麼都不做，她和范司棠一定會漸行漸遠……她只好垂死掙扎地每天傳訊息給范司棠。

當分離近在眼前……她突然明白了擊垮她的從來不是時間和距離，是不安和恐懼，而不安和恐懼，來自於她對這份感情、對范司棠和自己的不信任以及不成熟。

范司棠已經說了出國不是分開，她還是陷在情緒裡自顧自說了一堆荒謬可笑的話指責范司棠。

冷靜下來後，她非常肯定自己不可能接受范司棠為了她犧牲夢想留在台灣，也想支持范司棠做想要做的事……就是當下滿腦子胡思亂想，也沒辦法好好表達。

一起努力讓生活變得更美好，是她們規劃未來時約定過的事，范司棠從來沒說過她是阻礙，是她把自己變成阻礙……

范司棠說的沒錯，她不知道真正愛一個人該做些什麼，連顧慮對方的感受都做不到，怎麼要求范司棠相信這樣不成熟的她，為了這樣的她再冒一次險。

八年前那次分手，范司棠問她分手是不是會比較輕鬆時，她覺得范司棠的語氣很冷靜，但也許跟這次一樣，范司棠已經淚流滿面只是她沒有察覺。

她不只一次在心裡罵自己，但現在後悔也來不及了，只希望范司棠不要那麼快決定，可以再給她多一點時間，再考慮一下……

薛昔眠和王閱江跟陳亦慈會合，三人一起進到表演廳入座，晚上九點半，演奏會結束，陳亦慈帶著他們到後台跟朋友打招呼。

指揮非常熱情，又介紹團員給他們互相認識，一群人聊了一會兒，有些意猶未盡，決定一起到附近的小酒館喝酒聊天。

其他人進小酒館後，她在酒館外面傳訊息給范司棠，「朋友們決定到小酒館再聊一會兒，會晚一點回家，我到家後再傳訊息告訴妳。」

臉書有通知，她點開應用程式，發現是畫室的官方帳號發表文章，內容是今天戶外寫生的活動內容，還有不少張側拍照，趙梨蓁和范司棠的合照也在裡面，照片裡的范司棠淡淡笑著。

……她和趙梨蓁比起來，是不是趙梨蓁更適合范司棠？

不，如果是這樣，這八年沒有她的存在，范司棠早就跟趙梨蓁在一起了，兩人之前沒有在一起，現在更不用說。

她們之間的問題一直都在她身上。

苦笑了一下，她嘆了一口氣，把手機收進包包裡走進酒館。

坐下後王閱江把酒單給她，除了她之外的人都已經點好酒，她沒有猶豫，點了一杯無酒精雞尾酒。

「妳今天不喝酒？」王閱江疑惑地問。

「等下還要開車。」

「那妳方便送我回去嗎？」

「可以呀，你別喝得太醉就是了。」

酒館老闆看到很多人背著樂器過來攀談，知道他們剛結束演奏會還開了香檳招待。

在老闆的鼓勵下，團員們拿出自己的樂器現場表演，平時店內就會請人來表演，也有鋼琴，薛昔眠用現場的鋼琴彈了自己寫的曲子。

下台回到位置，陳亦慈突然問：「這是妳自己寫的曲子？」

「對，我自己寫的。」

陳亦慈面露驚喜說：「我最近在籌備一張專輯，還在收歌階段，妳有沒有興趣把Demo寄給我？其他作品也可以。」

「我可以問一下是哪位歌手的專輯嗎？」她客氣地問。

「喬冰。妳應該聽過喬冰吧？」

沒想到機會來得這麼突然，她愣了幾秒，按捺住欣喜和激動說：「我當然聽過，她好多年沒出專輯了……」

陳亦慈笑笑地說：「是的，她想找新的音樂人合作，所以籌備時間比較長，妳有興趣的話再把Demo寄到我的信箱。」

「好，我再寄Demo給妳。」

「我很期待。」

薛昔眠拿起飲料喝了一口，如果她寫的歌真的能被喬冰收錄在專輯裡，范司棠聽到會開心嗎……？至少想到她的時候，不要都是……痛苦的回憶。

十二點左右結束，她送王閱江回家再開車回家，到家時是凌晨一點。

走進房間，薛昔眠拿出手機，發現范司棠傳了訊息也打了電話，訊息問她到家沒，她連忙回撥電話，只響了一聲就被接起來。

「棠？」

「妳到家了嗎？」范司棠的語氣非常冷淡，她還是很高興。

「剛到，我送朋友回家所以晚了一點。」

「妳喝了酒還開車？」

「沒有、沒有！我沒有喝酒。」停頓了一下，她小聲說：「我怕妳擔心……」

電話那頭沒有回話，過了兩秒，范司棠把電話掛了，她怔愣了一下，看著已經掛斷的電話，輕聲說：「晚安。」

胸口的疼痛讓她不由自主蹲了下來，抱著膝哭了出來……

星期五一早，薛昔眠開車到陳亦慈的工作室。

陳亦慈聽過Demo之後說有事想討論，昨晚臨時約她今天見面，還好工作室的裝修已經告一段落，一些傢俱和設備也都搬進去了，她便答應了。

停好車走進工作室，助理通知在錄音室的陳亦慈。

過了一會兒，陳亦慈匆匆出現，笑著說：「不好意思，約得有點突然。」

「不會，妳說有事要討論是什麼事……」

「到錄音室吧，我們現在正準備錄音。」

「錄音？」她訝異地說。

「對，喬冰今天要錄歌，昨天晚上她聽了妳的曲子，說想和妳見一面，我才臨時約妳，妳下午還有事嗎？」

「沒有，我時間空出來了。」

「那就好。」

走進控制室，坐在沙發上的人朝她看了一眼，薛昔眠不由自主停下腳步，是喬冰……

喬冰穿著寬大的帽T和緊身牛仔褲，打扮休閒低調，無框眼鏡看起來很有氣質，站了起來看著陳亦慈說：「這位是？」

「喬小姐您好，您可以叫我小眠，睡眠的眠。」

「昨晚給妳聽的曲子就是小眠寫的。」

喬冰握住她的手，驚喜地說：「曲子非常好聽我很喜歡，別叫我喬小姐了，直接叫喬冰吧。」

「好的。」

國外習慣直呼名字，既然喬冰不介意，薛昔眠覺得也無所謂，只是喬冰在大眾面前一直是冷靜斯文的創作型才女，沒想到私底下這麼熱情，讓她有點意外。

「對了，這首曲子妳填詞了嗎？」喬冰問。

「歌詞也寫好了，不過……」薛昔眠尷尬地笑了一下，「我的填詞是業餘水準，需要修改的地方應該很多……」

她對自己的曲子有信心，但是填詞她沒有太大把握，所以給Demo時只給了旋律的部分，想著可以談下去再說。

「這個還是要看過才知道，妳手邊有歌詞嗎？」

「其實我還錄了一版有歌詞的Demo，是我自己唱的。」

「太好了，我們等下來聽吧？可以嗎？」

「可以。」

陳亦慈看了一眼手錶說：「妳不趕時間的話，不如留下來聽一下？等她錄完音，我們再聽妳的Demo，這樣也方便討論，怎麼樣？」

薛昔眠看向喬冰，遲疑地說：「方便嗎？」

「可以呀，沒問題。」喬冰大方地說。

陳亦慈對著喬冰說：「妳去準備一下吧。」

喬冰打開控制室的門，進到錄音間做準備，陳亦慈拉開電腦椅說：「坐吧，不確定今天要錄多長。」

「喬冰平時一首歌大概錄多久？」

「不一定，主要看她抓不抓得到感覺，順利的話一首三、四個小時，不順利的話……連續錄幾天都有可能。」

錄音室裡的喬冰已經戴上監聽耳聽也試完音，「可以開始了嗎？」

陳亦慈按著對話鈕說：「隨時可以。」

「好，來。」

進入錄音狀態，陳亦慈和喬冰都非常專注。

薛昔眠看著正在錄音的喬冰，有些恍神，思緒一下子回到她和范司棠站在台下聽喬冰唱歌的時候，回到兩人緊緊牽著彼此的手，真心相信會一直、一直在一起，不畏艱難地走下去的時候。

那個時候，她還沒對范司棠說過那些傷人的話，還沒經歷過和范司棠分開的痛苦……好想回到那個時候。

真的好想。

一首歌錄到晚上七、八點還沒錄完，工作人員買了晚餐回來，錄音暫時告一段落。

吃完晚餐，三人進到會議室，喬冰一臉抱歉地說：「對不起，沒想到會錄這麼久，我以為這首歌應該很快會好……」

「不用在意，我今天收獲很多。」薛昔眠說。

「耽誤妳這麼長時間我就不廢話，直接進入正題吧……妳方便現在傳歌詞給我們，讓我們聽一下有歌詞的版本嗎？」

「沒問題。」

薛昔眠把歌詞傳給陳亦慈，陳亦慈用平板電腦打開和喬冰一起看，她找出Demo 按下播放。

這是薛昔眠第一次把這首歌給別人聽，她緊張得手都在微微發抖。

喬冰和陳亦慈聽完後，好一會兒都沒講話，兩人互看一眼……

「妳們覺得怎麼樣？」她不安地問。

陳亦慈笑笑地說：「歌詞沒有太大問題，只有一些小地方需要修改，不過……有件事我想確認一下，這首歌是寫給誰的嗎？」

「是不是寫給妳喜歡的人？」喬冰語帶調侃地說。

「這麼明顯嗎？」她尷尬地說。

「嗯，妳唱的很有感情。」陳亦慈說。

「我唱歌也是外行，沒什麼技巧……」

喬冰一臉不認同地說：「比起技巧，能不能牽動人心更重要，我覺得很好聽，能感覺到妳很投入。」

她嘆了一口氣，忍不住說：「其實……我們都是妳的歌迷，我原本就非常希望這首歌能交給妳唱。」

「啊？真的嗎？我的歌迷？」喬冰驚訝地說。

「我們……是妳第二張專輯辦新歌發表會那天在一起的。」

喬冰小心翼翼地看著她，「歌詞聽起來……你們分開了？」

她苦笑了一下，「是的，中間斷了聯絡很多年，不久前才又有聯絡……」

「妳還喜歡對方？」

薛昔眠沒有猶豫，點了點頭，「我還很喜歡她。」

「我第二張專輯到現在已經超過十年了呢。」喬冰沉默了一下，突然說：「妳沒有打算當面唱給對方聽嗎？」

她愣了愣，「我？」

「我以前也為了喜歡的人寫過歌，卻沒有當面唱給對方聽過，現在想起來總是非常後悔……」

「你們分開了？」薛昔眠忍不住問。

喬冰淡淡一笑，搖頭說：「沒有，我們還是朋友，只是錯過最好的時機，有些話不適合再說出口了。」

錯過最好的時機……有些話不適合再說出口……

薛昔眠愣了一下，忍不住咬唇。

她已經答應范司棠，只要范司棠決定不和她在一起，她們就不再見面了……到時不管還有多少話想說，她都不能再和范司棠分享……

「我很喜歡這首歌也很希望能夠合作。」喬冰認真地說：「只是交給我來唱，表達出來的感覺不一定符合妳的期待……」

「我怎麼覺得妳在勸退我好不容易找到的人……」陳亦慈無奈地笑著對喬冰說，又轉向她，「小眠，不如我先提供合約給妳參考，等妳看完，思考過再答覆我們，反正專輯是明年上半年的事，還有一點時間，妳可以仔細考慮，第一次合作我也不希望太倉促。」

「好的，我了解。」

她看了一眼手錶，已經九點多了，不方便再留下來打擾喬冰錄音，最重要的是……她很想很想見范司棠。

在沒有下一次見面機會之前……她想再見范司棠一次，再努力一次。

「我差不多該離開了。」

「我們送妳到門口。」陳亦慈說。

陳亦慈和喬冰送到她工作室門口，薛昔眠忽然想到車裡有喬冰的專輯，羞赧地對喬冰說：「我車上有妳的專輯，能幫我簽個名嗎？」

「好啊。」喬冰爽快地說。

她趕緊回車上找出專輯和筆，拿到喬冰面前，喬冰打開筆蓋問：「簽在哪裡好？」

她翻開專輯，突然看到范司棠以前寫給她的紙條夾在裡面……她恍惚地把紙條拿起來，看到上面寫的字，瞬間心痛得無法順暢呼吸。

她翻開歌詞頁遞給喬冰，輕聲說：「簽在這裡吧，謝謝。」

喬冰飛快地簽好名，把專輯還給她，「妳最喜歡哪首歌？」

「〈夜蟬〉。」

喬冰表情有些意外，「這首歌比較冷門，妳為什麼喜歡呀？」

「這首歌的歌詞和妳的聲音都唱進了我心裡。」還有……喬冰唱這首歌時范司棠牽了她的手……

她忍著情緒笑著和陳亦慈和喬冰道別，坐進車裡，她攤開手心，看著手裡的紙條，眼淚瞬間浮上眼眶。

最喜歡的專輯送給最喜歡的小羊

希望我們能跟歌詞一樣

地久天長

前所未有的心痛向她襲來，當回憶都是痛苦，范司棠還會願意想起她嗎？

她緊緊握住紙條，再也壓抑不住情緒哭了出來，她還有很多、很多話想和范司棠說，想和范司棠分享……想帶給范司棠開心和幸福，想陪在范司棠身邊的人是她。

她不想就這樣結束，不想等著范司棠和她再次漸行漸遠……

看了一眼時間，范司棠應該已經下課了，她顫抖著握著手機撥通了范司棠的電話。

她不知道再認真誠懇地道歉一次，范司棠會不會願意再給她一次機會，但是她不能默默等著范司棠說結束，不能再走上和當初分手一樣的路。

鈴聲響了很久轉進語音信箱，她咬唇看著螢幕，是不接還是沒看到……下一秒手機響了，范司棠回撥了，她連忙按下接聽。

「棠？」

「……什麼事？」

她愣了一下，范司棠的聲音有氣無力，呼吸也比平時沉重，聽起來不太對勁，她緊張地說：「妳身體不舒服嗎？感冒了？」

「嗯。」

「有發燒嗎？」

「……不知道。」

「看醫生了嗎？晚餐吃了嗎？」

「沒有。」

透過電話她都能聽出范司棠昏昏沉沉的，范司棠很少生病，但一生病，開始的兩、三天都會非常嚴重，她什麼都無法考慮了，著急地說：「我現在買點東西過去妳家，大概一個小時左右到，妳有力氣起來幫我開門嗎？」

「妳不用過來。」

「妳生病了，讓我照顧妳。」

「……我不要妳照顧。」

她咬唇掙扎了一下，輕聲說：「我一個小時後一定會到妳家。」

范司棠把電話掛了，放下手機，她開車趕往連鎖超市買食材，不確定范司棠家裡有什麼食材，她多買了一點以備不時之需，還買了范司棠不舒服時會想吃的東西，又到藥局買耳溫槍，她最怕范司棠發燒不退，也請藥師開了退燒藥，買完東西後，她開車前往范司棠的住處。

停好車，她提著東西走到公寓樓下，按了門鈴，等了好一會兒門終於開了，她趕緊上樓，范司棠靠著門框呼吸短而急促，虛弱地看了她一眼，好像隨時會暈過去。

心頭一緊，她扶著范司棠進門，放下東西把門關好，「妳回床上躺著。」

范司棠腳步蹣跚地走進臥室，她到浴室洗了手才進房，房內只留著檯燈，走到床邊看到范司棠懷裡抱著的東西，她整個人怔住。

……是她出國前送給范司棠的療癒抱枕。

「不能見面的這段時間妳就把它當成我……」她把抱枕遞給范司棠。

范司棠接過抱枕，沉默了一會兒才說：「把它當成妳，每天抱著睡覺嗎？」

「只有我不在的時候！」她強調說：「抱枕不能比我重要。」

范司棠淡淡一笑抱住她說：「可以抱著妳我也不想要抱枕。」

「等妳也出國之後我們可以一起住，就不需要抱枕了。」

她眼眶一熱在床邊蹲下，定了定神，抬手探向范司棠的額頭，范司棠的額頭都是汗，體溫也很高。

范司棠微微睜開眼睛，四目相對，她輕聲說：「什麼時候開始不舒服的？有什麼症狀？」

「早上……」范司棠閉上眼睛收緊抱著抱枕的手，「全身無力、頭暈、喉嚨痛、冷……」

她出去拿了耳溫槍和藥，回到臥室，量了一下范司棠的耳溫，「三十八點六度，今天有吃過藥嗎？」

「上課前吃了，五、六點的時候……」

她忍不住皺眉說：「妳不舒服還是去上課了？」

「……下午沒這麼嚴重。」范司棠喃喃地說。

……變嚴重就是因為妳出門吹風流汗又進畫室吹冷氣造成的！這些話她只敢在心裡想，范司棠照顧別人沒問題，但真的很不會照顧自己，她嘆了一口氣。

范司棠穿著睡衣，應該洗好澡了，她擔心地說：「妳現在有食欲嗎？想不想喝湯？」

范司棠緩緩睜開眼，「玉米排骨馬鈴薯湯？」

她點點頭，范司棠生病時的口味果然都沒變，「我還買了布丁、汽水和蘋果麵包……不過這些要等燒退了才能吃。」看了一眼時間，晚上十一點，離范司棠上次吃藥差不多六個小時了，「我買了藥，先煮東西給妳吃？」

「沒胃口……」

「那……吃個退燒藥再睡好嗎？」

范司棠軟綿綿地應了一聲撐著坐起來，她打開藥袋，把退燒藥放到范司棠手中，床頭櫃上有水杯，她拿起來，范司棠伸手要接。

她收回手，兩手握著水杯，「這水涼了，我去幫妳倒點熱開水。」她起身。

「我沒有煮熱水……」范司棠氣息沉重虛弱地說。

她愣了一下，「妳剛才就是喝冷水？」

「……我沒力氣。」委屈的目光揪著她。

她心疼地看了范司棠一眼，低聲說：「沒事，交給我，妳先躺下休息。」

快步走出臥室到廚房，她吁出了一口氣，剛才差一點就控制不住抱上去了。

用電熱水壺燒了一壺水，她拿著溫開水回到房間，范司棠半倚著床頭沒有躺下，接過溫水把藥吃了下去，她把水杯放到一旁。

「妳剛才……打給我是什麼事……」范司棠突然說。

「我……」她猶豫了一下，范司棠身體不舒服，不是談話的好時機，她輕聲說：「不是很重要的事……」

「什麼事？」范司棠皺眉又重覆了一次。

「我只是想和妳說說話……」她軟聲說。

「……嗯。」

「明天……如果沒有好轉，我帶妳去看醫生好嗎？」

「……妳今天要住下來？」范司棠皺眉說。

范司棠生病了，她當然想留下來……好不容易范司棠又願意和她說話，沒有再把她當透明人了，如果肯讓她留下來照顧，睡地板都沒問題……

「……我可以住下來嗎？」她低聲懇求：「妳不舒服，我可以煮東西給妳吃，妳需要什麼都可以和我說……讓我留下來照顧妳，好不好……」

范司棠看了她一眼，躺下來抱緊抱枕，閉上眼睛無力地說：「衣服在衣櫃裡，東西在浴室……」

得到范司棠的允許了，她大大鬆了一口氣，高興地說：「我知道，妳休息吧。」

「明天……」

明天？明天要她離開嗎？她心情一沉。

范司棠喘了一口氣，「湯……」

她趕緊說：「好，我明天煮湯。」

幫范司棠蓋好被子，確定范司棠沒有其他吩咐，開了一點窗戶讓空氣流通，她拿了衣服離開臥室進浴室洗澡。

洗好澡，她把剛才買的東西整理好，打電話和徐詩敏說這幾天不回家的事。

徐詩敏擔心地說：「感冒？這種天氣怎麼會感冒，嚴重嗎？」

「應該是太累了，抵抗力弱，她都沒什麼休息時間。」

「雅云也和我說擔心小棠工作太忙不會好好照顧自己，好像家裡的公司出事之後，對錢的事比較焦慮。」

「原來是這樣。」她嘆了一口氣，也是……家裡發生那麼大的事，多少都會有陰影吧，「我會留在這裡照顧幾天，等她病好。」

「好。」

「她生病的事妳別和阿姨說，她應該不想阿姨擔心。」

「我知道，我連妳喜歡她都沒說，口風很緊吧，等妳追到小棠再說。」徐詩敏得意地說。

「我媽咪最好了。」

她讚美了徐詩敏一番才掛掉電話，點開行事曆確認，明天她約了傢俱行送貨到工作室，下午也有安排行程，這些明天早上都得全部取消。

她輕手輕腳地打開臥室房門，走到床邊，范司棠已經睡著了，但流了很多汗，她想了一下，到浴室用臉盆裝了溫水把毛巾浸進去，拿回到房間，擰乾毛巾輕輕擦掉范司棠額頭和臉上的汗。

范司棠動了一下，皺眉喃喃說：「好冷……」

她連忙從衣櫃又拿了一條棉被蓋在范司棠身上，范司棠還是抱著抱枕不停喊冷，想了想，她咬唇上床鑽到范司棠的棉被裡，悄聲說：「棠，我抱著妳好不好？」

過了一會兒，范司棠放開抱枕，迷迷糊糊靠到她懷裡，她側身抱住范司棠，范司棠發著燒，手腳冰冷，身體微微顫抖，「小羊……」

她摟緊范司棠，輕聲說：「我在這。」

「小羊，回家……」

嗯？不是說好讓她留下嗎？

低頭看了一眼，她發現范司棠沒有清醒，哄著說：「我今天不回家，留下來陪妳。」

范司棠燒得迷迷糊糊，喃喃地說了一些夢話，不知道為什麼忽然流下眼淚，她心疼地擦掉范司棠的眼淚。

范司棠生病不舒服的脆弱模樣讓她莫名難受，不是不知道每個人都有軟弱的時候，可是范司棠大部分時間都只表現出獨立、堅強又可靠的一面，她總是在關鍵時刻忘記要照顧范司棠的感受和情緒。

體貼和耐心不是任務，是兩個人相處時需要互相付出的東西，如果只有感情順利時才能做到，遇到問題就無法冷靜思考和溝通……范司棠該怎麼相信她？這其實是她們之間存在已久的問題……

現在反省有什麼用！范司棠還願不願意和她談都不知道……她忍不住掉了眼淚，又趕緊擦掉。

不管怎麼樣，沒有比范司棠的健康更重要的事了，只希望范司棠儘快退燒好起來，不要再這麼不舒服。

她每兩個小時量一次耳溫觀察范司棠燒退了沒，可能因為吃了退燒藥，中間一段時間有下降，但是凌晨五、六點又開始發燒，並且咳了起來。

早上八點多，她起床把昨天照顧范司棠用到的東西整理了一下，洗漱完，她又量了一次范司棠的耳溫，還是在發燒，感覺變嚴重了，這樣下去不行，她不得不叫醒范司棠。

「棠、棠……」她放輕聲音。

「……嗯。」范司棠睜開眼睛，恍惚地看著她，「幾點了？」

「早上八點多……妳的燒沒完全退下來。」她擔心地說。

「嗯……」

「我帶妳去看醫生好不好？」

范司棠咳了幾聲，臉頰因為發燒異常紅潤，眼神迷茫地看著她：「妳怎麼沒去上課……」

「上課？」

范司棠皺眉看了她一會兒，似乎清醒了一點，「……沒事，我做夢了。」

夢到以前的事？她小心翼翼地說：「妳還在發燒，而且有點咳嗽，妳願意去醫院嗎？」

「嗯。」

她鬆了一口氣，趕緊說：「我幫妳拿衣服，妳……有力氣自己換嗎？」

范司棠看了她一眼，「嗯……」

她打開衣櫃幫范司棠挑好衣服就離開臥室到客廳等，沒多久范司棠換好外出服出來，她陪著進浴室洗漱了一下，再幫范司棠戴上口罩才出門。

到了醫院，坐在候診區等叫號時，范司棠虛弱地靠在她身上，她趁機打電話把今明兩天的行程都取消了，講電話時，察覺范司棠抱著她手臂的手收緊了一點，她的心好像也被什麼緊緊抓住，有些疼痛。

她不斷地看見過去的自己有多愚蠢，為什麼都要等到失去才能靜下來思考……？

「看完醫生，回去我弄東西給妳吃……除了湯，妳還有想吃什麼嗎？」

「妳決定……」停頓了一下會兒，范司棠又說：「我晚上有課……」

「但妳現在需要休息……」她軟聲說。

「……我再傳訊息請梨蓁幫我代課。」停頓了一下，范司棠猛然咳了幾聲輕喘著說：「但我明天也有行程……」

她輕撫范司棠的背，「可以取消嗎？」

「……要聯絡。」

她連忙說：「我來幫妳聯絡取消，妳已經沒聲音了。」

「……行程在我記事本裡，電話在手機裡，看名字……」

「好，不確定的我會問妳。」

「嗯……」

看完醫生，拿好藥回到家，范司棠一臉難受地說：「我流了好多汗，想洗澡。」

她擔心地看著范司棠，「頭還暈嗎？」

「……暈。」

「還是……我幫妳用濕毛巾擦一下？」她緊張地說。

范司棠微微一怔，她已經盡量讓自己的語氣聽起來正直無比，但范司棠的目光讓她越來越心虛。

「幫我擦背就好，其他我自己可以……」

「哦、好。」

范司棠進房間後，她跟昨晚一樣到浴室用臉盆裝好溫水拿回房間。房內窗簾拉起來了，只開著檯燈，范司棠已經換上睡衣，坐在床邊，她走到范司棠身邊把臉盆放下。

范司棠把手機放到床頭櫃上，「我跟梨蓁說了晚上請她代課……」

「那就好。」

范司棠柔弱的模樣讓心臟噗通噗通直跳，壓下悸動，她把毛巾擰乾，低著頭視線不敢亂飄，軟聲說：「我幫妳擦一下背好嗎？」

范司棠沒有回話，默默轉身背對著她，把上衣脫了下來長髮撥到前面，姿態撩人，她不敢多看，斂著眉眼，仔細輕柔地擦過范司棠的背部和後頸，低聲說：「我幫妳擰毛巾？」

「……嗯。」

她把浸了水的毛巾擰乾交給范司棠，范司棠一直保持著背對她的姿勢，雖然看不到什麼，但是腦海裡自己補上過去和范司棠在床上赤裸著渴求對方的畫面，范司棠白皙的肌膚和胸部，還有咬唇忍住喘息的模樣。

她抬手掩面，啊啊啊啊啊太可恥了，范司棠生病了她居然想這些！

「小眠？」

她嚇了一跳，把手放下接過范司棠遞給她的毛巾，「對不起！」還好范司棠只是微微偏頭，她鎮定下來，「會冷吧，妳、妳先把上衣穿起來。」

范司棠沒有多說什麼，把上衣穿了起來，轉身低頭看著跪坐在地上的她，實在太緊張了，她假裝沒察覺范司棠的目光，低聲說：「我幫妳擦擦腳？」

范司棠應了一聲，移動到床邊，她把范司棠的腳放到自己的膝上輕輕擦著腳背和小腿，擦到腳掌，范司棠突然縮了一下，她驚慌地停下動作抬頭看范司棠。

「癢……」

「對不起！」

范司棠凝視著她，迷濛的眼神裡滿是溫情和溫柔的情緒，她一下子迷失在范司棠深情又動人的目光之中，不由自主靠了過去，在碰到范司棠嘴唇前，范司棠突然別開臉，她也清醒過來猛然退開。

正準備再道歉，范司棠躺下來拉起棉被蓋住自己，閉上眼睛啞聲說：「我感冒……」

范司棠特地解釋讓她喜上眉梢，又連忙壓下興奮，軟聲說：「妳休息吧，我去準備午餐。」

「明天的行程……」

「我等下會先打電話聯絡。」

「要道歉……」

「我會的。」停頓了一下，她想起自己不知道范司棠的手機密碼，連忙說：「棠……妳的手機密碼，方便和我說嗎？」

這次范司棠沉默了很久，久到她以為范司棠睡著了，才聽到范司棠小聲地說：「……沒有變過。」

沒有變過？范司棠大學時用的手機密碼是……她怔愣地看著范司棠，過了一會兒，不敢相信地輕聲問：「我的生日？」

范司棠睫毛輕輕顫動，睜開眼睛，凝水的雙眼哀怨地望著她沒有回答，掩嘴又咳了幾聲，幽幽地說：「我的抱枕……」她趕緊把放在一旁的抱枕拿給范司棠，范司棠抱住抱枕再次閉上眼睛。

「我弄好午餐再叫妳。」

「嗯……」

她把范司棠的手機放到口袋，捧著臉盆離開房間，收拾好，她從范司棠的包包裡找到記事本，翻到十月份。

范司棠的行程記得非常詳細，比較顯眼的是……她們約會的星期天都畫了一隻小羊和一朵花，她還發現明天也畫了小羊，只是被輕輕劃掉，這代表范司棠兩個星期以前就為她空下約會時間……

她在手機密碼處輸入自己的生日，果然順利解鎖，目光凝在手機桌布上。

范司棠的手機桌布是她們去看舞台劇那天晚上……她第一次正式煮給范司棠吃的東西，都不知道范司棠什麼時候拍了照片。

眼眶慢慢紅了，她咬著唇哭了出來。

開始約會之後，范司棠對她越來越好，她可以清楚感覺到范司棠漸漸放開自己讓她靠近，提前空出時間約會，拍下她為范司棠準備的料理……每一件都是范司棠的用心和認真，不只是現在，過去的范司棠也是這麼認真……她卻一次又一次說出那麼過分的話，當初信誓旦旦說自己這次一定會好好珍惜……結果呢？

不敢哭得太大聲，她掩著臉小聲地哭了一會兒，看了一眼時間，定了定神，擦乾眼淚，必須先打電話取消范司棠的行程才行。

她找到電話打過去，一一道完歉，放下手機，她把記事本放回原位。

心裡除了懊悔，也不由自主冒出一些疑惑……范司棠不可能不知道讓她看手機和記事本她一定會發現這些東西，為什麼還是答應了？是不是……就是想要讓她看見？

也許……范司棠還沒有決定要拒絕她，或是還在猶豫？但她說了那麼多不值得被原諒的話，范司棠不想再看到她也是應該的……她還能期待……范司棠會願意原諒她嗎？原諒她說出那些傷人的話……？

難過地思考了一會兒，她看了一眼時間，十一點多了，該煮午餐給范司棠吃了。

她起身走到廚房，剛才出門前她先把排骨拿出來退冰，也把要煮成粥的生米洗好用水浸泡，把食材處理了一下，她拿出鍋子開始煮玉米馬鈴薯排骨湯，再用另一個鍋子煮粥。

粥準備了兩種，一種是一般的蛋粥，另外一種是比較花時間和功夫的翡翠吻仔魚粥，翡翠是用菠菜、雞蛋和玉米粉做成，味道清淡又好入口，搭配吻仔魚熬成粥非常合適。

煮好午餐，已經一點，范司棠睡了兩個小時，她用碗裝好湯、粥和蘋果泥端進房間，放在床頭櫃上，坐在床邊用耳溫槍量范司棠的耳溫，三十七點五度。

范司棠早上吃了一口蛋餅就說沒有食欲，嚴格來說已經超過十二小時只喝水沒有進食，無論如何都得補充點營養，她滿心不捨地輕聲叫醒范司棠。

范司棠迷迷糊糊地睜開眼睛，她柔聲說：「午餐準備好了，吃點東西，吃完藥再睡。」

「嗯……」

她扶著范司棠起身，范司棠昏昏欲睡地靠到她身上，她擔心地說：「頭暈嗎？」

「沒有力氣……」

她想了一下，小心翼翼地說：「那我餵妳吃？」

范司棠應了一聲，她把枕頭墊在范司棠身後，輕聲說：「我準備了玉米排骨馬鈴薯湯、蛋粥和翡翠吻仔魚粥，還準備了蘋果泥。」

「我想先喝湯。」

她就知道范司棠會這樣說，捧起湯碗用湯匙舀起，輕輕吹了吹，餵范司棠喝下，玉米她選了好咬又甜的水果玉米，排骨肉剛才也已經剔下來了，讓范司棠可以輕鬆地吃。

喝完湯，范司棠說要吃翡翠吻仔魚粥，她連忙捧起來，放了一會兒，剛好是容易入口的溫度，范司棠很快就喝光了，又吃了蘋果泥。

餵范司棠吃完藥，她讓范司棠漱了口，扶著范司棠躺下，把東西收拾好準備拿出去，范司棠輕輕拉住她的手，虛弱地說：「吃完飯來陪我睡……」

「好。」她按捺不住欣喜，趕緊把東西拿出去，飛快地吃完東西，洗漱了一下，回到房間換好睡衣躺上床，原本背對著她的范司棠鬆開抱枕轉身靠到她的懷裡。

她受寵若驚怔愣了一會兒，昨晚抱住她是因為燒得昏沉，現在抱住她是因為……想抱她嗎？她的心跳很快，范司棠應該都聽到了吧。

「小時候我奶奶常煮玉米排骨馬鈴薯湯給我喝，每次……身體不舒服我都會想喝。」范司棠突然說。

「我煮的跟妳奶奶煮的味道一樣嗎？」

「不一樣。」范司棠輕輕一笑，「喝起來完全不一樣，我也不知道為什麼……」

「那妳再問問妳奶奶她是怎麼煮的？」

「不需要，妳煮的很好喝……我很喜歡。」

「真的嗎？」

范司棠應了一聲，「但我第一次吃蘋果泥……」

「喜歡嗎？」

「嗯。」范司棠的話音停頓了一下，幽幽地說：「妳心跳得很快。」

「因為……我喜歡的人抱著我呀。」她鼓起勇氣輕撫范司棠的頭，軟聲說：「再睡一下吧，醫生說妳需要多休息。」

「昨天一整晚照顧我，妳也沒睡，一起睡……」

「可以抱著妳睡嗎？」

「……妳一直抱著我，我會不想好起來。」

心裡湧起酸軟的情緒，她悄聲說：「好起來我也可以一直抱著妳。」

「可是……我不能習慣。」范司棠喃喃低語說。

「為什麼不能習慣？」

「……我不知道……妳什麼時候會想要……離開。」

她呼吸一窒，心臟被狠狠擊中的痛楚飛快蔓延開來，她抱緊范司棠，「我不會離開的，不會了。」

「我會變成……其中一個約會對象……」范司棠哽咽地說。

「棠，妳不是，從來就不是。」她發現自己居然從來沒有說過范司棠的存在對她而言有多麼特別和重要，摸著范司棠的頭，她忍著眼淚輕聲說：「等妳好起來我再告訴妳，妳對我有多重要……」

「……嗯。」

閉上眼睛，很多很多事情同時在腦中浮現，抱枕、杯子、項鍊、記事本和手機桌面……每一個都是范司棠藏起來的真心，是從未放下她的證明，一件件串連起來，她終於明白……范司棠在害怕什麼。

范司棠害怕的是她的熱情轉瞬即逝，害怕她沒有耐心，遇到困難堅持不了多久就會放棄，才會提出如果最後沒有在一起就永遠不再見面的條件……

因為她們之間缺少的一直都不是她對范司棠的喜歡，也不是她有多渴望和范司棠重新在一起，而是遇到困難時她對這份感情的堅定。

范司棠想知道她下了多大的決心要維繫這段感情，是不是可以撐過漫長又未知的人生。

如果又是半途而廢，不如不要。

她到底有多蠢才會以為范司棠開出這個條件是因為可以輕易放下……

不僅如此，范司棠也早就把答案告訴她了。

愛是沒有退路的，我們說出口的每一句話，做的每一件事也是。

她們看完《愛在午夜希臘時》在聊天的時候，范司棠也提過僅僅靠著愛情不可能白頭到老……

這不是等到范司棠答應和她交往就結束的一次比賽……做為人生伴侶，這個考驗沒有期限，所有中途停下來的都是放棄。

她根本沒有站在正確的跑道上，只是一味地向前衝，遇到一點阻礙就認為兩人走不下去，難怪范司棠聽到她的話會那麼傷心難過……

范司棠的呼吸漸漸均勻平穩，昨晚一夜沒睡，她撐到現在也精神不濟了，抱著范司棠不知不覺睡著……

薛昔眠醒來時，外面天色已經暗了下來，范司棠還在睡，她起身看了一眼時間，晚上七點，睡了四、五個小時，她用耳溫槍量了一下范司棠的耳溫，燒終於退了，她鬆了一口氣，重新躺了下來。

「嗯……」范司棠皺眉嚶嚀一聲，悠悠醒轉，靠過來伏在她的頸側。

她摸了摸范司棠的臉頰，「感覺怎麼樣？」

「好一點了……身體沒那麼痠痛無力，頭也不暈了……」范司棠幽幽地說。

「七點了，餓不餓？想吃晚餐嗎？」

「我想吃布丁。」

咳……她不敢笑得太大聲，低笑著說：「我買了六個，吃完飯再吃吧。」

「嗯……中午的粥還有剩嗎？」

「妳想吃哪一個？」

「吻仔魚粥……」范司棠抬眼看她，「妳怎麼會做翡翠？」

「上次我們到餐廳吃飯，妳喝了兩碗翡翠吻仔魚羹，我就想做成粥妳應該會喜歡。」

「很麻煩吧？」

「還好，廚房什麼都有，做起來很方便。」停頓了一下，她看著范司棠認真地說：「妳能快點好起來，這些都不麻煩。」

范司棠欲言又止地凝視著她，「我想起床了，躺了好久。」

「好，妳到客廳坐著吧，晚餐很快可以弄好，妳還有什麼特別想吃的嗎？」

范司棠想了一下，懶懶地說：「沒有，妳決定就好……」

她笑笑地下床，把范司棠輕輕拉起來，范司棠回頭看了床鋪一眼，她意會過來，「妳去洗漱吧，我把枕套和床單換下來洗。」

「……麻煩妳了。」

她笑了一下，范司棠離開後，她把枕套和床單換好拿到陽台，弄好後，也進浴室洗漱。出來時，范司棠站在廚房門口，她連忙走過去說：「棠，妳去客廳坐著吧，有需要什麼再叫我。」

「哦。」范司棠似乎不太想動腦思考，乖乖地走到客廳坐下打開電視。

她動手把粥加熱，再另外準備燙青菜，還有一道用豆干絲、黑木耳、雞肉絲、紅蘿蔔絲和芹菜做成的拌三絲，加了一點香油和醋開胃。

準備好晚餐，她端到客廳茶几上，把裝著粥的碗遞給范司棠，范司棠接過碗問：「妳有想看什麼劇嗎？美食？」

她看向電視，范司棠正在看最近有名的戀愛日劇，「看這個也可以，這部最近很有名。」她坐到范司棠身旁，「要不要試一下我做的拌三絲？」

「開胃菜？」

「對呀，怕妳沒什麼食欲，感冒要多吃一點東西。」

「好。」

她夾起一些，猶豫了一下還是直接餵到范司棠嘴邊，范司棠微微一愣，看了她一眼才張嘴吃掉。

「怎麼樣？味道可以嗎？」

「好吃……」范司棠皺眉淡淡說：「妳為什麼會煮這麼多東西？」

「想著妳學的。」她輕聲說，范司棠不發一語靜靜凝視著她，她咬唇看著范司棠，「是真的，我每次煮東西都會不自覺想著妳喜不喜歡……妳也知道，妳很挑食嘛。」

范司棠別開臉看著拌三絲，過了一會兒，開口說：「我還要吃。」

她趕緊又夾起一些餵范司棠，看著范司棠生病虛弱的模樣，忍不住輕聲問：「……之前不舒服，有人照顧妳嗎？」

范司棠動作微頓，沒有回答她的問題，默默又喝了一口粥，不用范司棠回答，她也知道答案了。

她心疼地說：「妳這樣……病得昏昏沉沉的，沒人發現怎麼辦？」

范司棠看向她，抿了抿唇，「沒那麼嚴重，我最多昏睡一天。」

「最多昏睡一天？這樣還不嚴重？」她難以置信地說完，忽然靈光一閃，腦中冒出一個想法，著急地說：「浴室的鎖心是誰拆的？不是妳對不對！以前發生過什麼嗎？妳暈倒過？」

范司棠看了她一眼，「沒有暈倒，就只是昏睡。」

「然後呢？」

她緊盯著范司棠，范司棠看了她一會兒才淡淡說：「梨蓁發現我沒去上課，打電話一直聯絡不上我，就聯絡了哲維，我沒有給過他們鑰匙，哲維也沒有房東電話，所以找了鎖匠，弄了一段時間才進來……後來我給了他一副備用鑰匙，但浴室沒有鑰匙，他就把鎖心拆了，怕我暈倒在裡面他還要再破一個門。」

「生病了為什麼不告訴哲維或是阿姨，讓他們來照顧妳……」

「……我不想他們擔心。」范司棠低聲說。

「妳這樣逞強……他們不是更擔心嗎？」

范司棠似乎不知道該說什麼，又低頭喝了幾口粥。

范司棠一直這樣，很獨立也不願意麻煩別人，想到每次生病范司棠都這樣一個人死撐著，她根本沒辦法控制自己的心疼。

「以後生病了就打電話給我……不管什麼時候，什麼情況……我一定會第一時間來照顧妳。」她認真地說。

不管之後她們的關係會走向何方，她一定要讓范司棠知道這件事。

范司棠抬眼看著她，目光揪著她，「我吃完粥了。」

她愣了一下，接過范司棠的碗，「想吃布丁？」

「嗯……」

她把碗拿到廚房，拿起剛才先拿出來退冰的布丁倒到盤子裡端到客廳，坐回范司棠身旁，她看了范司棠一眼，鼓起勇氣舀了一口布丁遞到范司棠嘴邊。

范司棠抱膝坐著，盯著湯匙看了一會兒才張嘴吃下，柔軟的情緒充斥著胸口，她一口一口餵范司棠吃完。

吃完晚餐，讓范司棠吃了藥，她把東西收拾好，范司棠說想洗澡，她看燒已經退了就沒有反對。

等范司棠洗完澡吹乾頭髮，在床上躺下來之後，她也去洗了澡，弄好後躺上床，范司棠猶豫地看了她一眼，她試探地慢慢靠過去，看范司棠不反感，便伸手摟住范司棠。

范司棠輕聲說：「這兩天辛苦妳了，我好很多了，明天可以不用再照顧我。」

……她很想就這樣和范司棠待在一起。

「我明天的行程都取消了。」停頓了一下，她又說：「我看到妳明天沒有安排事情……」

「明天……」范司棠閉上眼睛抱住她，懶懶地說：「我覺得時間差不多，想找妳談一下，所以空了下來。」

她瞬間緊張了起來，范司棠打算和她談什麼？時間差不多了是什麼意思？

「妳想和我說什麼？」

「既然妳明天沒有行程了，就明天再說吧。」

「……好。」她壓下一瞬的慌亂和不安，軟聲說：「妳睡吧。」

范司棠很快又睡著了，她抱著范司棠，腦袋又開始有些混亂，這兩天范司棠的態度沒有完全好轉，但至少沒有之前那麼冷漠，她還以為……以為還有一點機會……但也說不定范司棠是生病太虛弱了沒力氣趕她走……她絕望地想著。

任何可能都有可能……就是不安的源頭吧。

假如范司棠不願意再和她繼續下去，她還能為這段感情、為范司棠做些什麼……？

看著范司棠疲憊虛弱的睡顏，她想了很久，才慢慢被沉重的睡意拖進夢鄉。

9

薛昔眠睏倦地睜開眼睛，范司棠已經不在懷裡，也不在房裡，她立刻坐起來，拿起床頭櫃上的手機看了一眼時間，早上十一點，她睡了將近十二個小時……？

范司棠什麼時候醒的，好一點了嗎？

房門打開，范司棠走了進來，空氣中飄著食物的香味，她呆呆看著范司棠，「妳感冒好一點了嗎？」

「差不多了，沒那麼不舒服，妳應該沒被我傳染？」范司棠抬手探向她的額頭，一臉擔心地說：「早上叫了妳兩次，妳都沒醒。」

「沒有沒有，完全沒有問題！」

為了證明自己沒問題，她跳下床，踩到床邊的拖鞋沒站穩，跌進范司棠懷裡……她尷尬地抬起頭看著范司棠。

范司棠扶著她，悶聲笑了出來挑眉說：「沒有問題？嗯？」

笑容……

她痴痴地望著范司棠的笑容，是范司棠真的開心時才有的，也是這麼多年她念念不忘的……

她忍不住抬手，碰到范司棠的唇角前又收了回來，心跳得很快，凝視著范司棠，眼眶浮上了一點淚水，范司棠願意再給她一次機會？願意再觀察一陣子？她可以有這樣的期待嗎……

「棠……」她激動地喊。

范司棠凝視著她，嘆了一口氣，神情柔和，「我準備了早餐，去洗漱吧。」

她用力點點頭，和范司棠一起離開房間，洗漱完，走到客廳坐下來，桌上擺著范司棠準備的早餐。

范司棠把碗和筷子給她，輕聲說：「用妳買的食材做了一些簡單的料理，不過……我做的沒妳做的好吃……蔥油餅是我之前買的，這個牌子還不錯。」

「妳做的一定好吃，我會都吃完的……」

「不好吃不用勉強。」

「不會不好吃……妳做的……」

范司棠看了她一眼，夾起一個很像可樂餅的東西放進她的碗裡。

她看著碗裡范司棠夾給她的食物一陣欣喜，立刻夾起來咬了一口，「這是什麼？我沒吃過……」

「花枝蝦餅。」

「肉扎實又有彈性，好好吃，這是哪裡買的？」

「學生家長送的，聽說是澎湖的名產，妳喜歡？」

「嗯！真的很好吃。」

「我再問問哪裡可以買到，要嗎？」范司棠淡淡說。

她愣了一下，偷偷看了范司棠一眼，范司棠的意思是不是代表……她們還能見面？是吧是吧！她興奮地說：「要要要，真的好好吃。」

「貪吃鬼。」范司棠輕輕一笑。

她咬著唇靠向范司棠，悄聲說：「妳不喜歡的話我以後吃少一點？」

「我幫妳裝炒麵。」

范司棠幫她裝了滿滿一碗，她又說：「還是妳喜歡我吃多一點？」

「妳吃多吃少都一樣，快點趁熱吃。」

「哦……」

她靜靜看著范司棠，思考恢復正常運轉的范司棠很迷人，和以前……不，比以前更迷人，尤其想起范司棠脆弱時的撒嬌……更讓她著迷。

范司棠打開電視，點開昨晚看的日劇，邊看日劇邊吃東西，她把范司棠準備的東西全部吃完了，收拾好，她和范司棠一起把碗盤洗乾淨，才回到沙發坐下。

「味道怎麼樣？」

「都很好吃呀，妳上次做的餅乾也好好吃！」她偷覷著范司棠的反應，看范司棠似乎有點高興，接著說：「妳平時那麼忙，為什麼會學烤餅乾？」

范司棠看了她一眼，猶豫了一下才一臉平靜地說：「妳喜歡的那間店後來沒做了，我怕忘記那個味道，乾脆自己學著烤。」

「……是……為了我嗎？」她知道自己這樣很不要臉，但她很想知道，從吃過范司棠做的餅乾後，就一直想要知道……

「……嗯。」

她哽咽地說：「但妳也不知道能不能做給我吃，不是嗎？」

「妳不也是一樣嗎？」范司棠看著她，淡淡地說：「不知道我吃不吃得到，還是學了很多合我口味的菜，很多事，不是因為傳達得到才去做，是因為……心裡有個位置，留下了。」

她再也忍不住了，轉身面對范司棠，認真地說：「棠，我有些話想和妳說。」

「嗯。」

深吸一口氣，她定了定心神，輕聲說：「上次在餐廳對妳說了那些話，真的很對不起，我沒有後悔喜歡上妳，完全沒有，但當時以為妳無動於衷，我太難過了，又失去理智說了不該說的話，對不起……對不起，我不該每次遇到一點困難就退縮，認為我們會走不下去，就像妳說的，出國不是分開，是我的不信任和不成熟擴大了不安，讓妳也沒辦法相信我……妳害怕的是我堅持不了。」停頓了一下，她誠懇地說：「妳出國我也會乖乖等妳，我知道我的保證可能沒有效力了，但我真的有在反省自己，請妳再相信我一次……這一次，我一定不會再讓妳失望難過了。」

范司棠的目光在她臉上逡巡著，像在確定她說的話是真是假，輕聲說：「如果不是一、兩年，而是三年、五年……妳也會乖乖等我？」

她堅定地點頭，「嗯，我會乖乖等妳，但是……如果妳不希望我去找妳，妳隔一段時間就會打電話給我吧？實在不行的話傳訊息也可以……」她軟聲說：「我會想妳。」

范司棠抬手摩挲著她的臉頰，「像這兩天這樣依賴妳跟妳撒嬌的我……妳也喜歡嗎？」

她凝視著范司棠，害羞地說：「妳不是都聽到我心跳有多快了嗎……」

「小眠，我們重新交往吧。」范司棠突然說。

什麼？什麼什麼？她怔愣地看著范司棠，她有聽錯嗎？

范司棠沒等她反應過來，傾身帶著笑意和眼淚吻上她的唇，這個吻熱情又溫柔，盛滿了愛意，她激動地抱緊范司棠，忍不住落淚。

雙唇分開，范司棠輕柔吻著她的臉頰，「對不起，我也要說對不起。」

她拼命搖頭，熱淚盈眶地說：「妳不用道歉，是我做錯了，以前和這次都是我的錯，棠……我很確定這輩子只想和妳在一起，除了妳我誰都不要，妳如果想再考慮也沒關係，不管多久我都會等的。」

「我不敢答應是害怕妳對我只是一時的熱情，沒有遇到任何問題都和我一起走下去的決心。」范司棠溫柔地看著她，抬手拭去她的眼淚，「但這兩個星期我也反省了很多，聽到妳的氣話讓我很難過沒錯，但是讓我思考更多的是……妳對我生氣的反應。」

「我對妳生氣的反應？」

「妳沒有更生氣也沒有怪我，而是反省自己，讓我覺得……以前妳情緒上來我只是哄妳、安撫妳，那樣是不對的，我應該在妳情緒平靜下來之後早點和妳溝通，告訴妳，每一次聽到妳說分手都讓我很難過……之前妳也問過，為什麼不告訴妳我家裡出事，我回妳說不說都一樣，那也是錯的……我把情緒和心事藏起來，破壞了遠距離戀愛最需要的安全感和信任感，我們會分手，真正的責任在我身上，我心裡很清楚妳提分手只是想要我注意妳、在乎妳，但當時……我還是說出分手兩個字。」

「不是的，棠，分手不是妳的責任，是我說了很多傷妳心的話，陷在自己的煩惱和痛苦裡，沒有好好關心妳也是事實，我如果多關心妳一點，多體貼一點……妳也不會選擇默默承擔著那麼重的壓力。」她懊惱地說。

「妳年紀還小……」

「年紀小不是任性不體貼的理由，更不是傷害妳的理由。」

范司棠嘆了一口氣，「我還沒有……把答應分手的原因告訴妳。」

「答應分手的原因？不是因為我太任性不懂事，沒有在乎妳的感受？」她愣愣地說。

「不是，是因為……妳的新生活讓我很沒安全感。」

「我的新生活讓妳很沒有安全感？」她驚訝地說。

「當時妳的臉書經常有跟同學一起的合照，看起來都很開心……」

她緊張地握住范司棠的手說：「那些都只是同學，我和他們完全沒有任何曖昧！」

「我知道……但我就是控制不住自己亂想。」

「可是我和高中同學更親密不是嗎？」她疑惑地回想，看著范司棠說：「她們經常會抱我偷親我，妳看到照片也沒有吃過醋……」

范司棠對上她的目光，抿了抿唇錯開了視線，「誰說我沒有吃過醋……」

她啞口無言地看著范司棠，好一會兒才找回自己的聲音，「棠，妳該不會一直很在意吧？」

范司棠一臉糾結又難以啟齒的模樣，掙扎了一會兒才說：「是，我一直很在意她們那樣抱妳親妳，在意妳對每個人都那麼好，在意妳和誰都聊得來，到哪裡都被搭訕……」

「到哪裡都被搭訕？有嗎？」

「怎麼沒有，連買個鹽酥雞都能和老闆聊起來……」

她一頭霧水地說：「鹽酥雞？我什麼時候買鹽酥雞被搭訕？」

「我們去花蓮那次，夜市……」

她想了好一會兒，才終於想起來，掩不住震驚地說：「妳是說那個送我甜不辣的老闆？」

范司棠的表情沉了下來，不高興地說：「妳居然還記得？」

她不自覺抬手捂著嘴，「棠，妳認真的？」

「我就知道妳一定覺得我很無聊！」

她樂不可支地抱上去，開心地說：「什麼無聊，我覺得妳好可愛！妳怎麼不告訴我呢？」

「告訴妳什麼，叫妳把甜不辣還給人家嗎？」范司棠紅著臉說。

她捧著范司棠的臉輕輕親了一下，撒嬌說：「我可以付錢買嘛，我們也買得起呀，我不知道妳不開心……」

交往三年多……她以為自己應該很了解范司棠，沒想到這麼重要的事她一直沒有察覺，「為什麼不說呢？」

「我覺得自己應該表現得成熟一點，而且……妳和同學朋友相處融洽是好事。」

她一直都覺得范司棠很冷靜，有人追她也不會多問，雖然她都會在第一時間拒絕追求者，可是偶爾也會懷疑自己吸引力不夠，范司棠才會完全不吃醋。

「讓妳不安不愉快就不是，以後我一定會注意。」她鄭重地說。

「我知道我說出來，妳就會避免這種情況，但我不該限制妳……」

她打斷范司棠的話，輕聲說：「這不是限制，我本來就該在意妳的感受，和朋友保持肢體上的距離也非常合理……」

范司棠輕聲嘆氣，苦笑著說：「不把在意的事情好好表達出來，讓妳誤以為我不在意，卻又消化不了嫉妒不安的情緒，才會順著妳的話說出分手……這樣還不是我的錯嗎？」

「我沒有關心妳還說了傷妳的話，我沒有錯嗎？」范司棠怔怔地看著她，她凝視著范司棠，軟聲說：「以後妳和我溝通，多依靠我一點，多相信我一點，不用總是順著我……我也會改掉自己的壞習慣，在我面前妳不需要很成熟，可以脆弱可以撒嬌，可以做任何妳想做的事，我不會再離開了。」

「關於出國的事……」

「嗯。」她認真地看著范司棠，不管要去多久她都一定不會再動搖了。

「我沒提起出國念書的事，是因為我雖然在考慮，但是去的機率很小……」

「什麼？」她愣了一下才說：「妳不想出國嗎？」

「出國對我的吸引力已經沒有以前那麼大了，現在畫室很穩定，我也很喜歡教畫畫，看到學生畫出好的作品比自己得獎更有成就感，另外就是出國念書的話，我就必須動用到存下來的買房基金……」

「妳是說三十五歲前買房子的計畫？」她回想了一下，「妳還畫了設計圖……至少要有三房兩廳，一間臥室、一間畫室、一間給我自由使用。」她看向范司棠，范司棠望著她，眼淚靜靜沿著柔嫩的臉頰滑落，她愣了一下緊張地說：「我說錯了嗎？」

范司棠輕輕抱住她，「沒有說錯，我只是沒想到妳還記得這麼清楚……」停頓了一下，退後看著她，柔聲說：「我想買房子，對現在的我來說出國也沒有那麼必要了，所以我才沒有第一時間和妳說，妳問我的當下……我沒有立刻解釋是因為想知道妳會有什麼反應。」

「……原來如此。」

范司棠歉疚地說：「對不起，我也反省過了，我應該好好和妳溝通，不該這樣試探妳……」

「但妳相信我嗎？我是真的願意等妳……」

范司棠輕笑一聲，「我相信。」抬手把她的頭髮勾到耳後，曖昧地揉著她的耳朵，「妳說不出虛假的保證和承諾，這也是我最喜歡妳的一點。」

她把手覆在范司棠的手上，「喜歡我說不了謊？」

「喜歡妳坦率熱情、天真爛漫。」

「明明是衝動任性不成熟……我做得不夠好，妳才會離開。」

范司棠搖搖頭，微笑中帶著淚光，「不是妳做得不夠好，是我們……我也做得不夠好……」

「……棠。」

「有妳在身旁，我才覺得人生有趣，一開始拼命工作是因為家裡，後來只是……休息時不知道要做什麼，一個人的時候總是想起妳，我本來覺得自己要孤獨到老了。」范司棠抬手撫著她的臉，仔細地看著她，「但妳突然又出現在我眼前……這段時間和妳在一起，生活又充滿了樂趣，可以每天和妳分享生活，比我曾經想像過的還要美好，沒有妳在身邊，我的人生索然無味，小眠……我不想再日復一日過著無趣又重覆的生活了，我需要妳。」

她感動地抱住范司棠，哽咽地說：「我會比以前、比現在……對妳更好的。」

「不用更好。」范司棠摟著她的腰，附在她耳邊說：「永遠別離開我，就已經足夠了。」

溫熱的氣息從耳朵鑽進心裡，她的胸口一陣痲癢，失了聲……范司棠鬆開手看了她一眼，捧起她的臉，悄聲說：「臉紅什麼……」

她委屈地看著范司棠，難為情地說：「別問啦。」

范司棠又傾身靠到她耳邊，「因為……這個嗎……」

溫柔的、帶著笑意的曖昧語氣，心臟都要停了，她抓著范司棠的手輕輕拉了一下，摩挲著范司棠的掌心……

范司棠收起手抓住她輕撓的手指，吻在耳畔，她微微顫抖，「棠……」

「進房間？」范司棠親著她的耳朵柔聲說。

她愣了一下，尷尬地說：「……妳還在生病。」

「妳這兩天細心照顧已經好得差不多了。」范司棠輕聲嘆息，幽幽地說：「妳不想？」

「不是！」她急忙說。

「那是？」

她咬著唇，望著范司棠又有想哭的衝動，哽咽地說：「……太不真實了，妳真的還喜歡我？我們可以一直在一起了？」

「小眠，我提出不在一起就不再見面，不是因為不想和妳在一起，也不是我隨時可以放下對妳的喜歡……是因為很想要永遠和妳在一起，上次我說妳給我的都是痛苦，也是因為和妳在一起的回憶太美好了，失去妳讓我非常痛苦，這段時間我也很害怕，怕妳就這樣放棄了，怕妳和朋友出去就忘了我……」

這一瞬間她彷彿再次碰觸到范司棠的內心，她抱住范司棠，抱住范司棠清醒時的脆弱。

原來在愛情面前她們都一樣，一樣渴望……一樣不安，沒有人占上風。

她們也不是感情裡的對手，互相了解是為了攜手一起面對困難，迎著強風也能繼續走下去。

范司棠又開始親著她的耳朵，「小眠，妳耳朵紅了。」

她紅著臉退開，四目交接，范司棠輕輕一笑拉著她走進房間，交握的手心都是她的手汗，在床上坐下，范司棠握著她的手，在手心落下一個溫柔的吻，像吻在她的心上。

「我很想妳。」

「我也是。」她低聲說。

范司棠柔柔地看著她，緩緩靠近，把她壓倒在床上，手撫著她的腰，低頭吻上她的唇，她在心裡喟嘆一聲閉上了眼睛。

唇瓣被輕輕舔咬含吻，范司棠幾乎奪去所有的意識和呼吸，手指滑過腰間和肋骨，她輕輕顫慄，在吻間喘了一口氣。

范司棠跨坐在她身上，抬手脫掉她的上衣後突然沒了動作，她想起一件事猛然睜開眼睛，范司棠怔怔地盯著她的腰腹，難以置信地抬眼看向她，「這是什麼？」

「……刺青。」

「我知道這是刺青……」范司棠啞著聲說，勾人的眼神停留在她的刺青上，表情震驚又不知所措，手指顫顫巍巍地輕觸腰腹上的海棠。

范司棠出國前送給她一幅畫著海棠的油畫，和項鍊一樣代表范司棠，她把畫裡的海棠刺在身上。

「什麼時候的事？」

「二十一歲生日的時候。」

「為什麼？」

她沉默了一會兒，腦海裡浮現的是生命裡那段恍惚痛苦又支離破碎的時光，「妳聽過幻肢痛吧，已經被截除的部位仍然會感到劇痛，失去妳就像那樣，這個刺青……是我把自己拼起來緩解疼痛的方法。」她露出笑容，又忍不住哽咽地說：「妳從來不是一段過去……棠，我不知道自己……是不是一直愛著妳，但我確實沒有一刻真正把妳放下……妳是我最珍貴的悸動，也是我人生中可一不可再的幸運。」

范司棠俯身激動地吻住她的唇，溫熱的舌探進口中和她纏綿，就像不顧一切朝她狂奔而來，緊緊抱著她，只是親吻就讓她感覺到范司棠的全部熱情，感覺到了范司棠有多渴望她。

范司棠的熱情也徹底點燃了她，她撐著坐起來抬手脫下范司棠的上衣。

范司棠輕撩長髮，眼神勾了她一下，她的血液都沸騰了起來，范司棠俯身又吻了過來，手指輕揉她的乳尖，吻從唇瓣臉頰移到頸部和胸口，含吻另一邊的乳尖用舌頭挑逗著敏感的神經，范司棠曖昧的舔吻和撫弄，讓本來就已經非常激動的她更加興奮，只能抱緊范司棠呻吟出聲。

「棠……」她難耐地喘息著，渴望和范司棠赤裸相擁，「衣服……」

范司棠輕笑一聲，脫掉兩人的衣服放到一旁傾身抱住她，她緊抱范司棠，心裡的缺口不復存在。

范司棠親吻著臉頰和耳朵，手指往下摸索著找到她的敏感點，溫柔地揉弄，她感覺置身雲端，沒辦法忍住呻吟，聲音像是從遙遠的地方傳過來，陌生得不像她。

范司棠抬眼看著她，充滿眷戀和愛意的眼神看得她心旌搖曳，心理和生理的滿足讓她很快到達高潮，緊摟著范司棠輕輕顫抖著。

范司棠胸口急促起伏，臉頰輕蹭著她的，耳鬢廝磨的親密感讓她又難耐了起來，顫抖了一下，害羞地說：「棠……」

范司棠再次吻住她的唇，舌尖勾纏著她的舌，手指探進私處，抵到深處後開始插弄，像抵在她心上最敏感的那個地方輕柔撫慰著，心跳得很快，精神卻放鬆了下來，任由快感剝奪她的意識，思緒裡漸漸只剩下范司棠。

手指抵到了某個地方，快感突然像樂曲拔高了一樣，讓她慌亂不已，她克制不住自己的聲音和身體的反應，茫然失措地摟緊范司棠。

范司棠加快了插弄的速度，唇瓣移到她的耳旁舔吻，高潮降臨的瞬間，意識像是完全脫離了，她控制不住哭了出來，范司棠把她摟在懷裡，輕柔吻去臉上的淚水。

溫柔的模樣讓她哭得更厲害了，范司棠安撫了好一會兒她才慢慢止住哭泣。

「棠，我可以再聽聽妳的心跳嗎？」

范司棠垂著眉眼凝視著她，應了一聲，她側耳靠在范司棠的胸口，范司棠輕輕摸著她的頭。

「我想過把妳的心跳刺在身上……」

范司棠雙手捧起她的臉，皺眉輕聲說：「妳那麼怕痛，答應我別再那樣做了好嗎？」

她偏頭將吻深深印在范司棠的掌心，軟聲說：「知道了。」

「妳想聽隨時可以。」范司棠柔聲說。

「隨時可以嗎？錄下來也可以？」

「可以。妳想怎麼做都可以，我不是說過嗎……」范司棠湊到她的唇前停了下來，手指撫過她的唇瓣，「我的小羊在這裡跳著舞，妳想聽自己跳舞的聲音有什麼不可以？」

范司棠美麗深邃的眼裡有她的身影，也有她渴望的深情，沒有經歷過分開，她肯定不會知道……她們這麼相愛。

「吻我……」范司棠低啞的聲音蠱惑著她，她靠過去吻住范司棠的唇。

世上所有美好的詞彙加在一起，都不足以形容和范司棠在一起的感覺，一秒都無法。

她永遠不想再失去了。

她的手撫上范司棠的身體，范司棠突然握住她的手，她停了下來，「不可以嗎？」

「不是，燈……燈還開著。」范司棠臉頰微紅地說。

她抬頭看了一眼天花板的燈，剛才意亂情迷都沒注意到燈開著，「……我想看看妳。」

范司棠微微一愣，咬著唇放開她的手。

她跨坐在范司棠的腰腹上低頭看著范司棠，范司棠害羞地和她對視，她俯身吻范司棠紅潤的唇，范司棠緩緩回應著她。

柔軟的愛意像會發酵般填滿胸口，她的吻越發溫柔，喘了一口氣，忍不住喃喃地說：「妳連吻都是甜的，糖糖。」

范司棠眼裡有水光晃動，臉頰像被蒸紅了一樣。

抬手從范司棠的腰間往上揉弄乳尖，范司棠擰眉閉上眼睛呻吟了一聲，她的胸口麻了一下，完了，真的會上癮，不管是幾歲的范司棠都這麼讓她心動……

她再次俯身從耳朵吻到脖頸，再從胸前到腰側，一寸寸印下溫柔的吻。

「棠。」

范司棠睜開眼，對上她的視線，她直視著那雙水潤的眼睛，目光鎖著范司棠，故意慢慢往下，將唇印在大腿上壞心地輕咬了一下。

大概是怕阻止她會做出更過分的事，范司棠羞赧地別開臉閉緊雙眼，她輕笑一聲，將嘴唇貼上濕潤的私處，舌頭在敏感點周圍打轉舔弄。

范司棠仰頭挺腰，婉轉的呻吟在喘息間隙流洩而出，帶著微微哭音，「唔嗯……」

她克制著自己的激動，溫柔地含吻舔弄，范司棠不斷喘息呻吟著，突然之間抓住她的手，反弓著身體像是到達了高潮，她起身把微微顫動著、看起來特別脆弱的范司棠抱在懷裡。

她抬手撫著范司棠的臉頰，范司棠忽然握著她的手像小貓一樣蹭了一下她的手心。

她為這個難得的撒嬌心跳不已，鼻尖碰了一下范司棠的……

范司棠仰起頭準確無誤地吻住她的唇，舌頭被輕輕吮吸，確定范司棠真的在誘惑她，她的吻移到范司棠的耳邊，喘了一口氣，「棠……」

范司棠抬手勾著她的頸，「嗯。」柔軟地應了一聲。

范司棠眼裡一望無際的深情，溫柔將自己交付給她的態度，讓她的理智和自制力瞬間像斷線風箏一樣飛遠。

手往下探，指尖觸到仍然濕潤的私處，她抬頭看著范司棠，不想錯漏一點細微的表情，手指探進又軟又熱的深處插弄，范司棠順著她的動作挺動著腰，她們的肌膚上都是曖昧的薄汗。

她俯身親吻范司棠，深深地、獻出靈魂般虔誠，范司棠的呻吟被她吻去，傳進了心裡，心臟和胸口又麻又癢。

范司棠的意識越來越迷亂，動情的模樣說不上來的美豔嫵媚，她不由自主加快手指插弄的動作。

「嗯，眠……」

范司棠突然緊摟著她流下眼淚，她停下動作喘息著，抱緊一顫一顫到達高潮的范司棠。

她不停親著范司棠的臉頰，等范司棠的情緒平復下來，她忍不住悄聲問：「不舒服嗎？」

范司棠把臉埋在她的頸側，過了一會兒才搖搖頭，她緊張地說：「真的？妳不要安慰我……」

「沒有安慰妳……」范司棠抬眼看她，嘆了一口氣，「再親親我，小眠。」

她依言照做，在范司棠的臉頰和唇瓣印上自己的吻，范司棠的表情完全放鬆了下來，讓她很有成就感。

「我愛妳。」范司棠喃喃地說。

她停下親吻，抬眼看著范司棠，范司棠柔情似水的眼瞳裡充滿令她懷念的深情和寵溺，心裡一陣狂喜，她親暱地用鼻尖摩挲著范司棠的臉。

「我們去沖個澡，然後睡個午覺？」范司棠柔聲說。

「好。」

她們套上衣服分別到浴室沖完澡，回到床上，范司棠攤開雙手笑了笑，她微微一愣，眼眶泛淚地撲上去，范司棠抱著她。

「……真好，棠，妳還願意這樣抱著我。」

「是啊，真好……」范司棠滿足地輕嘆一聲，「妳還願意這樣讓我抱著……」

「我們午睡可以睡多久？」

「睡到自然醒。」

「這樣睡到明天怎麼辦……」

「不會的，不可能超過晚餐時間。」

她嘟起唇說：「妳是不是在暗示我會餓醒？」

范司棠低聲輕笑，「我沒有在暗示呀。」

「我晚上還要吃妳煮的東西。」她撒嬌說。

「好。」

「我這兩天……發現妳的廚房用具真的很齊全，是不是因為……我們討論房子時，我說過廚房用具要齊全？」

「嗯……」范司棠有點難為情地別開臉。

「我愛妳。」她湊上去親吻范司棠的臉頰，「我愛妳……」

范司棠彎起眉眼淡淡一笑，收緊抱著她的手臂，「睡吧。」

范司棠溫暖的懷抱讓她平靜又安心，她如海上迷失方向的旅人，載浮載沉多時終於得以上岸，精疲力盡地閉上眼睛。

這麼多年過去，她終於再度回到了……讓她能夠安然入睡的懷抱裡。

十一月中，薛昔眠的工作室開幕，舉辦了開幕茶會，她邀請了很多好友來參加，邀請卡是范司棠設計的。

茶會下午兩點開始，范司棠陪著她準備東西。

下午一點半，花店送來花籃，薛昔眠簽收完，苦惱了一下，從門口到室內都已經放滿朋友們送的祝賀花籃。

她捧著花籃走到范司棠身旁，「棠，這個放哪裡好？已經沒地方放了。」

「我來弄吧。」范司棠笑笑地接過她手中的花籃，調整出一個位置把花放下，稍微擺弄了一下，起身退後兩步看著花籃，似乎感覺滿意了，回頭看了她一眼，「這樣？」

「妳好厲害啊。」她沒有忍住抱了上去，撒嬌說：「好累……還好有妳，一個人弄這些太可怕了。」

「辦完開幕就輕鬆了。」范司棠笑著說。

「我要放假。」

范司棠好笑地看著她，「剛弄好工作室就想著放假？」

「妳陪我忙了這麼長時間，我們出門走走嘛，好不好？」

范司棠目光滿是寵溺，溫柔地說：「好。」

「耶！」

她湊上去親了親范司棠，范司棠臉頰微紅，低聲說：「被看到了。」

她嘟著嘴說：「兩點才開始……」

范司棠無奈笑著說：「後面。」

後面？薛昔眠不明所以地往後看了一眼，看到于璐雪站在門口，尷尬地鬆開抱著范司棠的手，不好意思地說：「小雪，怎麼這麼早？」

「晚一點有事，所以早一點來。」于璐雪笑著說。

她要寄邀請函給于璐雪之前已經告訴過范司棠，范司棠客氣地笑了笑，「妳好。」

于璐雪伸出手，「妳好，于璐雪。」

范司棠輕輕握了一下于璐雪的手，「范司棠。」鬆開手，轉頭對她說：「妳們聊，我確認一下點心的事。」

于璐雪轉向她說：「帶我看看工作室？」

她看了范司棠一眼，范司棠點了點頭，「去吧，這裡交給我。」

她放下心，笑著和于璐雪說：「妳送的東西上午到了，很漂亮的燈，是從國外訂的？」

「嗯，還好有趕上，妳喜歡就好。」

薛昔眠和于璐雪介紹了一下工作室的環境，于璐雪看著控制室，讚嘆地說：「很不錯呢，在這裡工作應該很棒。」

「我也這樣覺得。」

「恭喜妳終於心想事成了。」于璐雪挑眉笑了笑，意有所指地看向門外，「在一起了？」

「嗯。」薛昔眠掩不住欣喜，笑著說：「這一個月的事，我們把當時分手的事說開了。」

「那就好，好不容易又在一起，要好好珍惜。」

「我會的。」她看向于璐雪，輕聲說：「雖然我和她重新在一起，但和妳交往時，我並不是抱著將就和隨便的態度……」

于璐雪莞爾一笑，「我知道妳不是那種人，否則和我交往前妳怎麼會單身那麼多年……」收起笑容，認真地看著她說：「不用擔心，看到妳幸福，我真的很替妳開心。」

「妳要是找到幸福也要和我說，工作要注意安全，不要那麼拼……」

「知道啦。」于璐雪笑笑地說，抬手看了一眼手錶，「我等下還有工作，差不多該走了。」

「我送妳。」

她和于璐雪離開控制室，走到門口，于璐雪靠過來輕輕抱了她一下，「一切順利。」

「妳也是，一切順利。」

和于璐雪道別，薛昔眠立刻轉身走到范司棠身旁，范司棠正在確認餐點，她靠過去，「對不起。」

「嗯？」范司棠疑惑地看著她。

「剛才小雪抱了我一下。」她忐忑地看著范司棠，她拒絕不了于璐雪的擁抱，也覺得不適合拒絕。

范司棠微微一愣，忽然笑出聲，捏了捏她的臉，「今天就算了，大家都是來祝福妳的。」

「我和她真的只有友情了，她剛才也說祝福我們。」

范司棠淡淡一笑，「我看得出來，她對我沒有敵意。」

「……但我會守護好我的臉頰，不讓人捏也不讓人親。」

「不要想太多，我真的不高興會讓妳知道的。」范司棠笑著親了一下她的臉頰。

兩點左右，薛昔眠邀請的朋友們陸陸續續來了，薛宇圖也開車載徐詩敏和薛承武到場，同行的還有許雅云。

「阿姨來了。」薛昔眠看向范司棠，范司棠愣了一下，顯然不知道許雅云要來，她們一起迎了過去。

她勾著徐詩敏的手臂，對許雅云甜甜一笑，「阿姨。」

許雅云看了看環境，「這裡弄得真漂亮，妳媽媽和我說妳的工作室要開幕了，小棠都沒告訴我。」許雅云嗔怪地看向范司棠。

范司棠的表情有些侷促不自在，薛昔眠連忙接話：「不是的，阿姨，小棠姐姐知道我要邀請妳，才沒有和妳說。」

「是這樣？」許雅云疑惑地說。

她用眼神暗示范司棠，范司棠輕聲說：「畢竟是小眠的工作室，由她來邀請比較合適。」

徐詩敏立刻說：「唉呀，這裡弄得這麼漂亮都要感謝小棠，改天阿姨請妳吃個飯。」

「阿姨太客氣了。」

她由衷地說：「如果沒有小棠姐姐幫忙，工作室真的不可能這麼快弄好，不如找個時間我請妳和阿姨一起吃飯。」范司棠笑著嗔了她一眼，她轉向許雅云說：「阿姨什麼時候有空？」

許雅云欣慰地看著她說：「妳約我，我什麼時候都有空。」

徐詩敏笑著說：「好了好了，吃飯的事我們再討論吧，今天開幕，妳們兩個去忙吧，不用招呼了。」

「我幫妳們拿餐點……」范司棠說。

「不用，我叫小眠的哥哥拿就好。」

徐詩敏拉著許雅云走開，范司棠轉向她，低聲說：「對不起。」

「嗯？」

「我忘記和我媽說這件事……」

「不用道歉啦。」她笑著說：「妳這幾年都習慣自己處理事情了，而且這是我的工作室開幕，妳不記得邀請阿姨也很正常，早上我和我媽咪提了一下，她覺得雖然阿姨不知道我們交往的事，還是應該邀請她來，我就請她和阿姨說了。」

「妳之前就有想到？」

「嗯。」

「怎麼不提醒我？」范司棠皺眉說。

「妳還沒跟家裡說我們交往的事嘛，我不想給妳壓力。」

「等這陣子忙完……我會找時間告訴他們。」

「我不急，妳可以慢慢考慮怎麼說。」

「沒有關係。」范司棠溫柔地看著她，「他們早就在懷疑了。」

「啊？」

「這兩、三年婚姻平權的新聞很多，今年同婚又通過，我爸媽覺得我這麼多年來都沒交往的對象一定是瞞著他們，和哲維旁敲側擊了很多次我是不是同性戀，不過因為沒交往對象，我不想節外生枝而已。」

「叔叔阿姨不反對嗎？」

「哲維說他們態度中立，聽起來比較擔心我到老還是一個人。」范司棠無奈地笑著說，抬手摸了摸她的頭，「今天妳是主角，其他的事不要煩惱了，去招呼妳的客人吧，我陪阿姨和我媽聊一下。」

「好……吧……」薛昔眠握著范司棠的手在手心輕撓了一下。

范司棠笑著抓住她的手指，低聲說：「做什麼……」

「薛小眠！」一聲中氣十足的大喊，薛昔眠看向門口，她高中的好友謝筱霖來了。

范司棠對她使了一個眼神，笑笑地鬆開手，「乖一點。」

她依依不捨地轉身，打起精神走到謝筱霖面前，謝筱霖給了她一個大大的擁抱，「恭喜妳工作室開幕！」

把手裡的提袋遞給她，薛昔眠接過看了一眼，是香檳，皺眉笑著說：「來就好了還帶禮物，我們很不熟嗎？」

「禮數要夠嘛……」

她帶謝筱霖參觀了一下，謝筱霖說：「妳這裡什麼時候可以排時間錄音？」

謝筱霖目前在做音樂經紀，薛昔眠眨了眨眼，「怎麼樣？要幫我介紹生意？」

「對呀，最近在帶樂團。」謝筱霖把樂團目前的情況和專輯錄製的時間規劃告訴她，「年底前有空嗎？」

「可以呀，年底前只有一些廣告歌要錄，錄音室的時間不滿，妳看要約什麼時間再告訴我。」

「好，我確認了就告訴妳……名片給我幾張，幫妳宣傳一下。」

她打開名片夾抽出幾張名片給謝筱霖，「謝謝呀。」

「客氣什麼啦。」謝筱霖笑著用手肘輕輕抵了她兩下，低頭看了一眼名片，哈哈大笑，「棉花糖音樂工作室？怎麼取這麼可愛的名字？」

「當然是有原因的。」

「什麼原因？」

薛昔眠忍不住笑意，轉頭看向正在陪長輩說話的范司棠，想了一下，對謝筱霖說：「妳等我一下。」

她快步走到范司棠身旁，范司棠看到她，彎起眉眼，她拉著范司棠的衣服，對徐詩敏和許雅云說：「媽咪、阿姨，我可不可以借一下小棠姐姐？」

「我才跟小棠聊不到幾句話，妳整天黏著她。」徐詩敏故意說。

薛昔眠看向許雅云，撒嬌說：「阿姨可以嗎？有個我和小棠姐姐認識的朋友來了……」

「去吧。」許雅云笑著說。

「謝謝阿姨！」

她大方地牽著范司棠的手離開，身後的徐詩敏對許雅云說：「……她們兩個小時候感情就好，長大了還是……」

薛昔眠轉頭看了范司棠一眼，「我媽咪是不是做得太明顯了？」

范司棠皺眉說：「但我媽好像……真的沒察覺我跟妳的事。」

「……我們不像情侶嗎？」她嘟著唇小聲說。

范司棠哭笑不得看著她，「當然不是，我媽可能沒有想到那邊去吧，畢竟我們從小認識。」

她把范司棠帶到謝筱霖面前，「棠，妳還記得吧，我的好朋友。」

范司棠定睛看了一下，溫柔地笑著說：「筱霖，對嗎？」

謝筱霖表情驚訝，「小棠姐？」

「跟妳介紹一下，我女朋友范司棠。」薛昔眠笑嘻嘻地悄聲說：「知道工作室為什麼叫這個名字了吧？」

以前范司棠送午餐到學校給她，謝筱霖偶爾會陪她去拿，知道她和范司棠的感情很好，不過因為還是學生，她沒有把交往的事告訴謝筱霖，現在當然沒那些顧慮了，薛昔眠恨不得全世界都知道她們在一起的事。

「吼！我就知道妳們不對勁！妳當時還否認！」謝筱霖拿起名片看了兩秒，捂著眼睛說：「我要瞎了，要放閃也不先通知我戴墨鏡！」

薛昔眠心滿意足地嘆了一口氣，放閃就是心情愉快。

范司棠茫然地看著她們，「怎麼了？」

「她想知道為什麼工作室叫棉花糖嘛。」薛昔眠解釋，范司棠寵溺又無奈地笑了笑，她嘟著嘴說：「有妳有我，不是很好嗎？妳不喜歡？」

「喜歡……」范司棠低聲說，看向謝筱霖說：「我幫妳們拿飲料，小霖想喝什麼？」

「茶或水都可以，謝謝。」

范司棠轉身離開，薛昔眠的目光追著范司棠，謝筱霖舉起手在她面前揮了揮，「薛小眠妳夠了喔，要看多久。」

在好友面前她也不想掩飾了，「一輩子都不夠。」

「妳們什麼時候開始交往的？多久了啊？不會從高中開始吧。」

「高中到我出國後大概三年多的時間，中間分開過，前陣子又重新在一起。」

謝筱霖恍然大悟，「難怪那時一堆人追妳，妳都毫不考慮就拒絕了，那個年紀可以交往三年多很不容易耶……妳很喜歡她？」

薛昔眠笑了一下，「當然呀。」

范司棠拿兩杯飲料回來，遞了一杯給謝筱霖，「在聊什麼？」

謝筱霖笑著說：「我問小眠妳們交往了多久……」

她看著范司棠軟聲問：「妳說，我們交往了多久呀？」

范司棠笑笑地說：「沒有很久吧。」

薛昔眠嘟起唇不滿地說：「沒有很久嗎？」多少人交往一、兩年就結婚，三年多跟一輩子差不多了呀！

「嗯，和妳在一起的時間都過太快了。」范司棠正經地說。

「也是哦，妳說得對……」薛昔眠眉開眼笑地說。

謝筱霖輕咳了一聲，「哈囉……不好意思，兩位知道這裡還有第三個人嗎？」

薛昔眠忍不住唇角上揚，轉向謝筱霖轉移話題：「最近有跟班上同學聯絡嗎？」

「有啊！」

她們聊了一會兒高中的事，因為還有其他人要招呼，她和謝筱霖約了改天再聊，電視台的同事們和一些業界的朋友也到了，薛昔眠忙得團團轉，還要隨時注意別不自覺黏到范司棠身上去，還好徐詩敏幾人待了一個小時決定去喝下午茶，把家人送走，她躲到一旁休息了一下，喘口氣順便盡情地對范司棠撒嬌。

范司棠拿著盤子餵她吃了一口蛋糕，她著迷地看著范司棠，范司棠斂著眉眼，柔聲說：

「妳再看，這裡所有的人都知道了。」

「棠，我想把關係好的朋友都介紹給妳認識，想和他們說……我們在交往，可以嗎……」

她認真地說。

范司棠淡淡一笑，「妳覺得可以，我就可以。」

「妳最好了。」

又有人走進工作室，薛昔眠看過去，是王佳漩帶著博德和小孩到了。

「我和妳提過的學姐來了。」她高興地拉著范司棠的手走過去，「學姐。」

王佳漩和博德跟她打了招呼，博德帶著小孩到一旁吃東西，薛昔眠對王佳漩說：「這位是……」

「司棠？」王佳漩一臉驚喜地說。

范司棠也有些詫異，「……佳漩。」

她疑惑地看了看范司棠跟王佳漩，「妳們認識？」

「我們大學同校。」范司棠解釋。

「我知道，但妳們不同系不是嗎？」

王佳漩笑著補充：「我大學男朋友是美術系的，也太巧了，妳們也認識？」

想到王佳漩和范司棠原本就認識，她遲疑了一下，看了范司棠一眼，范司棠笑笑地說：「我們在交往。」

薛昔眠放下心，悄聲跟王佳漩說：「我的初戀。」

王佳漩驚呼，「司棠是妳初戀？」

范司棠面露疑惑，「怎麼了？」

她不知道從哪裡解釋，尷尬地說：「就是……嗯……」

「小眠和我提過初戀的事……」王佳漩不敢相信地笑著說：「只是沒想到她念念不忘的初戀是我認識的人，而且還是妳。」

范司棠輕輕拉了她的手一下，挑眉笑了笑。

「……對啦，我對妳就是念念不忘嘛。」薛昔眠直接了當地說，又趕緊轉移話題，「妳們很久沒見面了吧？」

王佳漩想了想，「的確很久了，三、四年吧，上次見面還是在波士頓。」

她怔住，不敢相信地看向范司棠，震驚地說：「妳去了波士頓？什麼時候的事？怎麼沒告訴我……」

「回家再和妳解釋。」范司棠輕聲說。

范司棠去過波士頓……

她的手機號碼一直沒有變過也很少關機，就是害怕有一天范司棠想找她，卻因為電話不通讓兩人錯過了……所以不可能是范司棠找不到她，而是一開始就沒打算聯絡她。

當然，她也很清楚范司棠沒有一定要通知她這件事的理由，但是為什麼會聯絡王佳漩？三、四年前……有什麼事讓范司棠去波士頓嗎？

薛昔眠看向范司棠，范司棠皺眉擔心地看著她，她對范司棠笑了笑，手指摩挲了一下范司棠的掌心，范司棠的眉頭才慢慢舒展開來。

「對了，妳有收到大家合送的禮物吧？」王佳漩問。

「收到了。」薛昔眠在音樂學院的同學們透過王佳漩訂了很好的咖啡機做為開幕禮物，菲歐娜也在IG傳私訊恭喜她，薛昔眠趁機為自己當初沒說一聲就回台灣的事道歉，菲歐娜大方地原諒了她。

「咖啡機我放在吧台了，晚一點結束後會拍照上傳。」

「我們三個拍張照，怎麼樣？」王佳漩提議。

她看向范司棠，范司棠點點頭，薛昔眠拿出手機說：「用我的手機吧。」她們三個人站在一起開心地拍了幾張合照，把照片傳給王佳漩時，薛昔眠問范司棠：「我可以把合照上傳到IG嗎？」

「可以。」范司棠笑著說。

茶會持續到下午四、五點，客人陸陸續續離開，晚上十點多，她們一起回范司棠的住處。

在客廳沙發坐著休息了一會兒，薛昔眠的手機響了一下，她拿起來看，「我媽咪說已經把阿姨送回家了。」

「那就好。」

「……阿姨不會和妳報平安嗎？」

「不會。」范司棠看了她一眼，「詩敏阿姨會嗎？」

「會呀，她不管去哪裡，回到家都會發訊息告訴我。」

「妳們感情真好……」

她把手機放下轉向范司棠，「妳跟阿姨和叔叔有發生過什麼爭執嗎？」

「沒有。」

「但妳和阿姨……關係好像沒有很親密？」

「嗯，我和我爸媽……一直都是這樣。」范司棠停頓了一下，嘆了一口氣說：「雖然沒有爭執過，但有件事……我偶爾想起來還是會覺得很難過。」

「怎麼了？什麼事讓妳難過？」她緊張地說。

「當年我爸公司出事，他和我媽還想瞞著我和哲維，後來是哲維無意間發現，我們追問後他們才承認。」

「啊？原來是這樣……難怪妳會難過。」

如果父母瞞著她這麼大的事，她一定會非常難過，她感同身受地握住范司棠的手，心疼地說：「妳有和叔叔跟阿姨說過妳很難過的事嗎？」

范司棠搖了搖頭，無奈地笑著說：「我和他們很像，對吧。」

「……你們都不希望讓自己在乎的人擔心。」

「我一直覺得……這沒有什麼，但是看到妳和家人的關係那麼好，多少讓我有點羨慕……」

「羨慕？」

「以前我們交往時妳還是高中生，我覺得妳和家人親近很正常，但是出國回來……妳和阿姨的關係比以前更好了。」

她忽然懂了，笑著摸范司棠的臉，「我的糖糖偶爾也想跟家人撒嬌對不對……」

范司棠紅著臉說：「我沒有想撒嬌……只是、只是覺得我也該做些什麼，至少讓他們有事時會想到可以找我。」

「妳有想到要做些什麼嗎？」

「我想……主動和他們說我跟妳在一起的事，不管他們接不接受，都好好和他們溝通一次。」

她抱住范司棠，「我的糖糖真棒。」

范司棠失笑：「這有什麼好值得誇獎……」

「妳願意改變自己去溝通真的很了不起，這不是一件小事。」

「他們或許對我沒有這種期待了……」

「怎麼會，我看阿姨應該很想和妳拉近關係，妳們只是沒有找到開始的契機……」

「嗯……過兩天，我回家一趟吧，在他們察覺我談戀愛之前就和他們說。」

「不用緊張，妳就像和我溝通一樣跟他們表達，他們一定會懂的。」

「嗯。」范司棠把臉埋到她的頸窩蹭了蹭，「要不要洗澡了？」

「好啊，妳也陪我累了一天。」

她們各自洗完澡，躺上床，她轉身趴在范司棠身上，戳了戳范司棠的臉頰，說：「為什麼去波士頓？」

談完正事她終於可以安心問了……知道范司棠去過波士頓而且還和王佳漩見過面，她就一直在想原因。

范司棠摟著她，溫柔地說：「我的小羊這麼聰明，應該猜到了吧？」

她差點在范司棠的目光和深情的語氣中融化，仰頭親了范司棠一下，「去看我畢業前最後一次公開演出？」

她思來想去這個可能性是最高的，因為那時的演奏會她和王佳漩一起辦，如果范司棠認識王佳漩，很可能會知道這個消息。

范司棠輕輕一笑，「嗯。」

「妳們怎麼聯絡的？」

「用ＩＧ，佳漩跟我同學有聯絡，她先加了我好友，我才知道妳們同間學校，那是我們分手後的事。」

「所以妳才不加我ＩＧ？」她恍然大悟地說。

「我的ＩＧ只用來看資訊，沒有發什麼也是真的……不過，我那時候的確不太想讓妳知道這件事，妳和佳漩看起來很熟。」

「學姐發過不少和我的合照，妳有看到？」

范司棠抬手摩挲著她的臉頰，「看到了，經常看到……但我不知道她是妳學姐，當時她發了貼文宣傳演奏會，妳的名字在上面……無論如何我都想現場聽妳演奏一次，所以聯絡她幫我留門票，和她見面也是為了拿門票。」

「什麼時候離開的？」

「聽完演奏會的隔天。」范司棠拭去她的眼淚，柔聲說：「怎麼哭了？」

她抱住范司棠，難過地說：「為什麼不來找我……」

「妳呢？妳又為什麼不聯絡我？」

「我……」她凝視著范司棠，咬著唇忍著情緒說：「因為……我不知道和我分手妳是不是比較輕鬆，如果我聯絡妳，妳又……不想見我怎麼辦……」

「我也是呀。」

范司棠苦笑了一下，眼淚滑落臉頰，她忍不住皺眉，心疼地親吻范司棠的臉頰，范司棠靠向她，臉埋在她的肩上幽幽地說：「我不知道……妳是不是有了新生活，如果一切不能變得更好，至少……不要更糟了。」

她們明明那麼不同，但面對和對方有關的事情時……又如此相似。

兩人的手機都沒有換過號碼，社群帳號也一直在那裡，可是這麼多年……她和范司棠都沒有鼓起勇氣去修補一段……讓她們心碎又刻骨銘心的關係。

差一點點，她們就永遠錯過彼此了。

「即使發生了那麼多事我們還在一起，才是最重要的，對不對？」她認真地說。

范司棠抬眼望著她，她總是能在范司棠的目光裡找到令她動心的深情和愛意，她輕輕吻在范司棠的臉頰，一下一下溫柔地親著，慢慢移到范司棠柔嫩的唇瓣上，她們的呼吸交織在一起。

范司棠喘著氣輕喃：「小眠。」

她對上范司棠透著渴望的眼神，范司棠紅著臉柔聲說：「我想要妳。」目光滿是眷戀，閉上眼用鼻尖蹭著她的，喃喃地說：「抱我……」

范司棠鮮少直白地表達自己的慾望，尤其臉上還帶著淚痕，表情非常惹人憐愛，她被誘惑得呼吸一窒，熱情和渴望也被瞬間點燃，手從衣擺探進范司棠的睡衣裡，摩挲柔嫩的肌膚，靠在范司棠的頸側著迷地聞著讓她迷戀的香氣。

「不要再離開我……」范司棠悄聲說。

范司棠的話語像一個有效的療癒魔法，她抬眼和范司棠對視，懇求地說：「再說一次，棠……」

范司棠微紅的眼睛裡盛滿動人的情意，「我需要妳，小眠……不要再離開我。」

「永遠不會了。」

再也按捺不住渴望，她把范司棠全部的衣物脫掉放到一旁，又在范司棠的目光之下慢慢把自己的衣服脫掉。

范司棠凝視著她，她喜歡范司棠含蓄的熱情，喜歡范司棠看著她的眼神，喜歡范司棠的眼裡流轉著只有看著她才會出現的光彩。

她俯身伏在范司棠的耳旁舔吻著小巧的耳垂，忍不住說：「我愛妳，我的糖糖。」她人生中最甜的糖。

「我也愛妳。」范司棠低聲呢喃。

棉被裡的身軀赤裸交纏，她抬手揉弄著柔軟的胸部，吻從耳朵移到頸間和鎖骨，范司棠抱著她輕聲呻吟，呻吟聲傳進耳裡，她的胸口鼓譟著，不由自主喘了一口氣，情緒越來越激動，她往下到胸前含住乳尖用舌頭挑逗，手指溫柔地探到私處在敏感點輕輕揉動。

范司棠的意識似乎變得更加迷濛，不停喘息呻吟，難耐地皺眉，「小眠……」

范司棠曖昧甜膩的呼喚讓她抽了一口氣，手指緩緩探進濕熱的深處插弄，范司棠輕哼一聲，摟緊她，隨著她的動作擺動柔軟的身軀。

她不停親吻著范司棠的臉頰，激動的情緒完全無法壓抑，意識隨著范司棠動情的呻吟聲變得迷離。

翻過一波波浪潮的呻吟突然戛然而止，范司棠像此生永遠不再和她分開那樣抱緊她，溫暖的身軀一顫一顫，她停下動作緊緊抱著懷裡失而復得的戀人。

兩人情緒慢慢平復下來，對視了一眼，范司棠露出羞澀又溫柔的笑容，她湊過去和范司棠交換了一個甜蜜的吻。

范司棠摸著她的臉，「睏了嗎？」

「有一點。」

「沖澡睡覺？」

她摟著范司棠，撒嬌地說：「不要……」

范司棠的手在她背上的敏感帶滑動，滑過的手指像電流通過讓她全身一麻，范司棠慢慢靠近，停在她面前幾公分的距離，輕笑：「不要睡覺，要什麼？」聲音有些低啞，眼裡似有星火，等著她一句話就可以盛放，她的呼吸頓時變得沉重。

「棠……」她輕輕抓住范司棠的手。

「嗯？」

「要妳說，我是妳的。」

「妳是我的。」范司棠低聲說。

「要妳、占有我……」

范司棠目光灼灼地望著她，幾乎不用什麼挑逗，她已經在溫柔的注視下化成水，興奮到不由自主微微顫抖，范司棠翻身靠在她的上方，俯身吻住她的嘴唇，空氣一下子變得稀薄，意識跟僅剩不多的自制力也跟著飄遠，范司棠溫柔又霸道的模樣讓她激動又不知所措，只能被動配合。

范司棠的吻從臉頰滑到耳畔，「我也不會再離開妳，小眠，我愛妳。」

她摟緊范司棠，范司棠親吻著她的耳朵和耳後，手掌滑過大腿抵在私處的敏感點上輕輕揉動，聽到令人害羞的黏膩聲響，她覺得更熱了，肌膚彷彿在發燙。

「棠……」

「妳好濕。」范司棠小聲地說。

她沒想到范司棠會這樣說，聲音微顫，「都是因為、妳……」

范司棠的吻往下移到頸側，舔吻著她的肌膚，緩慢在身上點火，所有被范司棠碰觸親吻的地方都非常舒服，她已經分不清哪邊是自己的敏感帶。

快感一陣陣襲來，她呻吟著達到一次高潮，理智已經燃燒殆盡，恍神地呻吟出聲，她喘著氣帶著哭音說：「棠……」

范司棠起身抱住她吻落在耳畔，手指探進深處插弄，她緊緊回抱范司棠，埋在范司棠肩窩忘情地呢喃呻吟。

她可以感覺到抱著她的范司棠也同樣激動，兩人劇烈的喘息和心跳聲漸漸重疊，她迎合范司棠的動作擺動腰肢，每一下插弄都碰觸到讓她覺得舒服的地方，快感攀升。

高潮突然降臨，她縮在范司棠的懷裡失了聲，范司棠溫柔地親吻臉頰，不知道過了多久，她才慢慢回過神。

范司棠凝視著她，她的情緒還很激動，完全沒辦法思考，痴痴地看著范司棠，靜靜對望了一會兒，她低頭靠向范司棠的肩膀蹭了蹭。

范司棠摸著她的頭，柔聲說：「我愛妳。」

「要一直、一直這麼愛我……」她哽咽了一下撒嬌說。

范司棠輕笑一聲，「嗯。」在她額頭落下一吻，「這邊……租約要到期了，我在考慮……換個地方。」

她怔住，抬起頭看范司棠，輕聲說：「租其他地方嗎？」

「嗯，要買到理想中的房子還要一段時間，當然……也要考慮妳的需求，我們可以同居後慢慢討論。」范司棠的手指滑過她的臉頰，「妳覺得呢？願意和我一起住嗎？」

她欣喜若狂地抱住范司棠，「願意！願意！我願意！」

范司棠的眉頭一鬆，露出笑容，「再去沖個澡，我們睡覺了？」

「好。」

兩人沖了個澡，回到房間，她對著范司棠攤開雙手，「我要抱妳。」范司棠羞赧地笑了一下靠到她懷裡。

「今天的照片……妳發到ＩＧ了？」范司棠問。

「都發了。」

「我們的照片也發了？」

她很快意會過來，暗暗笑了一下，「發了，現在我一開手機就是恭喜和祝福。」

「嗯。」

「妳什麼時候要加我ＩＧ的帳號？方便我標註妳呀……」

「明天起床之後……妳先加我。」范司棠抬眼和她四目交接，「不可以再隨便刪掉了。」

「這次我一定會好好珍惜，一定會的。」她低喃著說。

范司棠吻上她的唇，輕柔含吻，鼻尖縈繞著熟悉又安心的香味，她放鬆了下來，柔聲說：

「晚安。」

「晚安，好夢……」范司棠柔聲說。

她心滿意足地閉上眼睛……

也許她們只是宇宙裡渺小又微不足道的塵埃，但是在偌大的世界裡，可以找到一個這麼契合的人和她相愛，她開始相信自己一定閃閃發亮著。

不是所有人都能看見的光芒，范司棠卻一定可以看得見……因為她們深愛著彼此，因為從相遇後她們的心裡就一直留著對方的位置，像漆黑一片的世界有了兩處光芒，讓她們不管分隔多遠都能夠再次相遇。

感覺到范司棠眷戀地吻著她的臉，她帶著笑意在不知不覺間睡著。

范司棠今天回家和父母說她們在一起的事，薛昔眠坐在范司棠家附近的咖啡館裡等待，她緊張地看著手機，范司棠回家已經兩個小時……中間完全沒有聯絡，她也不敢打過去問情況。

只是說她們在一起的事，范司棠不可能講兩個小時……難道叔叔和阿姨激烈反對？范司棠被關在家裡出不來了？

她腦補了一堆出櫃受阻的事件，桌上的手機突然震了起來，是范司棠，她趕緊接起來。

「妳沒事吧？」

「沒有。」范司棠的聲音有著濃濃的鼻音，顯然哭過了。

「妳在哭？發生什麼事了？妳在哪？」她慌亂地說。

「真的沒事……我爸媽想和妳聊一下，妳願意過來嗎？」

「好，我在旁邊的咖啡館，現在過去。」

「我等妳。」

掛掉電話，她立刻趕到范司棠家的大樓，遠遠就看見范司棠站在大樓前面，趕緊走到范司棠面前。

她喘著氣說：「妳、妳沒事吧？」

范司棠輕撫她的背，笑著說：「我不是說沒事嗎？怎麼用跑的。」

她鬆了一口氣，抱住范司棠，「嚇死我了，妳待了兩個小時……我還以為怎麼了。」

沒有等到范司棠的回應，她疑惑地抬頭看范司棠，范司棠一臉害羞，尷尬地說：「我不小心講了兩個小時……」

「蛤？講了什麼？」

「講妳，講我們在一起的事……」

「講了兩個小時？」她震驚地說。

「……有十五分鐘在說當初家裡出事他們沒告訴我讓我很難過。」

「所以妳講我們的事講了一個小時四十五分鐘？」

范司棠別開臉，「……好了，我們上去吧。」

真是的，她好笑地看著范司棠，范司棠牽著她的手走進大樓，進到電梯裡，她對著電梯的鏡子整理了一下儀容。

「叔叔和阿姨不反對我們？」

范司棠搖了搖頭，「他們……很高興我願意主動跟他們說這件事。」

她忍不住噗嗤一笑，「我懂他們的心情，妳講到哭了？」

「……嗯，不知道為什麼，就突然想哭。」

「我要是叔叔和阿姨，看到妳哭也反對不了了呀。」她心疼地摸了摸范司棠的臉頰。

范司棠笑著嗔了她一眼，走出電梯，帶著她走進家裡，看到許雅云和范司棠的父親范章聯坐在沙發上，她立刻打招呼：「叔叔好，阿姨好。」

許雅云看到她，高興地說：「小眠來了，快進來。」

她把范司棠推到單人座上，自己坐到許雅云身旁，甜甜一笑，「阿姨，謝謝妳來我工作室的開幕，對不起那天沒有好好招呼妳……」

「沒關係、沒關係，以後我們見面的機會還很多……」

「嗯，我會常常來的。」

「來，我泡了茶。」范章聯把茶杯放到她面前。

「小眠她……」范司棠開口。

「我最喜歡茶香了。」薛昔眠打斷范司棠的話，端起茶杯仔細聞了聞香味，「這是什麼茶葉，好香啊，我爸爸也喜歡喝茶。」

她笑著給了范司棠一個眼神，這種時候怎麼能說她不能喝茶，范司棠無奈地笑了笑。

范章聯開心地把茶葉盒拿給她看，「這個茶很不錯，我還有兩盒。」說著突然起身從櫃子裡拿了一盒遞給她，「這盒妳拿回去，讓妳爸爸喝喝看。」

「好啊，他可能會想找叔叔喝茶呢。」

范章聯笑笑地說：「可以呀，看什麼時候有空，我們和妳爸媽也該見個面，他們知道妳跟小棠交往的事了？」

薛昔眠不好意思地看著許雅云和范章聯，「嗯，我藏不住心事……」

許雅云握著她的手，「這樣才好，一家人……有什麼事不能說。」說著，眼神飄到范司棠那邊。

「……我以後會多說一點的。」范司棠低聲說。

許雅云笑著看向她，「妳知道嗎，她上次和我們說這麼多話……可能是幼稚園的時候了。」

「幼稚園？」薛昔眠驚訝地說。

「嗯，她興奮地和我們說那天上畫畫課的事，我跟她爸爸很高興，看她這麼喜歡，就開始讓她學畫畫……」

「原來是這樣，學畫畫要花不少錢呢，叔叔和阿姨真疼小棠姐姐。」

小小的范司棠興奮地跟父母講畫畫的事……不管怎麼想都只有可愛，太可愛了……

「再來就是這次，和我們講起妳的事……」許雅云拍了拍她的手，眼眶含淚地說：「妳也是認真的吧？」

「嗯，我真的很喜歡她……阿姨，妳和叔叔……不反對？」她小心翼翼地說。

「妳們開心就好。」許雅云輕聲說。

「我們不太懂這個。」范章聯看著范司棠，嚴肅地說：「但既然……妳這麼喜歡小眠，願意和我們聊這件事，我跟妳媽也會盡力了解。」

薛昔眠感動地看向范司棠，范司棠一臉平靜，但眼眶也紅了，認真地點了點頭，許雅云也頻頻拭淚。

許雅云留她們下來吃晚飯，薛昔眠當然趁機大展身手進廚房幫許雅云的忙，許雅云很訝異她會煮飯，她說了范司棠挑食的事，許雅云也有同感，兩人交換了心得。

「小眠，還好是妳。」許雅云欣慰地看著她。

「阿姨是指什麼？」

「……還好小棠喜歡的是妳，如果是其他人，我不知道我能不能這麼安心。」

「阿姨妳放心，我們會好好在一起的。」

「她今天說了很多妳們的事，還有她喜歡妳什麼，一開始還有點害羞，後來好像變了一個人，眉飛色舞的，非常高興的樣子……我很久沒見到她這麼開心，謝謝妳。」

她慌張地說：「阿姨不要這樣說，是我該謝謝你們……謝謝你們沒有反對，她開心是因為可以把這件事和你們分享。」

「是這樣嗎？」

「是啊，她其實也很想和你們拉近距離，只是不知道從哪裡開始……」

許雅云嘆了一口氣，「她從小就不愛說自己的事，我們也苦惱了很久……」

「這些要慢慢來。」

「她和我們說，妳們打算住在一起了？」

「嗯，開始找房子了。」

「以後……和她多回來吃飯，約在外面也可以，她每次忙起來都不回家，也不打電話和我們說在做什麼，剛剛才告訴我們現在工作的畫室她有投資……」許雅云又重重嘆了一口氣。

「她是怕阿姨擔心嘛，以後我會提醒她的，阿姨放心。」她撒嬌說。

「要麻煩妳了，我也不知道怎麼和她說……怕她覺得我在怪她。」

「阿姨妳和小棠姐姐真的好像啊。」

「嗯？是嗎？」

「對呀，妳們都在默默關心對方……阿姨以後也多和她聯絡，多和她說心事，慢慢就會越聊越多了，這是互相的呀。」

許雅云笑了笑，「妳說得對，好了，我們吃晚餐吧。」

「好。」

四個人和樂融融地吃完晚餐，晚上九點多，她們離開范司棠家。

回到住處，范司棠立刻抱住她，一身的緊張都卸了下來，薛昔眠笑著輕撫范司棠的背，「辛苦了。」

「……妳比較辛苦，陪他們聊了一個晚上，對不起，我後來腦袋一片空白。」

她笑出聲，「講我的事講了快兩個小時耗盡妳的腦力了？」

「……我很久沒和他們說這麼多話。」

「看得出來他們今天真的很高興，這是好的開始。」

「都是因為有妳在。」

「那妳更不用擔心了，因為我會永遠在妳身邊陪著妳。」

范司棠鬆開懷抱，凝視著她，低喃著說：「妳一定要永遠在我身邊……」

看著范司棠眼裡的淚水，她心疼地說：「我保證。」

經過這件事，她可以感覺到她和范司棠的感情變得更加穩固，范司棠抬手撫過她的嘴唇，帶著深深的笑意吻了過來……

10

十二月中，準備過節和跨年的氣氛濃厚，薛昔眠安排了兩天一夜的行程，考慮到范司棠休息時不喜歡到人多擁擠的地方，她們提早了一點，選了一個平日從台北開車到日月潭。

她們還沒有一起到南部玩過，薛昔眠非常期待這次的旅行，從台北開到日月潭差不多要三個小時，但她一路精神好得不得了，想要直接開到日月潭，范司棠卻突然要她開進高路公路休息站。

她乖乖地開到休息站，范司棠下車繞到駕駛座和她換手開車。

她坐進副駕駛座，疑惑地說：「我精神還很好，為什麼要換手？」

范司棠把車子穩穩開上高速公路，淡淡說：「我知道妳精神很好，但妳一直踩油門……」瞄了她一眼，空出一隻手輕輕碰了她的臉頰，微笑著說：「妳這幾天特別高興，能出來玩這麼興奮嗎？」

她握住范司棠的手低頭親了一下，軟聲說：「是呀，我們上次一起旅行是很多年前的事了嘛。」

「安全第一，而且妳也開了一個多小時了，休息一下。」

她一沒事做，肚子就餓了，翻出餅乾吃了一片，也餵范司棠吃了一口，范司棠笑著說：「餓了？」

「……餓了。」她委屈地說。

「誰叫妳早餐只吃那麼一點點。」

「我要留著肚子吃中午和晚上的大餐。」她嘟著嘴說。

范司棠輕笑一聲，柔聲說：「快到了，等下就有好吃的。」

中午她們在魚池鄉的餐廳吃原住民風味美食，薛昔眠點了一桌的料理，老闆還以為有其他人和她們一起，知道只有她和范司棠要吃，一度擔心她們吃不完，結帳時，震驚地看著被她掃到一點都不剩的空盤，緩緩朝她豎起了拇指，范司棠在一旁噗嗤一笑。

薛昔眠保持著禮貌不失分寸的笑容，走出餐廳，她從後面抱住范司棠，嘟著嘴說：「重不重？」

「不重。」

「我又胖了！」

范司棠轉頭看著她，笑笑地說：「幸福才會胖。」

「那我胖多少妳也要胖多少！」

「那妳胖多少？」

「我才不會告訴妳我胖了多少。」她哼了一聲，鬆開手走到范司棠身旁。

范司棠看向她，「三公斤？」

她捂住耳朵，「……哇！妳好過分，不要說出來！」范司棠這種吃一堆都不會胖的人完全不懂三公斤有多難減。

她們走到車旁，范司棠一把摟住她，認真地說：「不管妳體重多少，吃多少，我都喜歡……我只希望妳健健康康的，好嗎？」

她靠在范司棠的肩上小聲地說：「知道啦，但妳也要多吃一點，要健健康康的……」

范司棠勾住她的手指輕輕一笑，「我答應妳。」

「還要陪我去健身房。」

「好。」

坐進車內，她們出發到日月潭有名的茶廠。

在茶廠參觀了一圈，雖然她不太喝含咖啡因的茶，但真的很喜歡茶葉的香味，和范司棠走進茶廠的禮品販售區，她挑了幾個茶葉禮盒當伴手禮，徐詩敏平時會喝果醋，薛昔眠每個口味各買了一瓶。

「要買這麼多瓶嗎？」范司棠訝異地說。

「……我媽咪喜歡。」

范司棠了然一笑，幫她把果醋和茶葉抱到櫃台先放著。

范司棠和家裡說了她們交往的事之後，薛昔眠才突然想起來還沒把范司棠是她初戀的事告訴徐詩敏，趕緊和徐詩敏說，徐詩敏非常生氣，氣她隱瞞，整整一個星期不肯和她說話，范司棠陪她一起道歉後，徐詩敏才勉強消氣。

范司棠走回她身邊，她突然想到，「棠，阿姨跟叔叔喜歡喝果醋嗎？」

范司棠也拿起果醋看了一眼，「我媽應該喜歡，我爸喜歡喝茶。」

「茶葉我剛才已經挑好了，妳幫我看看阿姨會喜歡哪個口味的果醋……」

「鳳梨吧，她喜歡吃鳳梨。」

她考慮了一下，每個看起來都不錯，但又怕許雅云不一定會喜歡，「還是多買幾個口味？免得阿姨覺得不好喝，再挑幾包果乾，蜂蜜好像也不錯，買一瓶好了……妳說呢？」

她轉頭看范司棠，范司棠看著她，眼裡都是揶揄的笑意，她羞赧地靠向范司棠，軟聲說：「幹嘛……看著我笑得那麼曖昧。」

「我告訴他們我和妳交往的事，不是希望妳想太多，甚至開始討好他們……」

她低聲說：「我沒有討好他們，我也給我爸媽和哥哥買了差不多的東西。」她用目光揪著范司棠，柔聲說：「這是家人的待遇。」

范司棠彎起眉眼，笑著嘆了一口氣，「那就買吧，想買什麼就買什麼，都送過去讓他們挑吧。」

她看了看左右，趁沒人注意飛快親了范司棠一下，「妳真好。」

范司棠輕捏她的臉頰，「……妳才好，我媽可能更希望妳是她女兒。」

「才沒有呢，阿姨總是誇獎妳，說妳好……」

「但她跟妳說話比較自在，我覺得……可能是頻率問題。」

「頻率問題？」

「就是比較合得來吧，我媽和哲維也有話講，但和我在一起……我們很難自然地開啟話題，不太知道怎麼談心，只有妳在的時候好一點。」
「這樣還不簡單，以後我都陪妳回去和他們聊天就好啦。」
「妳願意陪我一起回家？」
「當然呀，和叔叔阿姨聊天很開心，阿姨會跟我分享妳小時候的事。」
范司棠突然在她臉頰親了一下，輕聲說：「謝謝……」
「謝什麼呀，傻瓜。」
范司棠愣了一下，「我傻瓜？」
范司棠愣住的模樣太可愛了，她忍不住笑出聲，依偎著范司棠說：「是呀，傻瓜……不用說謝謝，是我該謝謝叔叔阿姨，他們好好照顧了妳，我們才能遇見，可以和妳一起陪他們，我覺得很幸福，不是什麼負擔。」
范司棠凝視著她，嘆了一口氣柔柔一笑，她悄悄扣住范司棠的手說：「幫我看看買什麼吧，不然我真的要搬一堆東西回去了，妳弟喜歡吃什麼……？」
「他的我來買就好。」
她噗嗤一笑，范司棠嗔了她一眼，「知道我會吃醋就不要故意問了。」
「可是我喜歡看妳吃醋。」范司棠一臉拿她沒辦法的樣子，她笑著抱住范司棠的手臂，「我不會喜歡其他人的……我對妳的心，日月可鑑。」
范司棠忽然皺眉，遲疑著說：「所以帶我來日月潭旅遊？」
她的確是這樣想的，可是當面被猜到也太讓人害羞了，她紅著臉說：「……不行嗎？」

范司棠怔愣了一下笑出聲，摸了摸她的臉，柔聲說：「可以，妳這麼可愛，什麼都可以。」

在茶廠採購完，她們出發到飯店。

難得出遊，薛昔眠訂了五星級飯店的湖景房，在網路上搜尋到的評價都非常好，但看到現場前她多少還是有點緊張，還好實際情況和查到的沒有太大落差，她放下心。

走進房間，前方就是私人陽台，放下行李，她興奮地走過去打開陽台的落地窗，在陽台就可以欣賞日月潭美麗的湖光風景，她回頭看向范司棠，開心地說：「棠，妳來看。」

范司棠走到身後摟住她，臉頰蹭了蹭她的耳朵，「不冷嗎？」

「不會呀，這個天氣很舒服。」她笑笑地說，仰頭飛快親了范司棠一下，「但妳抱著我更好……唔……」

范司棠收緊手臂偏頭追了過來又吻住她的唇，她們慢悠悠地接吻。

雙唇分開，范司棠又落了一個親暱的吻在她的唇上，她嘆了一口氣說：「偶爾離開台北散散心感覺真好。」

「嗯，也不一定要出國。」

「我們還有很多地方沒去呢，不如找個時間來環島？」

范司棠笑著靠在耳旁說：「妳現在是打算從此君王不早朝了？」

「不早朝算什麼，為妳烽火戲諸侯也可以。」她笑嘻嘻地說。

「昏君……」范司棠笑嗔了一句。

「過獎了。」

「不是在誇妳……」

「這幾年妳都沒好好放假，找個時間休息一陣子不過分吧……我們環島的時間長一點，沿途可以看風景，不會很累的，好不好……」她撒嬌說。

范司棠偏頭用鼻尖輕蹭她的臉頰，「好，不過沒辦法太快，讓我安排好手邊的事情……」

「嗯！」她開心地親了親范司棠的臉頰。

靜靜欣賞了一會兒日月潭的怡人景色，范司棠輕聲說：「我們在飯店逛逛？還是妳想休息一下，也快到晚餐時間了。」

「在飯店逛一下吧，看看有什麼設施，我媽咪說她還沒住過這間，如果不錯，下次可以約叔叔和阿姨一起來。」

「好。」

她們收拾了一下東西，離開房間，走到電梯前她摸了摸口袋，「我手機忘了拿。」

「去拿吧，我在這等妳。」范司棠把房卡交給她。

她快步回到房間拿完東西又趕緊回到范司棠身邊，范司棠看了她一眼，「手機放在哪了，找這麼久？」

「丟在床上。」她靠過去附在范司棠耳旁說：「浴室有私人溫泉喔。」

「特地告訴我做什麼？」范司棠笑著說。

「沒有啊。」她無辜地看著范司棠，軟聲說：「分享資訊。」

電梯到了，她們走進電梯，范司棠按了樓層，突然說：「我還知道這裡有大眾池，有分男湯女湯，看起來很不錯……日本泡湯都不能穿任何衣物，這裡不知道怎麼樣……」

她詫異地說：「什麼怎麼樣？妳要到大眾池嗎？」

范司棠笑笑地說：「沒有啊，分享資訊。」

電梯裡沒人，她氣得靠到范司棠頸側咬了一下，軟聲說：「又逗我。」

范司棠摟著她笑，臉頰微紅地說：「好了，等下有人不能這樣。」

「平日飯店人很少嘛。」

雖然這樣說，但是范司棠害羞的模樣她一點都不想讓別人看到，離開電梯後沒有再動不動黏上去只牽著范司棠的手。

逛了一下飯店的設施，她們走到外面，天氣很好，她拉著范司棠拍了幾張照片，晚餐時間她們準時到頂樓的餐廳。

餐廳有露天的座位，露台可以看見日月潭的湖光水色和翠綠山景，服務生帶她們入座。

太陽下山後，餐廳水池亮起迷人眩目的燈光，享用完餐點，兩人各點了一杯酒。

范司棠靜靜看著湖面，桌上搖曳的燭光襯著范司棠的面容顯出幾分冷豔，她拿起手機偷拍了幾張照片，范司棠很快看向她，眯眼笑了起來，「做什麼？」

她趕緊按下快門，看了一眼照片，把手機轉向范司棠，「棠，妳看……妳好美。」

范司棠凝視著她，露出笑容，融化冰川的溫暖瞬間包圍她。

她怔怔地看著范司棠。

偶爾……她會像現在這樣懷疑自己是不是真的在范司棠身邊，懷疑這麼幸福的事，真的正在發生嗎？

「不要只拍我，過來這裡，我想要合照。」范司棠輕聲說。

她聽話地走到范司棠旁邊坐下，范司棠接過手機對著她們，拍了兩張合照，她開心地伸手要拿手機，「我看看拍得怎麼樣。」

范司棠回頭突然朝她吻了過來，她怔愣地閉上眼睛，范司棠含吻了一下她的唇瓣就悄悄退開。

她的臉頰和脖子都浮起熱意，羞赧地說：「妳不是說……有人不能這樣嗎？」

范司棠輕輕笑了起來，把手機給她，低聲說：「對不起，都怪我的小羊太可愛了。」

「哦……」她忍著欣喜低頭檢查照片，跳出的照片就是范司棠吻她的照片，她咬唇看了范司棠一眼，「我想回房了。」

范司棠別有深意地看向她，笑笑地把酒喝完，「走吧。」

離開餐廳，搭電梯下樓走到房間門口。

她用房卡開了門讓范司棠先進去，轉身慢吞吞地關上門，從口袋裡掏出藏了一天的東西。

緊張地走到床邊，范司棠直愣愣地站在床前看著手裡的東西，是她下午留下來的信，讀到結尾，轉頭詫異地看向她……滿臉是淚。

她打開手裡的戒指盒，深吸一口氣，緩緩說：「棠，妳願意……和我結婚嗎？」

范司棠怔怔看著戒指好一會兒都沒有反應，她一直以為這一路范司棠可能會猜到她想要求婚，畢竟她這幾天真的太興奮緊張了，但范司棠很顯然沒有猜到，希望……她這麼快求婚是驚喜不是驚嚇。

她慌亂地解釋說：「我其實是打算……晚上吃飯時求婚，或是……早上我們看日出時再跟妳求婚，可是……我想妳不喜歡身旁有人……」

「那些都不重要。」范司棠靠過來親暱地蹭了蹭她的臉頰，「我願意。」

源源不絕的喜悅像泉水湧出來，她尖叫一聲開心地跳了幾下，撲上去抱緊范司棠，「妳答應了？妳答應了？妳要和我結婚了！」

范司棠回抱著她，柔聲說：「我早就……答應過妳了。」

十八歲時向范司棠求婚的事她當然還記得，但沒想到過了這麼久，范司棠也沒有忘記……

她鬆開手，湊上去和范司棠交換了甜蜜的吻，相視一笑。

范司棠摟著她在床邊坐下，捏起床上的花瓣目光揪著她，「回來拿手機時弄的？」

她紅著臉點點頭，趁回房間拿手機，她飛快在床上用事先請飯店準備好的玫瑰花瓣擺了一個愛心，再將寫好的信放在愛心上面，這些飯店其實可以幫忙處理，但她想要親自動手。

范司棠揚揚手裡的信，「唸給我聽？」

她害羞地接過信，輕咳一聲，輕聲說：「親愛的棠……」

親愛的棠：

我愛妳，我會永遠愛妳。

我想用這句話做為開頭，因為這就是我此時此刻內心最真實的想法和心情。可以在茫茫人海中和妳相遇是我的幸運。

妳走進我的生命裡點亮了我的世界，教會我愛人和被愛的美好，對不起，曾經不懂珍惜，傷害了妳……謝謝妳的原諒，願意再給我和我們一次機會。

經歷過分開，讓我更加明白自己對妳的心意。

我覺得我們就像散落宇宙間的塵埃，無論如何都會找到閃閃發亮的對方。

妳的存在讓我相信了這個世界上一定有和我契合的另一半，我和我的另一半終將相遇，因為我們是如此相愛著。

謝謝妳愛我……

我會永遠、永遠愛護妳，照顧妳，永遠以最真誠的模樣面對妳。

我愛妳，至死不渝。

唸到最後一句，她抬起頭看著范司棠，淚流滿面哽咽地說：「妳願意和我共度一生嗎？」

范司棠抬手拭去她的眼淚，淚中帶笑地說：「我願意。」

她把戒指拿出來，顫抖地握住范司棠的左手，小心翼翼把戒指戴進范司棠的左手無名指，戒圍剛剛好，分毫不差。

范司棠握住她的手，盯著手上的戒指，「什麼時候量的？」

她咬了一下唇，低聲說：「如果我說，出國前……妳信嗎？」

范司棠眼裡又泛起淚光，不敢相信地看著她，「出國……前？」

「我原本……是想著等妳也出國之後要準備正式一點的求婚……」她輕聲解釋，「我沒有重新量，是因為想保留當時想要和妳共度一生的心情在這個戒指裡。」

范司棠看著她似乎又感動又不知道該說些什麼，嘆了一口氣抱緊她，「妳的戒指呢？」

「包包裡……妳要幫我戴上嗎？」

「當然。」

范司棠鬆開手，她從包包裡拿出另外一個戒指盒，范司棠打開戒指盒把戒指拿出來，握起她的左手。

看著范司棠專注幫她戴戒指的模樣，心裡的感動難以言喻，戒指戴進她的左手無名指，范司棠拉起她的手低頭在上面輕輕一吻，眼裡盈滿溫柔的笑意，「我愛妳，永遠愛妳。」

她靠到范司棠的頸窩撒嬌，「妳沒有想到我要求婚嗎？」

「沒有，只覺得妳這個星期情緒起伏很大，我以為是因為我們快要搬家的關係。」

「……妳會覺得太快嗎？我現在求婚。」

范司棠搖了搖頭，笑著說：「但我心裡的打算，是等妳明年生日……我和妳求婚。」

「那也太久了。」她嘟囔著說。

范司棠輕輕一笑，捧起她的臉，「一輩子更久，妳這麼心急……」

「不一樣嘛，和妳在一起的一輩子當然過得越慢越好，越慢……越好……」

范司棠的手指輕輕撫著她的唇瓣，深情的目光讓她忍不住顫抖，緩緩閉上眼睛，范司棠吻了過來。

情緒越來越激動，范司棠含吻她的嘴唇，抵著她的額頭喘氣時，喃喃地說：「戒指……記得摘下來。」

她立刻捂著自己的手，驚慌地說：「為什麼？才剛戴上就要我摘下來？」

「是誰說要泡溫泉的？」

「……我不泡了。」

「也不洗澡了？」她糾結地看著范司棠，范司棠輕輕點了一下她的鼻尖說：「明天早上我再幫妳戴上。」

「好吧……」

摘下戒指前，她拍了幾張照片，才讓范司棠把兩人的戒指收進戒指盒裡。

范司棠看了她一眼，「我去放水？」

「好。」她拿起手機撒嬌地說：「我可以在家族群組裡說這件事嗎？」

「妳想告訴誰都可以。」

「朋友也可以？」

「可以。」范司棠在她的臉頰親了一下走進浴室。

她開心地抱著手機發訊息，先在群組裡和家人報告這件事，父母非常高興，發了好幾個擁抱和飛吻，她還來不及回訊息，語音通話就進來了。

她接起群組通話，父母和哥哥都在線上。

「跟小棠爸媽講了嗎？」徐詩敏問。

她笑著說：「還沒，她剛剛才答應我，媽咪妳先別提，我們會自己告訴叔叔阿姨……」

徐詩敏說：「知道啦，什麼時候辦婚禮？」

「再看看吧，等我跟她都有空。」

薛宇圖說：「現在流行先登記啦，妳怎麼求婚的呀？」

「我才不告訴你，還是……你也要求婚？」

她聽見薛宇圖在電話那頭大叫：「沒有沒有，真的沒有要求婚……」

薛昔眠哈哈大笑，她聽見徐詩敏說：「不准跑，等下給我老實交待。」

「小棠呢？」薛承武問。

「我叫她過來。」她往浴室看了一眼，對上范司棠的目光，她笑著招招手，「我爸爸和媽咪。」

范司棠害羞地走到她身旁，「叔叔好、阿姨好。」

「回來後我們一起吃個飯。」薛承武說。

范司棠輕聲說：「好的。」

「妳和小眠要好好相處。」徐詩敏說。

「我們會的。」范司棠認真地說。

「爸，媽咪……我很早就想問了，你們為什麼一點都不反對我跟女生交往？」

「當然是因為我們希望妳開心呀。」徐詩敏笑著說。

「妳不知道……」薛承武語重心長地說：「想到妳不用嫁出去我有多開心，這樣爸爸就是妳生命中最重要的男人了。」

薛昔眠噗嗤一笑，「爸……你的理由好樸實無華，不過……對啦，你跟哥哥是我生命中最重要的兩個男人。」

「我居然也有份？」薛宇圖語氣詫異。

「對呀，所以我新家要用的電視跟環繞音響交給你了，謝謝哥哥。」她甜甜地說。

「……要什麼等級的？」

「看你多愛我囉。」她笑嘻嘻地說。

范司棠陪她和家人聊了一會兒，掛掉電話後，范司棠抱著她說：「我爸媽那邊，我們當面和他們說吧。」

「好啊。」

范司棠曖昧地親著她的耳朵，悄聲說：「水放好了。」

「一起？」

范司棠笑著反問：「妳不就是這樣打算的嗎？」

兩人還沒有一起洗過澡，泡溫泉也是新的體驗，她期待又緊張地和范司棠走進浴室。

脫掉衣服，她先沖完澡，進到浴池裡趴在浴池邊看著范司棠，范司棠紅著臉背對著她，她從水裡微微起身吻在范司棠的肩上，「妳這樣讓我想起……妳生病那天背對我擦身體的模樣。」

范司棠動作一頓，回頭看她，「我就知道妳那天……」

她托著臉頰笑出聲，「我怎麼樣？」

「……在胡思亂想。」

「我現在也在胡思亂想。」她靠到范司棠的耳旁低聲說：「進來嘛，棠。」

范司棠飛快地沖完澡，用毛巾稍微遮掩著跨進浴池一把抱住她，臉頰羞紅地貼在頸窩囁咬了一下。

她抱著范司棠的手臂，肌膚相貼的美好觸感讓她著迷，她忍不住撫摸范司棠的身體。

「妳想在這裡？」范司棠羞赧地說。

她笑笑地搖了搖頭，低喃地說：「抱著很舒服，只是想摸摸妳。」她偏頭吻著范司棠的唇，唇舌摩擦和交纏著，她感到一絲燥熱和躁動不安的情緒，而且不是僅僅只有她。

抱了一會兒，范司棠的氣息漸漸短促，手指撫弄著她的乳尖，她微微顫抖，「棠……」

「嗯？」

「妳、想在這？」

「我不知道……不是妳在誘惑我嗎？」

她喘著氣，無辜地說：「我什麼、都沒做……」

范司棠貼在她的耳朵舔吻著，細語說：「妳本身對我就是誘惑了。」

「我們……去床上好不好？」

范司棠輕輕一笑，「不泡溫泉了？」

「明天早上還可以泡嘛……」

范司棠笑著鬆開抱著她的手，「妳再泡一會兒，我先起來吹頭髮。」

「嗯。」

范司棠離開浴池，用自己帶的浴巾把身體包起來，回頭看了她一眼，走到池邊彎腰又親了她一下才轉身走出浴室，感受到濃烈的甜蜜和愛意，她的心跳突然失速，摸著嘴唇低聲笑了起來。

她算準時間離開浴室，范司棠幫她吹乾頭髮，回到浴室把水放掉，她坐在床邊看著范司棠的背影，一不小心又失了神。

范司棠朝她盈盈走來，笑了一下，她還來不及說話就被范司棠壓倒在床上。

她愣愣地看著范司棠，范司棠凝視著她，手指拂過她的鎖骨和胸口，勾住浴巾往下拉，她一絲不掛地躺在范司棠的身下，范司棠的視線所到之處都在發燙……

她們之間是如雷的心跳聲。

范司棠俯身親吻她的額頭、臉頰和嘴唇，再到下巴頸窩鎖骨，一寸寸地往下，一寸都不放過似的，她喘息著扣住范司棠的手，「棠……」

范司棠的手指嵌進她的指縫牢牢握住，另一手撫著她的大腿，親吻著她的肚臍，麻癢的感覺擴散開來，再吻下去……她睜開眼看著范司棠，范司棠抬眼對上她的目光，緩緩地將唇覆上私處舔弄了一下，她克制不住呻吟出聲。

范司棠溫柔地用舌頭挑逗敏感點，太舒服了，快感如閃電又如浪潮般席捲而來，心跳一下下劇烈撞擊著，她幾乎聽不見自己的聲音。

高潮來臨時的強烈失重感讓她緊抓著范司棠的手，只有范司棠可以帶著她穩穩地回到這個世界，她控制不住顫動著，還沒等她的氣息緩和過來，范司棠的手指又探進深處插弄，快感又被推了上去，她嗚咽一聲，迷茫地挺動身體主動索求更強烈的快感。

彷彿沒有止盡……

不知道從哪一刻起，她不再感覺到時間的流逝，在范司棠不斷地索要和給予中，她的意識漸漸迷離。

又一次高潮，她不停顫動著哭了出來，范司棠溫柔地把她抱進懷裡，她哭了一會兒眼淚才慢慢停下來，意識稍微恢復了一點，她靠在范司棠的頸窩，范司棠完全不讓她喘氣和休息差點逼瘋她。

「棠？」她羞赧又不知所措地喊了一聲。

范司棠的手指輕輕撫過她的臉，難為情地說：「……我有點失控了。」

她仰頭舔吻范司棠的耳垂，小聲地說：「妳很高興？」

「……嗯。」

「因為我跟妳求婚？」

「嗯。」

她低笑一聲，翻身撐在范司棠的兩側，低頭吻住眼前豔紅的嘴唇，她指手曖昧地撫弄范司棠的胸部和乳尖，伏在范司棠耳畔說：「換我了。」

范司棠輕應一聲，突然握著她的手緩緩往下探到私處，她微微一愣，手指在范司棠的私處來回滑動，那裡已經非常濕潤，她的心臟像被緊緊抓住，貼在范司棠的臉旁說：「……占有我讓妳很開心？」

「嗯。」

她抬頭找到范司棠目光，手指探進水澤般的深處緩緩插弄了起來，范司棠微微蹙眉喘了一口氣，她激動地咬唇，凝視著范司棠，不想錯過范司棠任何一個微小的表情。

范司棠難耐地緊閉雙眼，唇邊溢出柔媚的呻吟和喘息，她的理智也隨之消散，俯下身舔吻著范司棠的乳尖，她加快手上插弄的速度，內心燃起的慾望之火才能平息一些。

范司棠的聲音漸漸無法克制，「小眠……」

她起身握住范司棠的手放在唇邊吻著，著迷地盯著范司棠陷入情慾的神情，手指在柔嫩濕熱的深處進出。

范司棠突然抓緊她的手，身體一顫一顫地劇烈喘息到達高潮，她停下動作，俯身抱住范司棠。

范司棠的呼吸平復下來，水潤的雙眼凝視著她，輕咬下唇，露出靦腆又溫柔的笑容，她也勾起唇角，額頭抵著范司棠的，她們輕輕笑了起來。

用擁抱和親吻交換了真心和無數美麗誓言，不需要言語也可以心意相通。

謝謝妳愛我……我愛妳。

至死不渝。

ஐ

一月中，范司棠生日當天她們去戶政事務所辦了結婚登記，證人是徐詩敏和許雅云，辦完手續，兩家人一起在餐廳吃了晚飯。

回到家，各自洗好澡，薛昔眠在房內吹乾頭髮走到客廳，搬進來半個月，兩人的東西漸漸填滿原本空盪盪的房子。

客廳牆邊擺著高低不一的木櫃放她和范司棠的書和植物，深粉色布質沙發、淺灰色地毯和金色落地燈，臥室、書房都是類似的布置，看著她和范司棠一起打造出來的「家」，仍然會有身在夢境般的恍惚感。

范司棠坐在客廳沙發上翻著相簿，她走到范司棠身邊坐下，「在看什麼？」

「阿姨送我的生日禮物。」

她瞄了一眼，發現都是她小時候的照片，她笑笑地說：「現在妳也該叫媽咪了吧……」

范司棠動作一頓，一臉不好意思湊到她脖子旁蹭了蹭，「讓我習慣一下。」

「怎麼啦？」她笑著摟住范司棠的腰，眯著眼笑：「難得妳撒嬌。」

「我有嗎？」范司棠淡淡笑著。

「有啊……我感覺到了。」

「……不知道。」范司棠思索了一下，低聲輕笑，「可能是覺得很安心。」

她高興地說：「我讓妳很安心？」

「嗯，我從來沒有像現在這樣……一點都不害怕未來。」

「妳以前害怕未來？」

「……害怕。」范司棠低聲說：「覺得有很多事要做，要完成，也覺得時間永遠不夠用，可是一個人的時候又很茫然，心裡很多情緒……有時候會突然一起冒出來，有時候又很安靜，生活沒有任何變動，可是我依然……不覺得自己是安全的。」范司棠凝視著她，輕輕一笑，「直到我們在一起，那種感覺突然不見了。」

她認真聽完范司棠的話，戳了戳范司棠的肩窩，軟聲說：「我知道為什麼。」

「妳知道？」

她柔柔一笑，「因為以前妳習慣自己消化情緒，這些話……以前的妳不會說的，都是我自己觀察。」

范司棠怔忡地看著她，露出思索的神情，過了一會兒笑著嘆了一口氣，「好像真的是這樣。」

「不過我也知道為什麼妳以前不說，現在卻自己說了……」她露出得意的笑容。

范司棠輕笑一聲，「為什麼？」

「因為妳現在相信不管發生什麼事，我們都不會分開了……因為妳相信我很愛很愛妳，不管是什麼樣子的妳……」

范司棠眉眼柔和地看著她，帶著笑意說：「是這樣嗎？」

「我也有生日禮物要送妳。」

「嗯？」

她拉開茶几的抽屜把裡面的專輯交到范司棠手中，范司棠放下相簿，看著封面愣了一下，「這是……」

「這首歌……我在國外念書時就完成了，喬冰即將發行的專輯裡會收錄這首歌。」

「喬冰？」范司棠的表情更加訝異，停頓了一下，恍然大悟說：「妳從日月潭回來就在忙這件事？」

「嗯，以前我和妳說過的嘛……以後有機會要讓喬冰唱我寫的歌。」

「她很久沒出專輯了。」

「所以我也等這個機會很久了。」

范司棠露出感動的笑容，「這是喬冰唱的？」

「……不是，妳手裡的……是我唱的，詞曲也沒有改動過，是完完全全的原版，喬冰那版我重新編過曲。」

范司棠打開專輯，低頭看著歌詞，輕輕咬著唇，眼眶裡浮起水霧，「……〈不成眠〉？」

她依偎在范司棠身旁，輕聲說：「我唱給妳聽吧。」

「嗯。」

不成眠（詞曲：薛昔眠）

我靜靜躺在那裡看不見東西　我靜靜躺在那裡聽不到聲音

我靜靜躺在這裡身旁沒有妳　我靜靜躺在這裡分不清四季

是不是我還不夠了解妳才沉默不語
是不是我還不夠了解妳才離我而去

好想回到那天午後大雨和妳再次相遇
我的身影是否還在妳心裡
只想回到那天人潮擁擠和妳緊緊相依
我的心裡還有妳身影
天亮前留我在夢裡
再愛一次可不可以

沒有妳　難以成眠
沒有妳　無法成眠

沒有任何伴奏，她輕聲唱完，看著范司棠說：「沒有妳，我就不會是我……是我寫歌當下的心情，也是和妳分開後我的真實想法。」

范司棠熱淚盈眶地凝視著她，溫柔撫著她的臉頰，忽而一笑，把她撈到腿上側抱著，她驚呼一聲抬手勾著范司棠的脖子。

范司棠輕聲嘆息，瞇眼笑著：「妳這樣我怎麼喜歡這首歌？嗯？結婚第一天想什麼分開的事……」

她撒嬌地靠進范司棠懷裡，「太幸福了我害怕嘛。」

「有比我念《子不語》可怕嗎？」范司棠笑笑地說。

她戳著范司棠的肩窩，嘟著嘴說：「結婚第一天妳不能哄哄我嗎……」

范司棠抱緊她，柔聲說：「我才不會離開我的小羊呢，妳要實現妳讓我永遠這麼幸福的承諾，我也會永遠愛妳、永遠陪在妳身邊。」

「棠……原來不是很相愛，就不會害怕失去。」

「嗯，所以妳要相信……」

「相信什麼？」

「無論如何我們都會遇見。」范司棠輕笑著握住她的手，交握的左手無名指上閃閃發亮著的，是她們找到彼此的證明，「不管兜兜轉轉多少次，只要遇見必然相愛。」

（全文完）

後記
思糖

我談了一場戀愛。

經歷了熱戀、磨合、冷淡、不合的幾個階段，並且一度覺得不行了，卻怎麼樣都放不下，又回頭審視這段過程中的所有一切，終於找到問題，解決問題，最後重新走到一起邁向光明美好的未來。

是的，我在說的是我和《留燈》。

寫這本小說的過程不是那麼順遂，但我對它比過去的小說多了很多不一樣的感情……深刻的痛苦矛盾和甜蜜不捨。

我們不斷對話，為了更接近愛。

《留燈》圍繞著昔眠和司棠的生活和感情，她們受到過去影響，但又努力地面對現在，邁向未來……分開之後各自有了成長，我覺得是她們可以重新在一起非常重要的原因之一。

我也透過她們，再次看到自身的不足與渴望。

在《緣情書》的後記裡我提過，那個人終有一日會為妳，心甘情願地來，毫無遲疑地留下……放在昔眠和司棠身上給我的感觸更深，雖然這個故事是我寫的，但她們的確和其他角色一樣活出了屬於自己的態度，我彷佛真的和她們相處過，在生活裡，在夢裡，在我寫稿或是不寫稿的時候，無處不在，她們陪我走過這一段睽違兩年又讓我刻骨銘心的戀愛。

閱讀小說很有趣，寫小說更有趣，不管生活和世界怎麼變，小說永遠是我最美好、最溫暖、最超現實也最有用的避風港。

謝謝主編不厭其煩地和我討論每個細節，讓這個故事更豐富完整，在我想跟這個故事分手時穩住了我！沒有妳辛苦審稿校稿，這個故事和我都不會進步。

謝謝Chloe姐姐給了《留燈》這麼寫實又夢幻的完美封面！和過去的風格不同，但一樣激勵人心！小羊和像棒棒糖的星球好可愛，我覺得自己可以再為她們寫幾萬字。

謝謝我為數不多的親朋好友，在我陷入低潮時給我力量重新出發。

謝謝安媽，像羊媽支持小羊那樣支持著我，我知道這很不容易。

〈不成眠〉的歌詞是某個晚上突然醒來寫出來的，寫完歌詞，我也知道這個故事到了尾聲，漫長又短暫的一段珍貴的旅程，謝謝昔眠和司棠給我的一切，幸福很抽象，但我在她們的生活裡看到也感受到了，不管痛苦還是美好，她們是我獨一無二的悸動，我愛她們。

小說帶給我很多，希望也帶給妳們很多。

要快樂！

我們下本書見。

安謹

2021/02/24

國家圖書館出版品預行編目資料

留燈／安謹 作. -- 初版. --
宜蘭縣羅東鎮： 北極之光文化, 2021. 03
面 ； 公分. --（夜幕低垂；180）
ISBN 978-986-99792-3-8（平裝）
863.57　　110000195

夜幕低垂　180

留燈

作　　者：安謹
封面設計：Chloe
出 版 者：北極之光文化出版有限公司
聯絡地址：265 羅東郵政246號信箱
電　　話：（03）957-4416
傳　　真：（03）957-4416
E-mail：nlightbooks@gmail.com
網　　址：www.nlightbooks.com
郵政劃撥：19845809 北極之光文化出版有限公司
總 經 銷：貿騰發賣股份有限公司
電　　話：（02）8227-5988
傳　　真：（02）8227-5989
網　　址：www.namode.com
出版日期：2021年3月 初版
I S B N ：978-986-99792-3-8
定　　價：360元